윌리엄 칼로스 윌리엄즈의 예술적 상상력과 통섭

William Carlos Williams' Artistic Imagination and Consilience

윌리엄 칼로스 윌리엄즈의

예술적 상상력과 통섭

심진호 지음

드리는 글

필자는 학부와 대학원에서 영어영문학을 전공하면서 다재다능한 시인들의 문예세계와 예술적 삶을 접하게 되었고 그들의 무한한 상상력에 점점 더 깊이 빠져들게 되었다. 특히 시인이 되기 전 의사로서, 그리고 한때는 화가가 되기를 열망했던 윌리엄즈(William Carlos Williams, 1883~1963)의 독특하고 기발한 상상력에 매료되었다. "나는 왜 오늘 시를 쓰는가? / 이름 없는 사람들의 / 처량한 얼굴에 서린 / 아름다움이 / 나를 글 쓰게 자극한다"(Why do I write today? / The beauty of / the terrible faces / of our nonentities / stirs me to it)라는 윌리엄즈의 천명은 시대를 초월하여 필자에게 강렬한 유대감을 느끼게 했다. 대학원에서 본격적으로 윌리엄즈의 작품을 연구하면서 문학뿐 아니라 시인에게 깊은 영향을 미친 시각예술은 필자에게도 형언할 수 없는 감동과 영감을 불러일으켰다. 한때, 예술가를 꿈꾸었던 필자에게 윌리엄즈는 영혼의 울림을 준 시인이자 예술가로 다가왔고, 시각예술에 남다른 관심과 조예에 있어 동시대 윌리엄즈에 비견될 만한 시인은 없을 것이다.

"나는 거의 화가가 될 뻔했고 물감이 덜 마른 캔버스보다 원고를 보내는 것이 더 쉽지 않았다면 그림과 시작(詩作) 간의 균형은 다른 한 쪽으로 기울어졌을 것이다"라는 윌리엄즈의 말은 매체 간 융합과 통섭에 대한 그의 탁월한 안목을 집약하고 있다. 윌리엄즈는 평생 찰스 디무스(Charles Demuth), 찰스 실러(Charles Sheeler) 등의 정밀주의(Precisionism) 화가들과 긴밀한 친교를 유지하였고 알프레드 스티글리츠(Alfred Stieglitz)를 비롯해 마르셀 뒤샹(Marcel Duchamp), 만 레이(Man Ray), 스튜어트 데이비스(Stuart Davis), 마스던 하틀리(Marsden Hartley) 등 당대의 사진작가와 화가들과 교류하며 아방가르드(Avant-garde) 예술운동을 주도하기도 했다.

이러한 이유로 윌리엄즈는 이후 입체주의(Cubism), 미래주의(Futurism), 다다주의(Dadaism), 초현실주의(Surrealism) 등에 깊은 영향을 받아 자신의 작품에 이런 아방가르드 원리와 방법을 적용시켜 나아가기 시작한다. 또한 시인은 프랑스 화가 폴 세잔(Paul Cézanne), 스페인 화가 후안 그리스(Juan Gris), 플랑드르 화가 피터 브뤼겔(Pieter Brueghel)의 그림에 영감을 받아 여러 편의 창작 시를 발표하며, 시집 발간의 계기를 마련한다. 나아가 다양한 인종과 문화의 '혼종화(hibridization)', '교차수분화(crosspollenization)'를 열망하며 세상에 존재하는 모든 차별과 경계를 근절시키고자 했다. 시뿐만 아니라 산문과 소설을 통해서도 세상을 향해 거침없이 예술혼을 쏟아 놓았던 윌리엄즈의 퓨전을 향한 열정과 창의적 상상력은 지금도 필자에게는 작은 도전과 삶의 울림을 전해주고 있다. 무엇보다 오늘날 강조되고 있는 창의적 상상력, 융합, 통섭에 이르기까지 윌리엄즈는 21세기를 살아가는 우리에게, 단순히 20세기 미국을 대표하는 시인을 넘어 회화, 사진, 테크놀로지, 번역, 도시문화 등에 남다른 통찰을 지닌 '크로스 컬처 전도사'의 지위를 부여하기에 충분하리라 본다.

박사 후 연구과정을 거쳐 결코 짧지 않은 기간, 개인적으로 이 연구서의 발간은 윌리엄즈를 향한 무한한 애정과 존경의 마음이 녹아난 결과물이기에 학제 간 연구에 단초가 되기를 희망한다. 아울러 책이 출판되기까지 항상 아낌없는 격려와 조언을 나누어 준 이병철 교수와 선후배 동료 교수들께 깊은 감사를 드리고 싶다. 그리고 출판사 관계자분들께도 심심한 마음을 전한다.

늦은 밤, 벚꽃 향기 가득한 연구실에서

저자 씀.

윌리엄 칼로스 윌리엄즈, 〈자화상〉, 1914, 펜실베이니아대학교 소장.

일러두기

■ 약어표기(Abbreviations)

- *A*: *The Autobiography of William Carlos Williams*. New York: New Directions, 1967.
- *CP1*: *The Collected Poems of William Carlos Williams*. Eds. A. Walton Litz and Christopher MacGowan. Vol. 1. New York: New Directions, 1986.
- *CP2*: *The Collected Poems of William Carlos Williams*. Eds. A. Walton Litz and Christopher MacGowan. Vol. 2. New York: New Directions, 1988.
- *CS*: *The Collected Stories of William Carlos Williams*. Introduction by Sherwin B. Nuland. New York: New Directions, 1996.
- *Interviews*: *Interviews with William Carlos Williams: "Speaking Straight Ahead."* Ed. Linda Wagner. New York: New Directions, 1976.
- *IWWP*: *I Wanted to Write a Poem: The Autobiography of the Works of a Poet*. Ed. Edith Heal. New York: New Directions, 1978.
- *P*: *Paterson*. New York: New Directions, 1963.
- *RI*: *A Recognizable Image: William Carlos Williams on Art and Artists*. Ed. Bram Dijkstra. New York: New Directions, 1978.
- *SE*: *Selected Essays of William Carlos Williams*. New York: New Directions, 1969.
- *SL*: *The Selected Letters of William Carlos Williams*. Ed. John C. Thirlwall. Reprint. New York: New Directions, 1984.
- *YMW*: *Yes, Mrs. Williams*. New York: New Directions, 1982.

— 목차 —

제2부

제3부

제1부

영원히 여성적인 것

「방랑자」에 나타난 여성 뮤즈

스패니시 기질과 스페인 문학

지역성의 역사와 옥타비오 파스

Now that I am all but blind,
however it came about,
though I can see as well
as anyone—the imagination

has turned inward as happened
to my mother when she
became old: dreams took the
place of sight. Her native

tongue was Spanish which,
of course, she
never forget. It was the
language also of Neruda the

Chilean poet—who collected
seashells on his
native beaches, until he
had by reputation, the second

largest collection in the
world. Be patient with
him, darling mother, the
changeless beauty of

seashells, like the
sea itself, gave
his lines the variable pitch
which modern verse requires.

영원히 여성적인 것

1. 윌리엄즈와 여성적인 것

윌리엄 칼로스 윌리엄즈(William Carlos Williams, 1883~1963)는 즉물성, 이미지즘, 지역성에 대한 강조, 객관주의(Objectivism), 그리고 다양한 실험적 기법 등으로 미국 시사(詩史)에서 확고한 위치를 차지하고 있는 시인이다. 이미지스트 시인이자 객관주의 시인이었던 윌리엄즈는 당대의 주요 시인이었던 파운드(Ezra Pound), 엘리엇(T. S. Eliot), 스티븐스(Wallace Stevens) 등과 함께 모더니스트 시인으로서 새로운 시 세계를 개척한 선구자라는 평가를 받고 있다. 그러나 윌리엄즈는 당대의 시인들과는 달리 실험적 기법보다는 여성적인 것을 중심 주제로 삼아 자신의 시적 메시지를 강하게 부각시키고 전달하고자 했다. 그는 여성과 여성성을 시의 중심 주제로 삼아 자신의 시적 영역을 확장하고 나아가 인간의 근원성을 심오하고도 진지하게 탐구할 수 있었다.

윌리엄즈는 자신의 여러 작품에서 여성적인 것에 관해 언급하고 있다. 여성에 대한 깊은 관심과 애정은 자연스럽게 여성성에 대한 탐구로 이어지는데, 윌리엄즈는 당대의 독일 심리학자 오토 바이닝거(Otto Weininger)가 쓴 『성과 성격 *Sex and Character*』을 읽고 깊은 영향을 받았다. 이 책에서 바이닝거는 "천재적인 남성은 다른 모든 것과 마찬가지로 그 자신 속에 완전한 여성을 소유한다."(189)라고 주장했다. 이 같은 바이닝거의 주장에 대해 윌리엄즈는 1914년에 발표한 시 「전이 Transitional」에서 "우리를 글 쓰게 만드는 것은 / 우리 속에 있는 여성이다"라고 말하며 바이닝거의 주장에 동의한다. 또한 그는 『나는 시를 쓰고 싶었다 *I Wanted to Write a Poem*』에서 "어쨌든 시와 여성은 내 마음속에서 결합되어 있소"(*IWWP* 14)[1]라고 언급하며 시에 대한 탐구가 곧 여성에 대한 탐구와 같다고 역설한다. 나아가 1928년에 발표한 소설 『이교로의 항해 *A Voyage to Pagany*』의 등장인물 그레이스 블랙(Grace Black)은 윌리엄즈의 분신(alter ego)이라고 할 수 있는 닥 에반스(Doc Evans)에게 "데브, 당신은 흥미로운 혼합물이요. 두 부분이 존재하오. 그것은 당신 내부의 핵심이자 당신이 존재하도록 하는 냉철한 명확성과 여성의 부드러움이요"(211)라고 말한다. 이 인용문들은 윌리엄즈의 삶과 창작활동에 있어 여성과 여성성이 얼마나 큰 비중을 차지하고 있는지를 명확하게 보여주고 있다.

윌리엄즈는 장시 『패터슨 *Paterson*』에서 "남성은 도시와 같고 여성은 꽃과 같다"(*P* 7)[2]라고 언급하며 남성을 도시와, 여성을 꽃과 동일시한다. 그는 자신의 수많은 작품을 통해 꽃과 꽃 이미지를 보여주고 있는데, 이것은 꽃의 양성적 속성, 즉 강인한 생명력, 보편적 미(美), 신성함, 영원불멸 등과 같은 특징이 영원히 여성적인 것, 즉 모성과 밀접하게 연계되어 있기 때문이라 할 수 있다. 그는 "꽃보다 더 확실한 것은 없다"(*CP1* 356)[3]라고 주장하면서 자신의 시적 상상력에서 꽃은 진리와 같으며 추구해 나아가야 할 방향임을 분명히 제시한다. 백인 남성

---

1) 이하 『나는 시를 쓰고 싶었다 *I Wanted to Write a Poem*』의 인용은 *IWWP*로 약칭하고 괄호 안에 면수만 표시함.

2) 이하 『페터슨 *Paterson*』의 인용은 *P*로 약칭하고 괄호 안에 면수만 표시함.

3) 이하 『윌리엄 칼로스 윌리엄즈의 시선집 *Collected Poems of William Carlos Williams*』의 시 인용은 *CP*로 약칭하고 괄호 안에 면수만 표시함.

중심주의 사회에서 타자로 치부되는 여성을 꽃과 동일시하고, 나아가 진리와 같은 존재로 보고 있는 윌리엄즈의 이런 견해는 주체와 타자의 경계를 희석시키고 또한 상호 융합하려는 그의 의도를 나타낸 것이라 할 수 있다. 중요한 점은 윌리엄즈가 자신의 작품 속에서 '남성과 도시'의 타자가 되는 '여성과 꽃'과 같은 양극적인 영역을 동시에의 시적 주제로 삼았는데, 이것은 그가 얼마나 타자뿐만 아니라 주체에 대해서도 동일 포용하며, 이들이 서로 대립적이고 배타적인 관계가 아니라 상호 유기적이고 보완적인 관계를 맺고 있다고 보는 것이다. 이러한 측면에서 윌리엄즈가 꽃을 자신의 시에서 모성을 표상하는 가장 적합한 주제로 간주하고 있음은 당연하다.

이에 필자는 윌리엄즈가 살았던 20세기 전반의 폭력적 현실에 대한 대안으로서 '여성적인 것'이 시인의 시적 상상력의 원천이 되었을 뿐만 아니라, 나아가 '영원히 여성적인 것', 즉 모성이 21세기를 살고 있는 우리에게 상호공생의 비전이 될 것임을 살펴보고자 한다.

2. 영원한 뮤즈 엘레나

"내게 어머니는 영웅적 인물, 시적 이상(poetic ideal)처럼 보였지요"(*IWWP* 16)라는 윌리엄즈의 말에서 알 수 있듯이, 윌리엄즈의 어머니 엘레나는 시인의 시세계에서 영원한 뮤즈가 된다. 다시 말해 윌리엄즈 시학의 근원은 모성과 연계된 여성성이라고 말할 수 있다. 마이크 위버(Mike Weaver)는 칼 구스타프 융(C. G. Jung)이 말하는 아니마가 시인의 작품에 투영되어 있는 것으로 볼 수 있는 가능성에 대해 언급하고 있다(161). 1914년에 쓴 시 「전이」에서 윌리엄즈는 여성적인 것을 창조성과 연관시키고 있다.

먼저 그가 말했었지

우리를 글 쓰게 만드는 것은
우리 속에 있는 여성이다—
우리 그것을 인정하자—
남성들은 침묵을 지킬 것이다.
우리들은 남성들이 아니기에
말할 수 있고
의식할 수 있다
(두 가지 측면을 가졌기에)
정확성에 걸맞는
감각성이 있어 균형을 이룬다.

First he said
It is the woman in us
That makes us write—
Let us acknowledge it—
Men would be silent.
We are not men
Therefore we can speak
And be conscious
(of the two sides)
Unbent by the sensual
as befits accuracy. (*CP1* 40)

이 시는 모든 남성들의 창조적 글쓰기는 여성적인 것으로부터 출발한다는 여성성이 강조되고 있다. 「전이」에서 볼 수 있듯이, 윌리엄즈는 여성과 여성성을 이해하고 또한 남성의식을 초월하여 상상 속에서 자신을 여성과 동일시하려는 시도를 그의 시와 산문에서 다양하게 보여주고 있다.

여성과 여성성은 남성 중심의 세계관으로 볼 때 타자로 치부되는 존재였지만, 윌리엄즈에게는 일평생동안 호기심과 신비감을 불러 일으켰다. 그는 「배로니스 엘사 폰 프레이탁 로링호벤 The Baroness Elsa Von Freitag Loringhoven」이라는 에세이에서 "소방차나 그와 같은 것들에 흥미를 가지고 있는" 남성들이 그에게 아무 의미도 가져다주지 않는데 반해, "굉장하고", "진짜"인 여성들에 대한 관심을 표명하고 있다.

> 나는 남성들이 내게 아무 의미가 없다는 것을 발견했습니다. 남성들은 소방차나 혹은 그와 같은 것들에 흥미를 가지고 있습니다. 나는 여성들이 굉장하고, 남성들의 육체에 열중해 있으며, 진짜라는 것을 알았습니다. (…중략…) 여성들은—특별한 목적으로 내가 만나는 여성들을 제외하고 내게 육체적으로 중요합니다. 남성들은 분명히 중요하지 않습니다. (280)

이 인용문에서 알 수 있듯이, 여성은 윌리엄즈에게 항상 관심의 대상이며, 나아가 시적 주제가 된다. 여성의 구체적이고 개별적이며 또한 독특한 특징은 윌리엄즈가 남성보다 여성에게 보다 큰 매력을 느끼고 그들을 더욱 면밀히 관찰하도록 하는 요인이 된다. 나아가 그는 초기 시 「한 여자에게 한 남자가 A Man to a Woman」에서 남성의 영혼은 궁극적으로 여성에 의해 형성된다고 보고 있다.

> 대리석 그것이 아무리 희다 하더라도
> 나에게 당신의 명성을 얻게 할 수 없다.
> 나의 영혼은 불꽃에 의해 형성된다
> 당신의 정체성 안에서.

> Though no marble, however white it be,
> Compels me to win your fame:
> My soul is shapen as by a flame

In your identity. (*CP1* 25)

"나의 영혼", 즉 남성의 영혼은 여성이라는 "불꽃"에 의해 형성된다는 시구에서 알 수 있듯이, 여성과 여성성은 현실 세계에서 뿐만 아니라 상상 세계에서 윌리엄즈 시의 근원적 주제가 되고 있다.

윌리엄즈는 남성시인이면서도 여성심리에 특별한 관심을 가지고 자신의 문학에서 여성적인 것의 부활을 시도하고 있다. 1917년에 쓴 「위대한 성의 나선형 The Great Sex Spiral」이라는 에세이에서 그는 여성적인 것을 자신의 시학(poetics) 방향과 연계시킨다.

> 여성심리의 특성은 대지에서 멀어져 가는 것이 아니라 구체적인 것, 즉 대지로 다가오는 경향이다. 왜냐하면 여성의 경험에 의해서 사실의 실재가 그녀에게 확고히 자리 잡고 있기 때문이다. 남성에 대한 여성의 추구는 더 이상 진행되지 않는다. 최소한 더 많은 추구에 대한 즉각적인 필요성이 없게 되었다. 그러나 그것은 변하지 않는 사슬, 즉 구체적인 모든 연결고리에 의해 대지를 딛고 있는 그녀를 명백하고 확고하게 대지와 연결시키는 명확한 육체적 결과를 가져와야 한다. 여성은 복잡하고도 장기적인 과정을 겪는 육체적 삶의 보존에 필수적이다. ("Great Sex" 110)

여기서 윌리엄즈는 여성이 남성을 추구하는 것은 남성이 직접적으로 필요해서가 아니라, 그녀와 자신이 밟고 있는 대지를 불변의 사슬로 명백하고도 확고하게 연결시키는 명확한 육체적 결과를 위한 것이라고 언급한다. 나아가 그는 여성은 인간의 육체적인 삶의 유지를 위해 절실히 필요한 존재이며, 객관적 삶에 전적으로 불필요한 존재인 남성은 여성의 마음을 끊임없이 추구할 필요가 있다("Great Sex" 110)라고 주장한다.

「위대한 성의 나선형」은 도라 마스던(Dora Marsden)이 쓴 「언어심리 Lingual Psychology」에 대한 답변으로서 여기서 윌리엄즈는 여성적인 것에 관한 이론을 심리학적으로 논하고 있다. 미지의 실재를 사색적인 방법으로 연구하는 전통 철학에 대해 비판적이었던 마스던의 「언어심리」를 윌리엄즈는 여성입장에서 쓴 철학으로는 "최초의 것"으로 낡은 사고 구조, 즉 남성심리를 대체할 수 있는 것으로 평가한다(Kinnahan 36). 그러나 윌리엄즈는 마스던이 편협한 시각으로 그녀가 전복하려고 한 체계에서 발견되는 것과 똑같은 잘못을 범했다고 비판했다. 그는 마스던이 "진실로 충만해 있는 여성심리의 확립"의 약속이라는 요점을 간과하면서 "남성심리"를 공격하고 있다고 보았다.

윌리엄즈는 「위대한 성의 나선형」을 통해 지상에 뿌리를 두고 있는 여성심리는 "실재와의 경험적인 관계"에 기초를 두고 있으며 또한 여성심리는 추상적인 남성심리와 달리 구체적인 것과의 관계에서 확고하게 남아 있음을 보여주고 있다. 이러한 견해를 토대로 그는 젠더화된 몸 지향적 언어를 통해 자신의 논쟁을 구축하였다. 즉, 다산의 노고(labor of fecundity)는 새로운 사유방식과 유사한 반면 남근적 침투(phallic penetration)는 편협하고 제한된 사유 방향을 제시한다는 견해를 피력한다(Kinnahan 37). 특히 윌리엄즈의 견해에서 중요한 것은 여성의 몸이 여성과 물질세계에서 본질적인 친밀감을 가질 수 있도록 만드는 모성적 몸으로 변형될 수 있는 잠재성을 가지고 있다는 점이다. 윌리엄즈는 삶의 유지에는 두 가지 요소—남성 요소와 여성 요소—가 필수적인데 남성 요소는 "생식을 강제하는 힘(engendering force)"을 의미하며 여성 요소는 "구체적 생식 작용지점"이라고 주장한다("Great Sex" 110). 이런 윌리엄즈의 주장에 대해 키나한은 그가 은유적으로 자궁과 임신을 "구체적 생식 작용지점"과 일치시킴으로써 수동적인 용기(receptacle)로 일반적으로 받아들여지는 여성에 대한 개념을 재정립하였다고 말한다(39). 윌리엄즈는 여성은 자연스럽게 대지와 연결됨으로써 임신할 수 있는 능력, 즉 창조성을 가지게 되었다고 생각한다. 나아가 그는 남성도 두 가지 방법으로 "객관 세계"와 연결될 수 있다고 주장한다. 즉, 그는 남성이 대지와 가장 명백하고도 긍정적으로 연결될 수 있는 첫 번째 방법은 여성과의 "일시적인 성관계"에 있으며, 두 번째 방법은 "모계(maternal lineage)"를 인식하는 것이라고 보았다("Great Sex" 110).

윌리엄즈는 아버지는 "결코 자신의 자식이 그의 것이라고 확신할 수 없다"라고 주장하면서 부성이 아닌 모성으로의 전환을 촉구한다. 나아가 그는 모성을 대지와의 친밀성, 생산성, 평화 추구, 포괄성, 민주성, 다양성 등과 연계시키고 있다(110~111). 그는 바이닝거를 언급하면서 바이닝거와 마스턴의 주장에서 발견되는 동일한 잘못은 왜곡된 남성적인 측면으로부터 생겨난 관점으로 해석하였기 때문이라고 보았다. 바이닝거는 "영혼"을 언급하면서 모든 철학적인 전통에서 남성만이 주체가 된다고 주장하고 있다. 이런 바이닝거의 주장에서 남성 우월적 관점을 인식한 윌리엄즈는 바이닝거가 말하기와 경험과 여성과의 상호 연관성을 잘못 이해함으로써 초래된 "왜곡되고 전도된 사실(perverted and transposed facts)"을 시정하려고 한다. 윌리엄즈는 가부장적 서구 철학의 전통에서 거부되어온 여성의 주체성(subjectivity)을 주장하면서 남성을 "모호한 개괄론자"로, 여성을 "구체적 사유가"로 간주한다.

> 바이닝거는 여성의 실질적인 상징화를 무시하면서 남성에게 계속 영혼을 부여하였다. 그러나 그의 가장 두드러진 실수는 (…중략…) 남성을 위한 하나의 사례를 만들려는 열정으로 인한 것이다. 그는 의도적으로 사실을 왜곡하고 전도하였다. 남성이 모호한 개괄자라면 여성은 구체적인 사유가이다. 그리고 이것은 [바이닝거]가 상상하는 것처럼 뒤바뀌지 않는다. ("Great Sex" 111)

「위대한 성의 나선형」을 비롯한 윌리엄즈의 여러 에세이에서 특징적인 점은 그가 여성성 이론을 전개하는 과정에서 모성과 연계시켜 전개해 나가고 있다는 것이다. 1946년에 쓴 「호주 편집자에게 보내는 편지 Letter to an Australian Editor」는 호주에 사는 편집자 허드슨(Flexmore Hudson)의 요청에 대한 답변으로 이 세상에서 시인이 해야 할 역할에 대한 윌리엄즈의 견해를 보여주는 에세이이다. 윌리엄즈는 이 에세이가 파운드의 전통적인 부성적 모델에 대한 대응으로 쓰여진 것이라 말하고 있다. 즉, 지역성과의 접촉을 강조하는 윌리엄즈는, 지성화되고 고전적인 형식으로 시학을 창조하고자 한 파운드와 자신을 명확하게 구분하고 있다. 윌리엄즈는 파운드, 엘리엇, 조이스(James Joyce) 등의 모더니즘에 의해 추진되던 전통적인 해석에 반대하는 입장을 이 에세이에서 분명히 밝히고 있다. 키나한은 윌리엄즈 시의 근원은 파운드의 부성적 모델이 체계적으로 억압해 온 문학과 문화사이의 관계, 즉 역사적 순간의 물질적 순간(material moment) 속에 기초를 두고 있다고 주장한다(81). 가부장적 전통의 고전적 모델에서는 여성은 일반적으로 예술의 부속물로 간주된다. 또한 모더니스트들은 역동적인 부자(father-son) 관계의 특권을 통해 배타적인 관습을 지속시켜 나가고 있다.

윌리엄즈는 「호주 편집자에게 보내는 편지」에서 "조이스가 햄릿을 발견한 이래 우리에게 흥미를 불러일으켰던 남성은 그 자신의 아버지—즉, 자신의 영적인 아버지—를 찾으려고 노력하였다"("Letter" 205)라고 말한다. 이런 부계선상 모델은 파운드의 국외이주를 유발시켰던 믿음인 "마음이 마음을 낳게 하는" 확신으로부터 전개되는 것이라고 윌리엄즈는 주장한다.

> 파운드는 마음을 풍요롭게 하는 것은 바로 마음이라는 가정 하에 그리고 환경은 하찮은 것이며, 단지 접합체에 불과하다는 가정 하에—즉, 인간의 자아는 탁월함으로 현재 혹은 과거에 이 세계에서 행하고 있던 것들은 당연히 그가 목표했던 유럽으로 가야 한다고 가정하면서 미국을 떠났습니다. 주지하다시피 그 마음은 여성이 없는 대기에서 자라게 된 새와 같은 종류의 것입니다. 혹은 사실 어떤 종류의 둥지입니다 (…중략…) 그것은

면 옛날부터 고전적 세계를 지배해 왔던 매력적인 믿음이며 또한 에즈라 파운드의 초기 시들 중에서 최고의 것이 되게 한 것입니다. (“Letter” 205)

여기서 언급된 파운드의 “초기 시들”은 남성적 전통에서 유래되었으며 궁극적으로는 불모성을 가져오는 시들이라고 윌리엄즈는 말한다. 그는 “시대의 풍요로움”에 의존하고 있는 파운드의 시들은 “과거의 형식”으로 구성되었으며, 고정된 고전주의 형식에서 점차 벗어나 있는 것이라고 말한다. 나아가 그는 만약 창조적 과정이 “여성” 혹은 “이와 같은 환경”없이 마음에서 마음으로 지성화된 전이(intellectualized transfer)에 의존한다면 아버지 텍스트의 “번역”만이 나타나게 될 것이다(“Letter” 206)라고 주장한다. 이렇듯 윌리엄즈는 고전적인 개념의 마음에서 마음으로의 수정 작용에 반대하는 입장을 취함으로써 전통에 대한 자신의 입장을 밝히고 있다. 나아가 그는 이 고전적 개념을 본질적으로 엘리트 지상주의적이고, 배타적이고, 그리고 독재적인 것이라 간주한다. 이런 점에서 윌리엄즈의 시학의 방향은 파운드의 경우와는 정반대임을 알 수 있다.

윌리엄즈는 과거의 형식은 아무리 연마될지라도 필연적으로 과거로부터 유래 될 것이라고 역설함으로써 파운드의 유럽 지향적인 문학 태도를 가부장적 전통과 연결하여 비판하고 있다. 그는 시인의 책무는 “내 앞에 있는 사회, 정치, 그리고 경제적 환영으로부터 새로운 예술세계, 즉 새로운 형식을 얻어내는 것”(“Letter” 207)이라고 말한다. 나아가 그는 “접촉이 없다면 어머니가 없으며 또한 새로운 형식도 없다”(“Letter” 208)라고 주장하면서 ‘접촉’을 어머니와 연계시키고 있다. 그는 편협하고 왜곡된 남성중심의 가부장적 세계관으로 인한 인간과 인간, 인간과 사물, 사물과 사물 사이에 존재해 왔던 ‘접촉’과 ‘상호침투(interpenetration)’의 부재가 오늘날의 산업화된 세계에서 두드러지게 나타나는 병폐, 즉 ‘단절’을 가져온다고 보았다. 이런 맥락에서 윌리엄즈에게 있어 창조적 과정은 남성 혹은 아버지가 아닌 여성, 즉 어머니와 연관되어 있음을 분명히 알 수 있다. 윌리엄즈의 말에 따르면 새로운 형식을 창조하기 위해서는 "고전적" 가부장적 의식 속에서 군림하는 "폭정"을 제거해 버리는 것이 요구된다. 윌리엄즈는 형식이란 접촉에서 생겨나며, 시인은 지속적으로 "공급하는 여성(supplying female)"을 가지지 않으면 새로운 형식을 창조하는 자신의 근원은 고갈된다(Letter 208)고 주장한다. 그는 "공급하는 여성"이 없으면 결국은 파운드의 경우처럼 문학적 불모성으로 이어지게 된다는 점을 강조한다. 윌리엄즈가 말하는 "공급하는 여성"은 생성력, 창조성, 영원불멸성을 표상하는 모성 원리로의 전환을 촉구하는 말로써 파운드가 주장하는 고전적인 개념의 마음에서 마음으로의 수정 작용을 표상하는 부성 원리와는 반대되는 개념이다.

윌리엄즈는 파운드의 유럽 지향적인 문학 태도는 고립, 절멸, 그리고 불모를 가져온다고 간주한다. 제임스 브레슬린(James E. Breslin)은 이것을 타파하기 위한 수단으로 윌리엄즈가 대지에 스며들어 있는 힘, 즉 공급하는 여성 속에 있는 생성력을 그 대안으로 제시하고 있다고 주장한다(46). 브라이스 콘래드(Bryce Conrad) 또한 윌리엄즈가 「방랑자 The Wanderer」에서 "공급하는 여성"의 원형(archetype)을 자신의 할머니 에밀리(Emily Wellcome)를 모델로 창조했으며, 나아가 1920년에 발표한 시집 『지옥의 코라 *Kora in Hell*』에서 윌리엄즈가 어머니 엘레나(Elena Hoheb)를 "불모이며, 강탈당한 에덴이지만 상상력 그 자체처럼 영원불멸한 존재"로 간주하며 엘레나가 "공급하는 여성"인 코라가 된다고 주장한다(221~226). 따라서 「호주 편집자에 대한 편지」는 새로운 형식을 창조하려면 시인은 부성 원리가 아닌 모성 원리를 가져야 한다는 윌리엄즈의 확고한 신념을 보여주는 에세이라고 할 수 있다.

윌리엄즈는 "공급하는 여성"을 언급함으로써 지속적으로 관습적이고 형식적이며 가부장제 질서를 상징하는 부성 원리에 맞서고 있다. 1960년 월터 서튼(Walter Sutton)과의 인터뷰에서 윌리엄즈는 아버지 윌리엄 조지(William George), 파운드, 엘리엇을 부성 원리를 표방하는 영국 전통과 연결되어 있는 인물들로 간주한다.

> 나는 파운드와 잘 지냈습니다. 후일 파운드는 엘리엇과 그의 『황무지 *Waste Land*』로 돌아섰습니다. 나 또한 『황무지』를 존경하였지요. 그러나 나는 나 보다 훨씬 더 교양이 있는 이 사람에 대해 아주 질투심을 가지고 있었지요. 또한 나는 영국문학에 대해서는 아무것도 모르지만, 그가 과거에 행했던 것을 내가 알았을 때, 나는 정말 그것을 혐오했습니다. 그는 미국을 포기했었습니다. 그리고 영국인이며 결코 미국 시민이 되지 않았던 나의 아버지에 대한 애착이 아마 내게 영향을 끼쳤을 것 같습니다. 왜냐하면 나는—알다시피 아버지와 아들 사이의 오이디푸스 콤플렉스—미국인이 아닌 영국인인 아버지에 대해 분개했습니다. 그리고 그것은 엘리엇이 영국에서 살며 미국을 포기했던 때였습니다. (*IWCW* 47)

결코 미국인이 되지 못했던 영국인 아버지와 미국을 떠나 영국에서 창작활동을 한 파운드와 엘리엇을 동일하게 연계시키며, 이것에 대해 분개했었다는 구절에서 알 수 있듯이 윌리엄즈는 파운드, 엘리엇이 추구하던 영국 전통은 아버지의 법, 즉 부성 원리에 기반을 두고 있다는 것을 인식하였다. 다시 말해 윌리엄즈는 미국 문학이 당대 만연한 유럽 중심적 이데올로기 하에서 "지금, 이곳"이라는 지역적 토대를 상실하고 방향을 잃었다고 진단한다. 그는 모성 원리를 통해 미국의 문학적 불모와 문화적 빈곤을 극복하고 나아가 미국 문학의 정체성을 새롭게 구축하고자 하였다.

3. 모성의 상징으로서 꽃

윌리엄즈의 모성과 연계된 여성성에 대한 탐구는 자연과 자연대상에 대한 탐구와 연계되어 새로운 글쓰기의 가능성을 제시하였다. 윌리엄즈는 유년 시절부터 자신 주위의 자연에 몰입하면서 시적 감수성을 키워나갔는데, 여러 자연 대상물 중에서 꽃에 큰 관심을 보였다. 꽃은 윌리엄즈 시의 가장 중요한 상징물이며 동시에 그의 시적인 주제와 특성을 강하게 부각시켜주는 대상이다.

윌리엄즈는 현대 미국 시인들 가운데 꽃과 꽃 이미지를 가장 빈번하게 사용하고 있는 시인이다. 린다 와그너(Linda Wagner)는 꽃이 윌리엄즈 시의 가장 중요한 상징적 은유의 이미지로 사용되고 있음을 지적한다(47). 제롬 마자로(Jerome Mazzaro)는 윌리엄즈가 꽃에 특별히 관심을 가지게 된 것은 꽃의 양성적 본질(androgynetic nature)을 정확히 인식했기 때문이라고 주장한다(122). 마자로의 주장은 통합적이고 포용적인 특성을 지닌 꽃이 시인의 삶과 창작 활동에 있어 중요한 위치를 차지하고 있다는 사실을 분명히 보여준다. 윌리엄즈 시에 나타난 꽃과 여성과의 밀접한 관계에 대해서 힐리스 밀러(J. Hillis Miller)는 "꽃처럼 여성은 보편적 미를 감추고 있으며 또한 그 보편적 미를 드러내기 위해 시의 제재로 등장하게 된다"(350)라고 언급한다. 밀러가 언급한 보편적 미란 "아름다운 실체", "공급하는 여성"과 같이 모성을 표상하는 것이라 할 수 있다.

꽃은 교차 수분(cross-pollination)과 자화 수분(self-pollination)이 가능한 양성적 본질을 가지고 있기 때문에 윌리엄즈가 자신의 창작 활동을 통해 탐구하고자 한 모성 원리와 밀접한 관련이 있다. 윌리엄즈는 『나는 시를 쓰고 싶었다』에서 "나는 항상 자연과 하나가 된다고 느끼고 있다. 내가 꽃에 대해 말할 때 나는 꽃의 모든 특권을 가진 특별히 봄에 소생하는 권리를 가진 꽃이 된다"(*IWWP* 21)라고 말하며 꽃과 자신을 동일시한다. 또한 1932년 발표한 「사월의 두 모습 Two Aspects of April」의 "꽃보다 더 확실한 것은 없다"(*CP1* 356)라는 구절에서 알 수 있듯이, 시인과 여성·꽃은 서로 긴밀하게 연관되어 있다. 시인의 이런 시각은 가부장적 남성 중심주의가 가져오는 단절과 병폐를 포착하고, 이것을 치유하기 위한 최고의 대안은 여성, 꽃 그리고 나아가 모성에 있다는 점에서 주목할 필요가 있다. 이런 맥락에서 윌리엄즈가 주장하는 꽃과 여성의 관계는 독일 심리학자 에리히 노이만(Erich Neumann)이 주장하는 꽃과 여성에 대한 정의와 일맥상통한다.

> 여성과 식물의 유대 관계는 인간 상징주의의 모든 단계를 거쳐 잇따라 나타난다. 꽃으로, 즉 연꽃, 백합, 그리고 장미로서의 영혼 그리고 엘레우시스(Eleusis)에 존재하는 꽃으로서의 처녀는 최고의 영적, 정신적 성장의 꽃과 같은 개화를 상징한다. 그러므로 우리가 이집트의 라(Ra) 혹은 네페르템, 불교의 "연꽃 속에 있는 신성한 보물"을 생각하거나 혹은 중국과 현대 서구의 황금 꽃(Golden Flower) 속에 있는 자아의 탄생을 생각하던지 간에 여성적인 꽃으로부터의 탄생은 신성한 탄생의 원형적 형태이다. (262)

노이만은 꽃과 여성의 관계를 최고의 영적이고 정신적 발전으로 간주하며, 여성적인 꽃에서 생겨난 것은 신성한 탄생의 원형적 형태라는 점을 강조한다. 노이만의 이런 주장은 꽃을 궁극적 전체성(wholeness)을 표상하는 원과 동일시한 것으로 볼 수 있다. 융(C. G. Jung)은 전체성을 상징하는 원이 동·서양의 종교에서 만다라 그림으로 숭배되고 있음을 포착했으며 또한 이 만다라가 꽃으로 이루어진 것에 주목하였다. 불교적 만다라는 연꽃으로, 기독교적 만다라는 장미꽃으로 되어 있으며, 이들은 꽃의 중심부를 대칭점으로 하여 꽃잎이 두 장씩 대칭을 이루고 중심으로부터 여러 개의 동심원을 이루며 확대해 간다. 융에 의하면 연꽃은 자궁을 상징하고, 장미 또한 자궁, 즉 성모 마리아를 상징한다고 한다(98). 융 학파의 한 사람인 아니엘라 야페(Aniela Jaffé)는 "인도의 창조 신화는 브라마(Brahma) 신이 수천 개의 꽃잎을 가진 거대한 연꽃 위에 서서 둘레의 네 지점에 눈을 돌렸다고 말한다. 원 모양의 연꽃으로부터 사방을 바라 본 것은 일종의 예비적 소재인식(preliminary orientation)으로서, 창조의 일을 시작하기 전의 불가결한 위치확인이다"(266)라고 말하며 꽃과 원의 상호 관련성에 대해 언급한다.

융, 노이만, 그리고 야페가 강조하는 꽃과 원의 상호 관련성은 전체성을 표상하는 영원히 여성적인 것, 즉 모성과 동일하다고 할 수 있다. 이들의 주장은 또한 꽃을 여성적인 것으로, 그리고 꽃 속에 들어 있는 신성하고, 숭고하며, 영원불멸한 존재를 모성으로 간주하는 윌리엄즈의 견해와 일맥상통한다. 윌리엄즈는 『패터슨』에서 시적 상상력의 만개는 꽃이 개화하는 것과 동일하며, 꽃, 여성 그리고 모성은 상호 유기적이다는 점을 분명히 보여준다.

　　　　　　나에게 세계는
꽃이 개화하듯 열린다—그리고
장미처럼 닫히리라

시들어 떨어져서 썩어
다시 꽃으로 환생할
장미처럼. 하지만 당신은

결코 시들지 않고—나를 온통
꽃으로 둘러싸게 하구나. 그 속에서 나는
영원히 나 자신을 잊어버린다—당신의
생멸(生滅)을 지켜보며
나는 보노라 …
　　　　　　　　나의 절망을.

　　　　　　The world spreads
for me like a flower opening—and
will close for me as might a rose—

wither and fall to the ground
and rot and be drawn up
into a flower again. But you

never wither—but blossom
all about me. In that I forget
myself perpetually—in your
composition and decomposition
I find my …

despair. (*P* 75)

여기서 시인이 모호하게 "당신(you)"이라고 부른 것은 꽃 속에 있는 숭고하고, 신성하며, 영원불멸한 존재를 상징한다. 말코스(Donald Markos)는 "당신"이 의인화된 미의 현존(presence of beauty)이며 또한 "하나님(God)"과 동일한 것으로 간주한다(197). 그레이엄(Theodora Graham)은 윌리엄즈가 "꽃으로서의 세계" 그리고 "꽃-여성"이라는 이미지로 회귀하고 있다고 주장한다(94). 윌리엄즈에게 이 두 가지 모티프는 서로 융합되어 있으며, 이 두 가지 모티프를 나타내는 꽃은 시인의 상상력 속에서만 존재한다. 나아가 꽃 속에 있는 숭고하고, 신성하며, 영원불멸한 존재는 모성을 나타내는 가장 적절한 메타포가 된다. 따라서 꽃들은 윌리엄 로자이티스(William Anthony Rozaitis)가 말한 것처럼, 숭고한 유기체이며 또한 "부조리한 기계" 아래에서 감춰진 최고의 "핵심"을 표상한다(176)고 할 수 있다.

윌리엄즈는 꽃을 자신의 시에서 영원히 여성적인 것을 표상하는 가장 적합한 주제로 간주하고 있다. 폴 마리아니(Paul Mariani)는 "윌리엄즈는 평생 200여 편의 꽃에 대한 시를 썼다. 여성을 꽃과 동일시하고, 그 자신을 이 꽃 저 꽃을 끊임없이 넘나들면서 수분(pollinate)하고 또한 그런 접촉을 통해 풍요로움으로 가득 차 있는 벌과 동일시하였다"(697)라고 말한다. 그는 「사월의 두 모습」에서 "꽃보다 더 확실한 것은 없다"(*CP1* 356)라고 말하며 자신의 시에서 꽃이 상상력을 나타내는 가장 중요한 메타포임을 분명히 밝히고 있다.

꽃보다 더 확실한 것은 없다—
그중에서 제일은 이따금 보는
황량하고 헐벗은 정원에서
곧바로 개화하기 시작하는 꽃들이니—짓밟힌 땅을
뚫고 나오는 크로커스,
솟아나는 수선화라네. 게다가 언젠가 내가 본
노랑 수선화, 새로 난 찻길에 묻혀
부서진 돌에 덮인 채 잊혀져도
끝내 좌절하지 않고, 기어이 솟아올라
우아한 꽃봉오리를 터뜨렸네—

Nothing is more certain than the flower—
and best, sometimes, are those
that start into blossom directly from
the harshness of bare gardens—the crocus
breaking through, narcissi heaving
a trampled place, and I saw once
jonquils, forgotten, buried under
a new driveway, covered with broken stone
but still unsuppressed, rising still
into a graceful flower-head— (*CP1* 356)

여기서 시인이 묘사하고 있는 "크로커스", "수선화", "노랑 수선화"와 같은 꽃들은 척박한 주변 환경에도 불구하고 "솟아가며", "뚫고 나오는" 강인한 생명력을 지니고 있다. 시인은 모든 다양하고 개별적인 측면 속에서 꽃들이 대지에 뿌리를 내리고 또한 대지와 근원적으로 연계되어 있다는 점을 나타내고 있다. 로자이티스는 「사월의 두 모습」에서 볼 수 있듯이, 윌리엄즈의 시에 나타나는 꽃과 꽃 이미지는 19세기 말과 20세기 초의 중산층의 삶, 종교, 과학이 직면한 도전에 대한 대답, 혼란스러움에 맞서는 대안, 그리고 완전한 조화를 가져오는 것으로써의 역할을 하고 있다고 언급한다(176). 이러한 로자이티스의 주장은 윌리엄즈의 시에서 꽃이 영원히 여성적인 것을 표상하는 가장 적절한 메타포로 사용되고 있다는 것을 보여준다. 따라서 윌리엄즈가 그의 수많은 시를 통해 반복적으로 꽃과 꽃 이미지를 보여주고 있는 것은 영원히 여성적인 것에 대한 강력한 향수에서 비롯되었다고 할 수 있다.

윌리엄즈에게 강인한 생명력을 표상하며 지역성에 뿌리를 내리고 꾸준히 대지와 접촉하는 꽃은 영원히 여성적인 것, 즉 모성을 나타내는 최고의 메타포이다. "꽃보다 더 확실한 것은 없다", "당신은 / 결코 시들지 않고—나를 온통 / 꽃으로 둘러싸게 하구나"라는 구절에서 알 수 있듯이, 꽃, 여성, 그리고 모성 원리는 상호 유기적이다. 또한 꽃을 주제로 한 윌리엄즈 시의 특징은 아름답고, 숭고하며, 희귀한 자연 대상을 찬미했던 낭만주의 시인들과는 달리 윌리엄즈는 주변에서 흔히 볼 수 있는 평범한 자연 대상을 주제로 다루고 있다는 점이다. 이것은 시인이 주변 환경과 꾸준히 접촉해 온 결과 나타난 것으로 접촉은 그의 시학의 근원이라는 사실을 재확인시켜준다. 그리하여 윌리엄즈는 자신의 주변에 있는 평범한 데이지, 앵초, 야생당근 등과 같은 꽃을 새로운 미학적 대상으로 재창조하여 시로 승화시킬 수 있게 된다.

윌리엄즈는 시적 상상력을 통해 "신세계"를 구현할 수 있다고 주장했으며, 이것을 그의 시에서 자주 꽃과 꽃 이미지로 나타내고 있다. 윌리엄즈에게 강인한 생명력과 치유의 메타포이며 또한 숭고하고, 신성하며, 영원불멸한 존재를 상징하는 꽃은 그의 시적 영감이며 또한 창조의 원천이다. 그에게 있어 상상력은 그 자체가 세계를 포용하기 위해 모든 방향으로 뻗어 가는 꽃과 같다고 할 수 있다. 따라서 꽃에 대한 시인의 심오한 관심과 탐구는 자신의 시학의 방향을 '영원히 여성적인' 것으로 이끄는 역할을 하였다고 할 수 있다.

나가며

이상에서 고찰한 바와 같이 윌리엄즈 시학의 근원은 모성과 연계된 여성성이라고 말할 수 있다. 윌리엄즈가 주장한 '영원히 여성적인 것'으로의 회귀는 전쟁이 없는 평화를 지향하고 있다는 점에서 오늘날 더욱 주목할 필요가 있다. 그는 「조작자로서의 여성 Woman as Operator」이라는 에세이에서 영원히 여성적인 것, 즉 모성으로의 회귀가 자연스럽게 전쟁이 없는 평화를 가져올 수 있다는 확고한 신념을 나타내고 있다.

> 여성에게는 겉모습 이면에 우리가 알지 못했던 무언가 심오한 점이 깊이 내재되어 있다. 오늘날 우리는 무엇보다도 더 여성을 발견해야 할 필요가 있다. 즉, 우리는 친밀한 (비남성적) 본성 속에서 절실하게 여성을 발견해야 한다—우리가 그렇게 할 때 아마 더 이상의 전쟁은 일어나지 않을 것이며, 우연히 일어난다고 해도, 더 이상의 전쟁은 없을 것이다. ("Woman" 182~183)

윌리엄즈의 이런 시각은 모성적 사유를 평화 추구와 연계하는 사라 러딕(Sara Ruddick)의 시각과 그 맥락을 같이한다고 할 수 있다. 러딕은 그녀의 저서 『모성적 사유 *Maternal Thinking*』에서 "비폭력인 운동을 규정짓는 활동은 평화 중재이다"고 말하며, 이것을 모성적 비폭력과 연계시키고 있다. 러딕은 매우 훌륭한 어머니에 대한 이러한 기술은 비폭력의 이상들을 자신의 활동으로 삼는 사람들에 대한 기술이라고 말한다(161).

윌리엄즈의 영원히 여성적인 것에 대한 통찰은 편협하고 왜곡된 남성중심의 가부장적 세계관의 파생물인 물질만능주의에 오염된 채 살아가고 있는 많은 현대인들에게 강렬한 교훈적인 메시지를 전달하고 있다. 21세기를 살아가고 있는 현대인은 기계 문명과 산업 사회의 진척에 따른, 무분별한 개발과 자연 파괴로 인한 지구촌의 사막화, 자연 자원의 고갈, 기상 이변, 그리고 괴질의 확산 등 예기치 못한 재앙을 경험하고 있다. 윌리엄즈가 지속적으로 강조한 '영원히 여성적인 것'으로의 회귀는 오늘날 인류가 처해 있는 재앙의 엄습에 대처할 수 있는 대안이며, 지향해야 할 방향이다. 윌리엄즈는 이것을 이미 20세기 전반기에 제시하였다는 점에서 시대를 앞서간 시인이었다. 그는 인간과 자연, 성별과 계급, 인종과 민족에 따라 어떠한 차별도 두지 않고 상호 공생할 수 있는 세계, 즉 유토피아의 세계에 대한 비전을 제시하고 있다.

「방랑자」에 나타난 여성 뮤즈

1. 여성과 여성 뮤즈

윌리엄즈는 영국 문학 전통에서 탈피하여 새로운 시 형식과 언어를 꾸준히 실험함으로써 미국 시에 있어서 독창성과 변혁을 창출해 낸 선구자로 평가를 받는다. 윌리엄즈의 시를 정독하다 보면 즉물성, 이미지즘, 지역성에 대한 강조, 객관주의, 다양한 실험적 기법 등을 쉽게 접할 수 있다. 그러나 윌리엄즈의 문학이 지니는 가장 큰 의미는 여성, 섹슈얼리티 그리고 모성을 주제로 삼아 노래한 데서 찾을 수 있다. 윌리엄즈가 활동했던 20세기 초는 과학기술 문명의 급격한 발달로 인해 물질적 가치관이 확산되고 있었던 시기였다. 가시적인 사회의 발전에도 불구하고 미국인들은 여전히 구시대의 관습, 여성과 타자에 대한 사회·문화적 차별과 같은 가부장적 가치관에서 탈피하지 못했다. 사회적인 발전과 이를 따라오지 못하는 미국인들의 정신적인 방황과 황폐함의 중요한 원인을 윌리엄즈는 당대에 만연하고 있었던 남성 중심적인 가치관에 있다고 인식하였다. 그리하여 그는 남성 중심적 미국 사회에 대한 변화의 필요성을 자각하고 여성과 여성성에 대한 끊임없는 탐구를 지속한다.

윌리엄즈는 유년 시절부터 아버지 윌리엄 조지(William George)와 할머니 에밀리 웰컴(Emily Wellcome) 그리고 어머니 엘레나 호헵(Elena Hoheb)에 대한 관계를 통해 부성원리(paternal principle)가 표상하는 억압, 한계를 자각하고 이를 대체, 보완할 수 있는 모성원리(maternal principle)의 필요성을 절실히 느꼈다. 이러한 사실은 윌리엄즈의 생애에 대한 고찰을 통해 쉽게 알 수 있다. 윌리엄즈는 "아버지가 자기에게 친밀한 대화를 하기에는 너무나 영국적이다"(*SL* 127)[1]고 말한다. 윌리엄즈의 아버지 윌리엄 조지는 시인에게 있어서 언제나 "의기 양양하고, 위압하는" 존재로 각인되어 친밀한 관계를 설정하기에는 부담스러운 장벽으로 간주된다. 마치 장벽과 같은 아버지는 윌리엄즈가 부성과 남성에 대해서 부정적인 시각을 가지게 하였다. 유년시절 할머니와 어머니를 제외한 다른 여성들과는 단절된 채 생활했던 윌리엄즈에게 에밀리와 엘레나는 부성과 남성에 대한 부정적인 시각을 상쇄할 수 있는 모성원리의 세계로 이끌어준 여성들이다.

오드리 로저스(Audrey T. Rogers)는 윌리엄즈의 삶에서 중요한 위치를 차지한 여성들에 대해 언급하면서 특히 세 명의 여성이 두드러진다고 말한다(41). 이 여성들은 윌리엄즈의 가족이 되는 할머니 에밀리, 어머니 엘레나, 그리고 아내 플로렌스(Florence)인데, 특히 이 여성들 가운데 친할머니 에밀리는 윌리엄즈에게 최초의 뮤즈가 되며 시인에게 매력과 동시에 혐오감을 느끼게 하는 신비로운 인물로 나타난다. 윌리엄즈는 한 인터뷰에서 대표적 초기 시 「방랑자 The Wanderer」를 언급하며 친할머니 에밀리를 "반신화적(semi-mythical)" 모습으로 그려냈다고 다음과 같이 말하고 있다.

> "방랑자"에서 나는 내 할머니를 나의 시적 무의식과 일치시켰습니다. 그녀는 시의 화신이었지요. 나는 나 자신을 훌륭하고 철학적인 어떤 것—세

---

1) 이하 『서한 선집 *The Selected Letters of William Carlos Williams*』의 인용은 *SL*로 약칭하고 괄호 안에 면수만 표시함.

> 계의 완벽한 지식과 일치시키려고 했습니다. 나는 나 자신을 완전한 선과 완전한 지혜로 간주했습니다. 그리하여 강의 정령이었던 할머니는 나를 페세익(Passaic) 강으로 이끌었습니다. "방랑자"는 실망하고, 패배한 사람인 나 자신이었습니다. 그리고 나서 직접적인 환경의 더 위대한 실현물인 『패터슨』이 나왔습니다. (Wagner 76)

여기서 윌리엄즈는 여성, 창조적 상상력 그리고 시를 동등하게 간주하였음을 알 수 있는데 자신의 후기 시에서도 여러 번 이런 통합의식을 보여주고 있다. 특히 윌리엄즈는 자신의 시적 무의식과 할머니를 일치시킴으로써 여성세계를 탐구할 수 있는 토대를 마련한다. 따라서 윌리엄즈의 시 세계에서 여성과 여성성을 알기 위해서는 그 자신에게 최초의 뮤즈로 각인되는 할머니 에밀리에 대한 연구가 선행되어야 한다고 본다.

영국에서 태어나 서인도 제도(West Indies)를 거쳐 미국에 정착하게 된 에밀리의 삶에서 윌리엄즈는 강한 의지와 결의를 배우며 또한 매우 독립적인 여성의 이미지를 각인하고 있다. 윌리엄즈는 이런 에밀리의 삶에서 초기 '미국인 개척자'의 역사를 상기하며 무한한 애정과 존경을 표시한다. 이것은 후일 윌리엄즈가 에밀리와 같은 기질을 가진 여성들에게 매력을 느끼고 다가갔으며 또한 그의 수많은 작품에서 에밀리와 같은 여성을 등장시키고 있는데서 드러난다. 윌리엄즈에게 강인하고 불굴의 '전사(fighter)'의 모습으로 각인되는 친할머니 에밀리는 「한 뼘의 땅에 대한 헌신 Dedication for a Plot of Ground」, 「내 영국 할머니의 마지막 말 The Last Words of my English Grandmother」, 「침대 속에 있는 한 여성에 대한 초상 Portrait of a Woman in Bed」 등과 같은 시에 나타난다. 또한 『패터슨 *Paterson*』 제5권의 종결부에서 "런던 토박이 악센트(Cockney accent)"를 가진 여성으로 등장한다. 특히 장시 『패터슨』의 기원이 되는 초기 시 「방랑자 The Wanderer」에서 에밀리는 뮤즈의 여신으로 등장하여 시인에게 다양한 체험과 침례의식을 통해 새로운 비전을 가지게 해준다. “그 작품[「방랑자」]에 등장하는 늙은 노파는 바로 나의 할머니입니다”(*IWWP* 26)라는 윌리엄즈의 언급은 이런 사실을 명백히 입증하고 있다.

필자는 어머니 엘레나와 아내 플로렌스에 앞서 최초의 뮤즈가 되는 친할머니 에밀리에 초점을 맞추어, 그녀와의 관계를 통해 어떻게 윌리엄즈가 여성과 모성에 대한 이해를 하게 되었으며 또한 그녀가 그의 시적 상상력에 어떻게 작용하고 있는가를 살펴볼 것이다.

2. 시적 무의식으로서 에밀리 웰컴

윌리엄즈에게 최초의 뮤즈가 되는 친할머니 에밀리는 1820년 무렵 영국에서 태어나 일찍이 고아원에 위탁되었고 이후 런던의 고드윈(Godwins) 가문에서 양육되었다. 그녀는 윌리엄즈(Williams)라는 남자를 만나 아들 윌리엄 조지를 낳았는데 조지가 5세가 되던 해에 남편 윌리엄즈는 가족을 등지고 떠나버렸다. 그리하여 에밀리는 1856년 아들을 데리고 배우가 되기를 꿈꾸며 신대륙 미국에 도착한다. 이곳에서 에밀리는 조지 웰컴(George Wellcome)이라는 남자를 만나 결혼해서 서인도 제도에 정착하게 된다. 서인도 제도의 세인트 토마스(St. Thomas)로 돌아온 그녀는 세 명의 아이를 더 낳는다. 그러나 그녀는 1874년 남편과 사별하였고, 1882년 아들 윌리엄 조지가 결혼하자 다시 뉴욕시에 정착하게 된다(Mariani 5~6). 할머니, 어머니 그리고 윌리엄즈의 삼각관계는 윌리엄즈의 가족사와 그의 유년시절의 환경적인 요인에서 잘 나타나 있다. 엘레나가 둘째 아들 에드가(Edgar)를 출산하자 윌리엄즈는 어쩔 수 없이 할머니의 보살핌을 받게 된다. 에밀리는 손자인 윌리엄즈를 상당기간 자신의 손으로 키우게 됨으로써 친밀한 모자관계를 형성하게 된다.

할머니는 그녀가 살았던 고드윈 가족의 집이 있던 런던에서의 소녀시절에 관한 이야기보다 더 많은 것을 기억했습니다. 아마 윌리엄 고드윈이겠지요. 누가 알겠습니까? 어두운 한 시절이었겠지요. 나의 유일한 남동생인 에드가 태어났을 때 나는 13개월에 불과했지요. 할머니는 그때부터 계속 나를 키웠습니다. 나는 상당 부분 그녀의 아들이었습니다. (*A* 4)[2]

이 인용문에서 드러나듯 에밀리는 윌리엄즈의 너무나 내성적인(deeply private) 어머니 엘레나와는 달리 그녀 주위의 어려운 환경에서 결코 물러나지 않는 강인한 여성의 기질을 보여준다. 윌리엄즈는 「한 뼘의 땅에 대한 헌신 Dedication for a Plot of Ground」이라는 시에서 에밀리를 둘러싼 적대적인 사람들과 요인들에 대항해서 싸우는 강인한 '전사'의 모습으로 그리고 있다.

냄새를 맡으러 오는
파리에 맞서, 소녀들에 맞서, 가뭄에
맞서, 잡초, 폭풍-조류, 이웃들에
맞서, 자신의 닭을 훔쳐 가는 족제비에 맞서,
자신의 헤어진 양손의 연약함에 맞서,
소년들의 커 가는 힘에
맞서, 바람에 맞서, 돌에
맞서, 침입자들에 맞서,
임대에 맞서, 그녀 자신의 마음에 맞서.

그녀는 자신의 양손으로 이 대지를 개간했지요,
이 한 뼘의 잔디 위에서 위세를 부렸지요,

2) 이하 『윌리엄 칼로스 윌리엄즈의 자서전 *The Autobiography of William Carlos Williams*』의 인용은 *A*로 약칭하고 괄호 안에 면수만 표시함.

아주 다그쳐서 자신의 장남이 그것을
구입하도록 했고, 여기서 15년을 살았지요,
마지막 외로움을 얻었습니다 그리고—

만약 네가 너 몸뚱이 외에 어떤 것도 가져올 수 없다면
이곳에 들어오지 말아라.

against flies, against girls
that came smelling about, against
drought, against weeds, storm-tides,
neighbors, weasels that stole her chickens,
against the weakness of her won hands,
against the growing strength of
the boys, against wind, against
the stones, against trespassers,
against rents, against her own mind.

She grubbed this earth with her own hands,
domineered over this grass plot,
blackguarded her oldest son
into buying it, lived here fifteen years,
attained a final loneliness and—

If you can bring nothing to this place
but your carcass, keep out. (*CP1* 106)

이 시는 거칠고 위험한 자연과 또한 이민 초기의 혼란스러움에 직면해서 꿋꿋하게 견뎌내는 에밀리의 인내와 용기를 미국인 개척자의

역사에 비교하여 보여주고 있다. 윌리엄즈는 모든 어려움에도 불구하고 불굴의 정신으로 가정을 꾸리고 안전하게 지켜나가는 그녀의 모습에서 모성적 여성상을 각인한다. 배리 애이헌(Barry Ahearn)은 윌리엄즈가 이 시를 공적인 미사여구를 사적이고, 가정적인 명상으로 만들어 냈다고 말한다. 그는 에밀리가 전쟁터 혹은 역사적인 장소를 상기하는 적절한 초상이 될 수 있다고(97) 언급하고 있다. 마지막 2행은 에밀리의 땅에 대한 무한한 집착을 보여주고 있다. 그래서 결론은 마치 그녀가 시인의 목소리가 아닌 자신의 목소리로 충고하고 있는 것처럼 보인다.

윌리엄즈는 시와 산문을 통해서 할머니의 모습으로 등장하는 수많은 여성들에 대한 자신의 이끌림을 자주 보여준다. 마리아니(Paul Mariani)는 윌리엄즈가 많은 여성들—1910년대의 배로니스(Baroness), 1940년대의 마시아 나르디(Marcia Nardi), 자신의 아내 플로렌스, 그리고 어려운 환경에 직면해서 어떻게든 살아야만 했던 모험적인 여성들—속에서 자신에게 신화적인 인물로 각인된 에밀리의 화신을 보았다(9)고 말한다. 특히 배로니스는 「배로니스 엘사 프라이탁 폰 로링호벤 The Baroness Elsa Freytag Von Loringhoven」이라는 에세이에서 자세히 살펴볼 수 있는데, 윌리엄즈에게 우정, 성, 그리고 사랑의 본질에 대해 깊이 생각하게 해 준 여성으로 에밀리를 연상시키게 해 준다. 윌리엄즈는 배로니스에게 말할 수 없는 매력을 느끼며 "그녀는 내게 나의 집시 할머니 에밀리를 생각나게 합니다. 나는 아주 바보같이 그녀를 사랑했었다고 말했지요"(*A* 166)라고 말한다. 또한 여류 시인이었던 마시아 나르디는 장시 『패터슨』에 크레스(Cress)라는 이름으로 등장한다. 여기서 크레스는 남성화자인 패터슨의 여성에 대한 무관심과 비인간성을 질책하며 그를 점차 활력, 넘쳐남, 풍요로움을 표상하는 여성세계로 이끌어 주는 역할을 한다. 따라서 에밀리는 윌리엄즈에게 여성과 여성성에 대한 깊은 탐구와 이해를 각인시켜준 최초의 여성 인물이며 또한 그를 창조적 시적 상상력의 세계로 이끈 뮤즈로서의 역할을 했다고 할 수 있다.

윌리엄즈는 에밀리의 강한 의지뿐만 아니라 또한 외고집, 사회적 예의의 결여, 심지어 심술궂음까지 매력적인 요인으로 간주하였다. 이런 그녀의 기질은 그녀가 60세가 되어서도 자전거를 타고 다니며 또한 주위의 사람들에게 그녀 자신을 순응시키기를 꺼려했다는 사실에서 알 수 있다(Semmler 219). 에밀리의 다루기 힘든 외고집은 1920년 그녀가 생을 마감할 때까지 계속되었다. 이런 그녀의 모습은 매력과 동시에 혐오를 느끼게 되는 여성의 모습으로 지속적으로 시인의 작품에 등장하는데 「내 영국 할머니의 마지막 말 The Last Words of my English Grandmother」이라는 시가 그 좋은 예이다. 완강하게 병원에 가기를 거부하는 에밀리에게 손자이자 의사인 윌리엄즈는 그녀를 병원으로 데려가려고 간청하고 있다.

할머니의 악취 나고, 흩뜨려진 침대 가까이—
그녀 곁에 있는 작은 탁자 위에
몇 개의 더러운 접시와
한잔의 우유가 있다

주름지고 거의 앞못보는
그녀가 누워서 코를 골고 있다
화를 내면서 깨어나 큰 소리로
음식을 달라고 외친다,

먹을 것을 좀 다오—
그들이 나를 굶기고 있어—
나는 괜찮아 나는 병원에
가지 않을 거다. 안가, 안가, 안가

먹을 것을 좀 다오
제가 할머니를 병원에
모시고 가죠, 내가 말했다
그리고 할머니가 건강해진 다음에

할머니가 즐겨하는 어떤 것도 할 수 있어요
그녀는 미소를 짓는다, 그래요
할머니가 즐겨하는 것을 제일 먼저 하세요
그러면 저도 제가 즐겨하는 것을 할 수 있지요—

There were some dirty plates
and a glass of milk
beside her on a small table
near the rank, disheveled bed—

Wrinkled and nearly blind
she lay and snored
rousing with anger in her tones
to cry for food,

Gimme something to eat—
They're starving me—
I'm all right I won't go
to the hospital. No, no, no

Give me something to eat
Let me take you
to the hospital, I said

and after you are well

you can do as you please.
She smiled, Yes
you do what you please first
then I can do what I please— (*CP1* 464~465)

구급차 요원들이 에밀리를 들것에 실어 들어 올리자 그녀는 "이게 네가 나를 편안하게 / 해 줄 거라고 말한 거냐"(*CP1* 465)라고 소리친다. 자신이 즐겨하는 것을 "제일 먼저"해오던 에밀리의 습관은 의사이자 손자인 윌리엄즈에게 빈정대며 하는 말속에 드러난다. 들것에 실려 구급차에 태워진 후 병원으로 향하는 구급차의 창문으로 바깥을 쳐다보며 그녀는 "마지막 말"을 한다.

저기 바깥에 모두 흐릿하게 보이는
것들은 무엇이냐?
나무들이냐? 글쎄, 나는 그것들에
넌더리가 나지 그리고 나서 자신의 머리를 돌렸지요.

What are all those
fuzzy-looking things out there?
Trees? Well, I'm tired
of them and rolled her head away. (*CP1* 465)

에밀리의 "마지막 말"에 나타나 있듯이 이민 초기의 척박한 환경에서 적극적인 저항과 도전 정신으로 삶을 영위했던 그녀의 강한 의지에 시인은 무한한 존경을 나타내고 있다. 에밀리의 의지의 궁극적인 승리는 자신이 살아서는 병원에 가지 않으려는 사실에서 나타난다

(Semmler 221). 따라서 그녀에게는 죽음조차도 자신이 의식적으로 이 세상의 경치에 넌더리난다는 결론을 내리고 난 후에만 다가올 수 있는 것처럼 보인다.

3. 「방랑자」

어린 시절 윌리엄즈에게 시적 영감의 원천의 역할을 했던 할머니 에밀리를 언급하고 있는 시 「방랑자 The Wanderer」를 살펴보면 에밀리를 상징하는 "늙은 노파"는 시인에게 어머니 엘레나와 더불어 또 다른 뮤즈의 여신으로 등장함을 알 수 있다.

> 그 작품에 등장하는 늙은 노파는 바로 나의 할머니입니다. 그녀는 영웅적 위상을 가지게 되었지요. 나는 그녀에게 신비한 자질을 주었지요. 그녀는 자신의 특별한 소유물인 것처럼 내 어머니로부터 나를 소유했었고, 나를 입양했지요. 그리고 삶에 있어서 그녀의 목표는 나를 그녀 자신의 것으로 만드는 것이었습니다. (*IWWP* 26)

윌리엄즈의 대표적인 초기 시로 1914년에 처음 쓰여진 「방랑자」는 7편의 연작시로 구성되어 있다. 「방랑자」는 뮤즈와 같은 초월적 존재에 이끌려 다양한 체험과 침례의식을 거친 후에 시인이 새로이 태어나는 과정을 보여주는 시다. 제임스 기몬드(James Guimond)는 윌리엄즈가 「방랑자」의 주제를 데메테르/코레(Demeter/Kore) 신화에서 가져왔다고 지적한다(16). 또한 로저스(Audrey T. Rogers)도 이와 유사하게 윌리엄즈가 데메테르/코레 신화를 「방랑자」의 테마로 전개시키면서 자신에게 처녀이자 동시에 창녀로 각인되는 여성의 이중적 특성에 꾸준히 관심을 가졌다고 주장한다(70). 즉, 윌리엄즈는 이 시를 통해 화자인 남성 시인을 코레로, 할머니의 화신이라 할 수 있는 "늙은 노파"를 데메테르로 설정해서 시인으로 하여금 죽음과 재탄생의 본질을 배우게 한다. 왜냐하면 데메테르는 모든 대립적인 것—슬픔과 기쁨, 하강과 상승, 선과 악, 죽음과 탄생 등과 같은 것—을 화해시키고, 융합시키는 여신으로 상징되기 때문이다(Rogers 37). 「방랑자」에 대한 기몬드와 로저스의 이런 견해는 적절하다 할 수 있다. 필자는 「방랑자」를 데메테르/코레의 신화적인 관점에서 분석하고 있는 이들의 견해를 적극 옹호하며, 여기에 심리분석학자들의 견해를 연계하여 다루고자 한다.

칼 융(C. G. Jung)은 신화를 통해 형성된 모성적인 것과 여성적인 것이 인간의 의식을 지배하는 가장 근원적인 것으로 보았는데, 이것이 바로 그가 최상의 원형으로 강조한 '어머니 원형(mother archetype)'이다. 융의 제자 가운데 한 사람인 에리히 노이만(Erich Neumann)은 '남성 의식'은 "의식－빛－대낮"과 관계되고 '여성 의식'은 "무의식－어둠－밤"과 관계된다고 한다. 노이만은 현대인들은 무의식의 세계에 속한 '위대한 어머니(Great Mother)'에게로의 회귀를 통해 현대적 딜레마로부터 벗어나려 한다고 말한다. 즉, 그는 위대한 어머니의 이미지에서 일종의 원형적인 상, 영원한 상징, 우리 모두가 어머니들과 결합되어 있다는 정신적 문제들의 전조를 보았다(Neumann 18~23).

「방랑자」는 노이만이 말하는 '좋은 어머니(Good Mother)'이자 동시에 '무서운 어머니(Terrible Mother)'의 면모를 지니는 '위대한 어머니'로서의 뮤즈의 이미지가 잘 부각된 작품이라 할 수 있다. 또한 「방랑자」는 윌리엄즈의 시 가운데 강의 이미지가 잘 드러난 대표적인 시다. 강의 상징적 특성을 살펴보면 생명의 원천으로서의 의미를 가지며, 삶과 죽음 사이의 경계선을 나타내기도 한다. 뿐만 아니라 힌두 신앙에서는 강은 정화를 상징한다. 「방랑자」에서 시인이 침례하는 페세익(Passaic) 강은 '분화이전 태초의 원형(undifferentiated primordial archetype)'으로 자연적이고 원초적이며 차별화되지 않은 상태에서의 무의식의 심리 에너지를 상징한다. 따라서 성공적인 원형적 상징이 되려면 대립되는 요소를 통합시킬 수 있어야 하며, 원형의 최우선적 특징을 모순과 양극성으로 파악하는 심리학의 이론에서와 같이 「방랑자」에서의 페세익 강은 역설의 통합체로 나타난다할 수 있다. 이와 같은 관점에서 「방랑자」에서 강의 여신으로 나타나는 "늙은 노파"는 노이만이 말하는 '위대한 여신'와 일맥상통한다. 노이만은 위대한 여신은 모든 물에서 발견되며 빛의 신들의 배가 돛을 저어가는 천상의 바다, 땅 위와 땅 아래에서 순환하고 생명을 잉태하는 대양, 바다, 강물, 샘, 연못, 그리고 빗물이 모두 그녀에게 속한다(222)라고 언급한다. 그러므로 「방랑자」에서 페세익 강은 집단 무의식을 상징하며 또한 그곳에서 나타난 "늙은 노파"는 원초적 모성의 이미지를 함축하는 위대한 어머니를 상징한다고 볼 수 있다. 즉, 「방랑자」에서 윌리엄즈는 이런 페세익 강과 "늙은 노파"로 나타난 뮤즈를 통해 선형적이고 이원론적인 세계관에서 벗어나 순환적이고 일원적 세계관에 대한 비전을 뚜렷이 제시하고 있다.

「방랑자」의 연작 일곱 편 중 첫 번째 시 「출현 Advent」에서부터 윌리엄즈는 여성적인 것은 시적 상상력과 언어를 관장하는 뮤즈의 여신이다라는 점을 강조한다.

> 내가 아직 그녀에 대한 어떤 비전을
> 가지지 못했을 때조차
> 그녀는 어린 까마귀처럼 잠자리에서 뛰어 나와
> 첫 번 비상에서 숲을 돌았다.
> 그리고 어떻게 그 때 그녀가 수평선 쪽을 멀리 날면서
> 나무 맨 꼭대기 위로 날아가
> 그녀의 마음을 나에게 보내 주었는가를 이제는 안다.
> 나는 새로운 거리를 두고 그녀의 눈이 긴장하고 있는 것을 보았다.
> 그리고 숲이 그녀의 비상으로부터 멀어질 때
> 그 숲 또한 내가 그녀를 뒤따라갈 때 나로부터 멀어졌다.

Even in the time when as yet
I had no certain knowledge of her
She sprang from the nest, a young crow,
Whose first flight circled the forest.
I know now how then she showed me
Her mind, reaching out to the horizon,
She close above the tree tops.
I saw her eyes straining at the new distance
And as the woods fell from her flying
Likewise they fell from me as I followed— (*CP1* 108)

이 시구 다음에 나오는 장면은 휘트먼(Walt Whitman)의 「브루클린 도선장을 건너며 Crossing Brooklyn ferry」라는 시를 상기시키는데, 맨해튼(Manhattan)으로 배를 타고 가면서 순수한 방랑자이자 시인은 강의 여신에 의해 죽음과 재탄생의 통과의례를 경험하게 된다. 시인은 맨해튼의 고층 건물을 바라보며 스스로에게 "어떻게 내가 이 현대성을 비추는 거울이 될 것인가?(How shall I be a mirror to this modernity?)"라는 질문을 한다. 곧이어 시인은 갑자기 강 속에서 "늙은 노파"로 등장하는 강의 여신을 보게 된다. 강의 여신은 관능적인 아름다움이나 매혹적인 모습을 가지지는 않았지만 "모든 신성한 사람들"을 구현하는 신비로운 지혜를 상징하는 인물이다. 그녀는 초월적인 상징물인 "까마귀"와 "갈매기"의 형상으로 나타나 시인을 자신의 아들로 간주하고 그녀의 강인함에 대해 이야기한다. 그리하여 시인은 그녀를 자신의 수호신(tutelary spirit)으로 간주하고 그녀를 따르기로 결심한다.

두 번째 시 「명료함 Clarity」에서 강의 여신은 보편적인 어머니이자 다양성과 대립성을 포용하며 또한 지혜를 상징하는 데메테르를 환기시킨다. 화자로 등장하는 젊은 시인은 아직 오염된 페세익 강의 불결함과 폭력에 뛰어들지 않은 데메테르/코레 신화의 '처녀' 코레를 연상시킨다. 즉, 코레처럼 아직 처녀의 상태에 있는 시인은 이제 원래 도착지인 도시에서 벗어나 강의 여신을 탐구하려고 한다. 시인은 그녀에게 완전히 복종함으로써 세계에 대한 새로운 비전을 가지게 된다.

왜냐하면 나는 오늘에야 마침내 그녀를 보았네,
그녀 안에서 세대와 세대는 융합되었고—
무관심하고, 무질서하며, 불가사의하게!
모든 세계의 아름다움인
한가지 적절한 질서만을 붙들고 있는 것을 제외하고, …

For I have seen her at last, this day,
In whom age in age is united—
Indifferent, out of sequence, marvelously!
Saving alone that one sequence
Which is the beauty of all the world, … (*CP1* 109)

여기서 중요한 것은 강의 여신이 보여주는 여성원리 속에서 대립적인 것은 언제나 융합할 수 있다는 점—"그녀 안에서 세대와 세대는 융합되었다"—을 시인이 인식한 것이다. 그리하여 시인은 "나는 지금부터 그녀 안에서 나의 평화를 가지게 될 것이다(I will take my peace in her henceforth!)"라고 말한다.

세 번째 시 「브로드웨이 Broadway」에서 비로소 시인은 그녀의 실제 모습을 보게 된다.

그리고 나서, 처음으로,
나는 정말 그녀를 보았고, 그녀 존재의
땀 냄새를 맡으며 그리고—역겨움에 뒤로 물러났네!
불길하고, 늙고, 짙은 화장을 한—

붉은 입술과 음탕한 유대인의 눈을 가진
젊고 완벽하게 보이려고 엄청난 힘으로
코르셋을 치켜올리며 동여매는,
그녀는 나에 비해서 손색없이 젊어지려고
자신의 신성을 감추고 있었다.

And then, for the first time,
I really saw her, scented the sweat
Of her presence and—fell back sickened!
Ominous, old, painted—
With bright lips, and lewd Jew's eyes
Her might strapped in by a corset
To give her age youth, perfect
In that will to be young she had covered
Her godhead to go beside me. (*CP1* 110)

늙은 창녀의 이미지를 연상시키는 강의 여신은 시인에게 처음에는 혐오감을 불러일으키나 곧 시인은 겸손해하며 자신에게 그녀를 섬기고 따를 수 있는 힘을 달라고 간청한다: "경이로운 늙은 여왕이여 / 당신을 섬겨서 이 날의 대기와 태양의 어떤 것을 / 포착할 수 있도록 내게 힘을 주시오"(*CP1* 110). 실재 세계에서 시인은 음탕하고 누더기를 걸친 그녀를 보게되지만, 오염되고 부패한 이 세계 아래에 "빛나는 핵심(radiant gist)"이 잠겨 있음을 안다(Rogers 71). "늙은 노파"로 나타난 뮤즈를 섬기고 따르게 되는 시인의 이런 태도는 전통적으로 선과 악으로 상징되는 처녀와 창녀의 이분법적 경계를 무너뜨린다. 즉, 윌리엄즈에게 창조적 에너지를 표상하는 여성원리는 한편으로는 처녀이지만 다른 한편으로는 창녀로 각인된다고 볼 수 있다. 이제 시인은 이 "경이로운 늙은 여왕"과 함께 내적 자아해방을 위한 여행을 시작한다. 신화적인 관점에서 볼 때 시인이 그녀와 함께 하는 여행은 초월을 통한 자기해방을 상징한다. 그 초월에 의해서 시인은 죽음과 재탄생의 본질을 배우게 된다. 융 학파의 한 사람인 조셉 헨더슨(Joseph L. Henderson)은 신화나 꿈속에서 보이는 고독한 여행은 초월을 겨냥한 자기해방을 상징하는 경우가 많다고 다음과 같이 말한다.

> 이런 초월을 통한 해방의 유형에 대한 가장 일반적인 꿈 상징들 가운데 하나는 고독한 여행이나 순례의 주제다. 이 영적인 순례에서 초심자가 죽음의 본성을 알게 된다. 그러나 이것은 최후의 심판으로서의 죽음이나, 힘에 대한 통과의례적인 시험이 아니다. 이것은 어떤 동정심을 가진 영이 관장하고 육성하는, 해방, 체념, 보상의 여행이다. 이 영은 통과의례의 "주인"이라기보다는 "여주인"으로서 더 자주 나타난다. 즉, 중국 불교의 관세음보살, 기독교 그노시스파 교리의 소피아, 고대 그리스의 지혜의 여신 팔라스 아테나 등과 같은 최고의 여성(즉, 아니마)인물이다. (Henderson 155)

이제 시인은 스스로가 지옥과 같은 현실 세계의 황폐한 거리를 방랑하는 코레가 된다. 그러나 시인의 이런 간청에 "늙은 노파"는 조소를 하거나 수수께끼 같은 침묵으로 일관한다.

"늙은 노파"는 네 번째 시 「스트라이크 The Strike」에서 시인으로 하여금 패터슨의 황폐한 거리로 내려가 거리의 사람들과 직접 부딪치고 그들과의 부대낌 속에서 거듭나기를 충고한다. 그리하여 그녀는 거칠고 삭막한 도시 민중들의 삶의 현장을 시인에게 보여 준다.

> 덥수룩한 흑발 혹은 금발에 납작한 머리들,
> 젊은 소녀들의 못생긴 다리는,
> 곱다고 하기엔 너무도 강력한 피스톤!
> 육우의 찢긴 사지와 몸통들, 우유 캔,
> 과일상자들을 던져 올리는, 추위에도 더위에도 익숙한

붉은, 여자들의 손목과 남자들의 팔뚝!

참나무 옹이처럼 온통 울퉁불퉁한 얼굴들
욕심 많고, 여우 코에, 두꺼운 입술
축 늘어진 가슴과 비어져 나온 배
귀에 거슬리는 목소리, 더러운 손버릇.

어디에도 없는 그대! 어디에나 전기불만이!

The flat heads with the unkempt black or blond hair,
The ugly legs of the young girls, pistons
Too powerful for delicacy!
The women's wrists, the men's arms, red,
Used to heat and cold, to toss quartered beeves
And barrels, and milk-cans, and crates of fruit!

Faces all knotted up like burls on oaks,
Grasping, fox snouted, thick lipped,
Sagging breasts and protruding stomachs,
Rasping voice, filthy habits with the hands.

Nowhere you! Everywhere the electric! (*CP1* 112)

시인은 도시 민중들에게 거대한 아버지와 같이 자신의 무기력한 아기를 집어던지듯 나를 집어던지는 "추하고, 악의에 차 있으며, 거대한(Ugly, venomous, gigantic!)" 난폭성을 목격한다. 시인은 이런 뮤즈의 이끌림에 의해 자신이 더 이상 코레가 아니라 "지옥으로 간 페르세포네(Persephone gone to Hell)"가 되었음을 깨닫는다(Rogers 34). 여기서 주목할 점은 시인이 도시의 산업화로 대변되는 부성원리의 난폭성과 파괴성을 혐오하며 모성원리에 이끌린다는 것이다. 시인은 이런 거칠고 난폭한 도시의 삶을 목격하고 "늙은 여왕이여, 나는 또다시 평화를 가지게 되었고, 이제 더욱 분명히 들을 수 있소"라고 말한다. 이는 윌리엄즈가 부성원리가 아닌 모성원리 속에서 본질적 진리에 도달할 수 있다는 것을 분명히 보여주는 것이라 할 수 있다. 「방랑자」의 일곱 번째 시 「성 제임스의 숲 St. James Grove」은 장시 『패터슨』에 그대로 이행된 구절들이 많이 보이고 또한 시어뿐만 아니라 주제에서도 『패터슨』의 골격을 이루고 있기 때문에 특히 주목할 필요가 있다. 개인적 한계를 초월하여 보편적 가치에 도달하려는 시인의 통과의례는 「성 제임스의 숲」에서 주인공이 "늙은 노파"의 인도에 의해 오염된 페세익 강에 몸을 담그는 침례의식을 거쳐 완성된다.

"들어가라, 젊은이며, 이 몸뚱이 속으로!
들어가라, 강이여, 이 젊은이 속으로!"

그때 강이 내 가슴속으로 들어오기 시작했다.
서늘하고 맑고 투명하게
수정 같은 태초를 향해 되돌아 소용돌이쳐 가며.
그러나 강은 되돌아 치며 또 다시 앞으로 튀어 올랐다.
질펵한 상태로, 암흑의 상태로 그리고 나서 진정되었다
마침내 나는 그 부패함의 맨 밑바닥,
타락의 더러운 숨결을 느끼고,
그리고 이제 이것이 나라는 것을 알면서 가라앉았다.

"Enter, youth, into this bulk!
Enter, river, into this young man!"

Then the river began to enter my heart
Eddying back cool and limpid
Into the crystal beginning of its days.
But with the rebound it leaped again forward:
Muddy, then black and shrunken
Till I felt the utter depth of its rottenness,
The vile breath of its degradation,
And dropped down knowing this was me now. (*CP1* 116)

위의 시에서 페세익 강의 표면은 의식과 무의식의 경계부분을 상징하는 것으로 볼 수 있다. 시인은 더욱 더 깊숙이 강의 밑바닥까지 무의식으로 빠져듦으로써 인간적인 한계를 초월하고자 한다. 즉, 페세익 강으로의 침례는 무의식 세계로의 하강을 통해 대립을 초월한 통합과 조화에 대한 윌리엄즈의 욕망이 극단적으로 표출되어 나타난 것으로 볼 수 있다. 노이만은 자신의 저서『위대한 어머니 *The Great Mother*』에서 고대문화의 가공품에 있는 "그릇으로서의 어머니"의 형상을 추적한다. 노이만은 그릇을 몸 안의 유동체를 변형시켜서 생명을 만드는 여성의 자궁처럼 "변형하는 힘을 가진" 것으로 본다. 이것은 윌리엄즈가 반복해서 "늙은 노파"를 "경이로운 늙은 여왕(marvelous old queen)"으로 상상하는 것과 연관된다 할 수 있다. 즉, "늙은 노파"는 "고통과 죽음, 희생과 파괴를 통해 재생, 탄생, 그리고 불멸로 이끄는 여성성의 변형된 인물"을 재현하는 것(291)으로 볼 수 있다. 노이만은 이런 원형적 경험은 죽음으로써 각인된다고 다음과 같이 설명한다.

그러나 그런 변형은 변형되어 진 것이 완전히 여성원리로 들어올 때에만 가능합니다. 그것은 말하자면 어머니 그릇으로의 회기 속에서 죽는 것입니다. 어머니 그릇이 대지, 물, 지하세계, 항아리, 관, 동굴, 산, 배이든지 혹은 마법 냄비이든 지간에. 달리 말하면 재탄생은 밤의 동굴에서의 잠을

> 통해 나타날 수 있습니다. 즉, 정령과 조상들이 있는 지하세계의 영역으로의 하강을 통해, 밤바다로의 여정을 통해, 혹은 사물들이 무엇을 유발시키든지 간에 그것에 대한 무감각을 통해—그러나 모든 경우에 있어, 재생은 옛 개성의 죽음을 통해서만 가능합니다. (Neumann 291~292)

노이만이 언급하고 있는 "옛 개성(자아)의 죽음"은 「성 제임스의 숲」의 종결부에서 강이 시인의 가슴에 들어온 후에 뚜렷이 나타난다. "옛 개성의 죽음"은 윌리엄즈가 말한 "존재에 대한 단념(resignation to existence)" 혹은 일종의 "표현할 수 없는 종교적 체험"과 일맥상통한다고 할 수 있다. 즉, 윌리엄즈는 오염된 페세익 강에 몸을 담그는 침례의식을 통해 부성원리가 표상하는 이분법의 세계에서 빠져나오게 된다. 윌리엄즈가 이분법의 세계에서 빠져나오게 되는 시기는 약 20세 전후로 그가 동료 여류 시인인 매리언 무어(Marianne Moore)에게 보낸 편지에서 명백히 알 수 있다. 그는 매리언 무어가 자신의 작품의 토대를 '정신적 안정감(inner security)'으로 파악한 것에 대해 찬사를 보내며 다음과 같은 내용의 편지를 썼다.

> 그 안정감은 스무 살 무렵 내게 생겨난 것으로 갑작스런 존재에 대한 단념, 또는 그렇게 부르고 싶다면 자포자기라고 해도 좋은 그런 것이다. 그러나 그 자포자기는 모든 것을 하나가 되게 하는 동시에 내 자신의 일부가 되게 하는 그런 것이었다. 그것은 일종의 표현할 수 없는 종교적 체험이라 할 수 있지 않을까 싶다. 나는 단념했고, 포기했다. (*SL* 147)

힐리스 밀러(Hillis J. Miller)는 윌리엄즈의 이러한 언급에 담긴 의미를 날카롭게 포착한다. 그는 윌리엄즈가 이 말 속에서 자신의 사적 의식을 포기했다는 사실을 드러내고 있다고 말한다(287). 사적인 의식, 즉 자아에 대한 집착에서 벗어나 자아를 포기하게 되면 주체와 객체간의 거리를 소멸시키고 언어, 사물, 인간, 신이 하나가 되는 물아

일체의 상태에 이르러 모든 것이 하나가 되는 경험을 하게 된다. 밀러는 윌리엄즈의 "존재에 대한 단념"을 다음과 같이 정의한다.

> 윌리엄즈의 시를 가능하게 하는 존재에 대한 단념은 데카르트 철학의 원리, 즉 자아의 지적 작용에 대해 정확히 반대이다. 데카르트는 분리된 사고력에 근거한 분리된 자아의 존재를 확립시키기 위하여 모든 것에 의문을 제기했다. 윌리엄즈는 절망 속에서 자기 자신을 포기했고 개성을 초월한 자아, 우주 같은 넓이를 가진 자아를 확립했다. 분리된 실체로서 언어, 사물, 인간, 신등은 사라지고 만물이 일체가 된다. 「방랑자」 속에서 이러한 구별의 소멸이 시적으로 재현된다. (Miller 291)

「성 제임스의 숲」의 종결부에서 윌리엄즈는 오염된 페세익 강 속에 뛰어든 뒤에 강과의 상호침투(interpenetration)를 통해 모든 시간과 장소를 소유하게 되고 모든 것에 관한 완전한 지식을 갖게 된다. 이것은 「방랑자」의 초반부에 "어떻게 내가 이 현대성을 비추는 거울이 될 것인가?"와 같은 구절에서 나타나듯이 시인의 명확한 현실인식이며, 보편적 가치에 도달하는 길은 거칠고 오염된, 그러나 친숙하고 감각으로 느낄 수 있는 자신 주변의 지역세계에 대한 인식에서 시작된다는 깨달음이다.

> 그리고 나는 모든 것을 알았다—강은 곧 내가 되었다
> 그리고 나는 이중적 확신을 가지고 이것을 알았다
> 왜냐하면 그곳에서, 하얗게, 나는 물아래서
> 멀어져 가는 나 자신을 보았기 때문에!
> 나는 고뇌 속에서 외칠 수 있었다
> 내 스스로가 떠나가는 것을 지켜보며
> 영원히—

And I knew all—it became me
And I knew this for double certain
For there, whitely, I saw myself
Being borne off under the water!
I could have shouted out in my agony
At the sight of myself departing
Forever— (*CP1* 116)

페세익 강물의 조류에 스스로를 맡김으로써 시인은 자신과 삶과 죽음의 강이 하나가 되는 변형을 경험한다. 물은 혼돈되고 분화가 이루어지지 않는 유동체의 상징으로 '모태(womb)'를 연상시킨다. 따라서 윌리엄즈의 물에서의 침례 행위는 모태에 대한 강력한 향수이며, 생성 이전의 무형태(formless)로의 회귀를 상징한다고 할 수 있다.

원을 분화이전 태초의 원형으로 파악하는 노이만의 이론에 따르면, 꼬리에 꼬리를 물고 있는 뱀 '우로보로스(uroboros)'는 기원과 그 안에 내포된 양극적인 것에 대한 상징으로서 '위대한 원(Great Round)'으로 정의된다. 노이만은 원의 이미지가 분화이전 태초의 원형을 의미하는 이유로, 최초의 상징은 가장 단순한 것이기 때문이라고 지적하고 원과 십자가를 그 예로 든다. 이들은 원형의 비시각적 특성에 가장 근접해 있어서 "구체화되지 않고 그림으로 표현되기 이전의 최초의 형태"로 인식되어져야 한다는 것이다(18~19). 따라서 시인이 뛰어들어가 하나가 된 페세익 강은 죽음과 재탄생의 이미지로써 상반된 요소의 통합을 상징하는 '위대한 원'의 이미지와 결부된다할 수 있다. 또한 「방랑자」의 결말이 시인이 다시 새로운 방랑을 시작하는 것으로 종결되는 끝과 동시에 시작을 의미하는 순환적인 원의 구조를 지니고 있다는 점을 주목할 필요가 있다. 이것은 노이만이 정의 내린 꼬리에 꼬리를 물고 있는 뱀 '우로보로스'와 일맥 상통하는데, 윌리엄즈는 『패터슨』 제5권에서 '우로보로스'를 다시 등장시켜 그 이미지를 강과 연결시키고 있다.

(한결같은) 방향이 바뀌었다
   꼬리를 입에 문
      뱀
"강은 시작된 곳으로 돌아간다"
   뒤로
      (앞으로)
내 안에서 강물이 고통을 겪는다
   마침내 시간이 씻겨 내릴 때까지
      그리하여 "나는 모든 것을 (혹은 충분히) 깨달았다
강이 내가 되었음을 …"

The (self) direction has been changed
   the serpent
      its tail in its mouth
"the river has returned to its beginning"
   and backward
      (and forward)
it tortures itself within me
   until time has been washed finally under:
      and "I knew all (or enough)
it became me …" (*P* 229)

"강은 시작된 곳으로 돌아간다"라는 언급에서 알 수 있듯 오랜 방황 끝에 시인은 결국 강이 시작된 곳, 삶의 원천으로 다시 돌아가야 함을 깨닫는다. 시작으로 돌아간다는 것은 현재의 순간으로 돌아간다는 것을 의미한다. 현재는 "항상 새로운 원천(ever-fresh origin)"이기 때문이다(Miller 337).

제임스 브레슬린(James E. Breslin)은 「방랑자」의 마지막 에피소드인 「성 제임스의 숲」을 극적인 반전으로 간주하며, 이것은 시적 화자인 시인의 "초월을 갈망하는"것으로 결론을 내리고 있다(21). 마찬가지로 조셉 리델(Joseph N. Riddel)은 이 마지막 에피소드를 굴복이나 체념의 행위로 간주하며, 이것에 의해 화자의 낭만적 에고이즘은 없어지게 된다라고 주장한다(48). 밀러, 브레슬린, 그리고 리델과 같은 비평가들이 말하는 「방랑자」의 주제는 약간의 차이는 있지만 대체로 공통적인 견해를 나타낸다. 그것은 시인에게 '위대한 어머니'로 각인된 "늙은 노파"가 모든 사물의 본질을 구현하는 것처럼 보였고 그리하여 침례 의식을 통해 화자는 스스로 모든 사물의 본질이 되었다는 것이다. 따라서 부성원리가 아닌 에밀리로 대변되는 모성원리를 통해 윌리엄즈는 옛 자아의 죽음과 새롭게 재생된 자아로 말미암아 어떤 사물과도 자신을 조화시킬 수 있게 되는 혜안을 가지게 되었다할 수 있다.

나가며

윌리엄즈는 할머니 에밀리로부터 여성과 여성세계에 대한 인식을 점차 넓혀 나갔으며 그녀를 자신의 시적 상상력의 원천으로 삼았다. 윌리엄즈에게 강인한 불굴의 전사 이미지로 각인되는 할머니 에밀리의 이면에는 소외, 인내를 견뎌내는 모성성이 감추어져 있다. 이런 에밀리의 존재는 윌리엄즈에게 끊임없이 매력과 동시에 혐오감을 느끼게 하는 여인상으로 시인의 작품 곳곳에 투영되어 있다. 윌리엄즈는 「한 뼘의 땅에 대한 헌신」, 「내 영국 할머니의 마지막 말」을 위시한 몇 편의 시에서 개인적인 곤경, 고난, 불행에 맞서 끝가지 살아남는 특성을 가진 에밀리에게 무한한 존경을 보여주고 있다. 이와 같은 에밀리의 모습에서 윌리엄즈는 삶의 비전을 보게 된다.

윌리엄즈는 또한 「방랑자」에서 에밀리를 모델로 하여 모든 대립적인 것을 화해, 융합시키는 여신 '데메테르'의 이미지를 이끌어 내고 있다. 여기서 에밀리는 윌리엄즈에게 최초의 뮤즈가 되어 그의 시학의 방향을 제시해 주고 있는 인물로 등장한다. 여성의 긍정적인 요소인 '모자관계(Mother—Child situation)'는 가장 친밀한 인간적 체험, 즉 '영원히 인간적인'체험에서 발생하는 것이라고 하는 노이만(147)의 정의를 상기할 때 데메테르의 이미지는 가장 원형적인 인간적 체험을 확대해보려는 윌리엄즈의 시적 의도의 구현임을 알 수 있다. 「방랑자」를 통해 윌리엄즈는 새로 태어났다고 할 수 있다. 여기서 윌리엄즈는 에밀리를 자신의 시적 무의식과 일치시킴으로써 삶과 죽음, 선과 악, 파괴와 창조라고 하는 단순화된 이분법적 분류를 허용하지 않는 비전을 갖게 되었다. 더 나아가 「방랑자」는 그 주제와 시어에서 『패터슨』의 골격을 이루고 있는 작품이기 때문에 최초의 뮤즈가 되는 에밀리의 존재는 윌리엄즈의 시에서 중요한 위치를 차지하고 있다.

이상에서 살펴본 바와 같이 윌리엄즈의 작품에 등장하는 할머니 에밀리는 시인에게 새로운 삶의 비전을 제시하는 뮤즈로서의 역할을 하고 있음을 알 수 있다. 윌리엄즈는 에밀리를 통해 선형적이고 이원론적인 세계관에서 벗어나 순환적이고 일원적 세계관에 대한 비전을 가지게 되었다. 따라서 윌리엄즈의 상상력에서 영원한 뮤즈, 즉 '위대한 어머니'로 각인되고 있는 에밀리는 시인에게 새로운 시학의 방향을 제시했다고 할 수 있다.

스패니시 기질과 스페인 문학

1. 윌리엄즈의 스페인 유산

윌리엄즈는 자신의 삶과 문학이 스페인적 유산과 밀접한 관련을 맺고 있음을 여러 작품을 통해 보여주고 있다. 영어와 스페인어를 혼용하고, 영국 문화와 더불어 스페인과 스페인의 유산을 지닌 중남미를 포괄한 라틴 문화가 강하게 대립하면서도 융화되어 있는 자신의 복잡한 가계(家系)에 대한 의식은 윌리엄즈에게 정체성에 관한 끊임없는 의문을 불러일으켰다. 순수 영국계였던 윌리엄즈의 부친 윌리엄 조지(William George)는 5세 때 어머니를 따라 미국으로 온 이주민이었다. 반면에 모친 엘레나(Elena)는 푸에르토리코(Puerto Rico)에서 바스크인 어머니와 독일과 스페인, 및 유대계 혈통을 이어받은 아버지 사이에서 태어났다. 이런 특이한 가족적 배경 때문에 윌리엄즈는 유년시절부터 영어와 스페인어를 함께 사용할 수 있었다. 아울러 아버지로 대변되는 정통 영국 문화와 어머니로 대변되는 스페인 문화를 동시에 받아들이면서 두 문화의 다양성을 인정하고 존중하는 진정한 미국인으로서의 정체성을 확립할 수 있게 된다. 이는 "이러한 가족적 배경은 그로 하여금 미국을 안과 밖에서 동시에 바라볼 수 있는 경계선 상에 위치하게 했고 시인으로서의 개인적 정체성과 미국이라는 국가 정체성을 자신의 작품 안에서 연결시키는 계기를 제공한 것으로 보인다"(26)라는 로우니(John Lowney)의 언급에서 분명히 알 수 있다.

윌리엄즈는 이런 가족적 배경으로 인해 이중의 언어와 문화를 유년시절부터 자연스럽게 습득하게 되었고 자신의 내면에 공존해 있는 이중적 자아를 동시에 수용하는 자아 성숙의 토대를 마련하기에 이른다. 윌리엄즈는 유년시절부터 가족들과 친구들에 의해 윌리엄(William)의 애칭인 빌(Bill)이라는 영국식 이름으로 불리며 표면적으로는 영국적 자아를 드러냈지만 자신의 내면에 침잠되어 있는 칼로스(Carlos)라는 또 다른 자아를 발견함으로 정체성에 대한 혼란과 갈등을 겪게 된다. 그러나 역설적으로 윌리엄즈는 칼로스라는 자아를 수용함으로써 당대 미국사회에 만연한 청교주의 의식과 이를 계승한 와스프(WASP), 즉 앵글로색슨계 백인 신교도적 가치관의 폐해를 자각하게 된다.

윌리엄즈는 영국으로 대변되는 유럽 문화의 전통과 구별되는 진정한 미국적 정체성을 찾기 위해 청교주의 가치관을 더욱 철저히 배제하고자 하였다. 1923년에 발표한 『위대한 미국소설 *The Great American Novel*』에서 윌리엄즈는 "우리는 여전히 청교주의 계보라는 장애 하에서 괴로워한다"(*Imag* 210)[1]고 말한다. 또한 1925년에 발표한 『미국적 기질 *In the American Grain*』에서 그는 미국에 문화적 식민화와 문학적 불모를 가져오게 했던 이유로 "단절"에 기반을 둔 청교주의라고 규정하며, 반-청교도적(anti-Puritan) 정신을 강조한다(*IAG* 115).[2] 그리하여 그는 청교주의 가치관 하에서 비유럽적이고 이질적이며, 저급한 것으로 치부되는 스페인 문학에서 진정한 보편성을 발견하고 자신의 시세계의 출발점을 삼게 된다. 1939년에 발표한 「페데리코 가르시아 로르카 Federico García Lorca」라는 에세이에서 윌리엄즈는 스페인 시인 로르

1) 이하 『위대한 미국소설 *The Great American Novel*』의 인용은 *Imag*로 약칭하고 괄호 안에 면수만 표시함.

2) 이하 『미국적 기질 *In the American Grain*』의 인용은 *IAG*로 약칭하고 괄호 안에 면수만 표시함.

카(Federico García Lorca)를 찬양하며, 그의 문학계보를 보여주는데 이것은 자신과 미국의 문학 정체성을 스페인 문학의 혈통을 중심으로 이해하고자 하는 그의 의식인 것이다. 윌리엄즈는 로르카가 발견한 "오늘날의 시적 정수(the very essence of today)"는 바로 다름 아닌 『엘 시드의 노래 *Poema del Cid*』와 로만세(romances)와 같은 스페인 고전 문학에 있음을 부각시킨다(*SE* 227).[3] 그는 당대 미국 시가 답습하고 있던 전통적인 영시의 운율인 "약강 오음보(iambic pentameter)"에서 탈피하여야 함을 거듭 강조한다. 그는 약강 오음보에 대한 대안으로 『엘 시드의 노래』와 로만세와 같은 "8음절 모운 시행(eight syllable assonanced line)"으로 이루어진 스페인 시행(Spanish line)을 토대로 "가변 음보(variable foot)"를 창안하고 이를 독자적인 미국적 운율이라고 강조하면서 미국 시가 나아가야 할 방향을 제시한다. 이처럼 윌리엄즈는 일평생 미국 문학과 문화는 "청교주의 계보"를 잇는 영국 전통에서 탈피하여 "지금, 이곳(here and now)"과 "접촉"할 수 있어야 독자적인 정체성을 구축할 수 있다고 역설한다. 다시 말해 청교주의적 기준에 의거한 미국 문학의 정전을 수정하고, 동시에 스페인 문학을 자신의 시작(詩作)의 토대로 삼아 윌리엄즈는 영국 문학의 전통에서 해방된 미국 시의 정체성을 구축할 수 있게 되었다.

스페인어와 스페인 문학은 윌리엄즈로 하여금 자신뿐만 아니라 미국의 문학과 문화적 정체성을 새롭게 정립시켜준 핵심 요인이라 할 수 있다. 윌리엄즈에게 스페인적 기질을 발견하게 하고 나아가 진정한 자신의 문학계보로 수용하게 하는데 결정적인 영향을 끼친 인물로 그의 어머니 엘레나를 지적할 수 있으며, 루이스 데 공고라(Luis de Góngora)와 돈 프란시스코 케베도(Don Francisco Quevedo), 그리고 페데리코 가르시아 로르카(Federico García Lorca)를 말할 수 있다. 필자는

3) 이하 『에세이집 *Selected Essays of William Carlos Williams*』의 인용은 *SE*로 약칭하고 괄호 안에 면수만 표시함.

지금까지 부각되지 못했던 윌리엄즈의 칼로스적 삶의 궤적을 추적함으로써 전기부터 후기까지 일관되게 그의 작품에 투영되어 있는 스페인 문학계보를 살펴보고자 한다. 그리하여 윌리엄즈가 스페인어와 스페인 문학을 통해 자신의 시세계를 더욱 다양하고 다층적으로 발전시킬 수 있었으며 또한 미국 시가 나아가야 할 방향을 제시하고 있음을 밝히고자 한다.

2. 디오니소스적 기질과 미국 문화

"나는 스페인어를 구사하는 사람들에게 친밀감을 느낀다(Mariani 17)"라고 브라운(Bob Brown)에게 쓴 편지에서 윌리엄즈가 밝히고 있듯이, 스페인과 스페인의 유산을 지닌 중남미의 언어와 문화적 배경은 그의 시세계의 근원적인 토대가 된다. 쿠친스키(Vera Kutzinski)는 신세계의 융합된 문화적 유산을 찬양하는 새로운 문학 양식을 찾으려는 윌리엄즈의 갈망은 스페인어에 관한 그의 관심과 밀접한 관련이 있다고 주장한다(37). 타운리(Rod Townley) 또한 "비밀스런 스페인적 아름다움(dark Spanish beauty)"을 의미하는 자아를 가진 윌리엄즈가 자신의 시작(詩作) 초기에 영향을 끼친 키츠(John Keats)에서 스페인 전통 시로 전환한 것은 올바른 방향으로의 도약이라고 언급하며 시인에게 미친 스페인적 유산의 중요성에 대해 다음과 같이 주장한다.

> 다소 진부한 두 윌리엄이라는 그의 이름과 성 사이에 칼로스, 즉 "비밀스런 스페인적 아름다움"—1906년 『스콥 *The 'Scope*』이라고 불리는 의학 연보에서 윌리엄즈가 사용했던—이 숨어 있다. 윌리엄즈의 분신으로 등장하는 "에반 디오니소스 에반스(Evan Dionysius Evans)"를 언급하고 있는 『이교로의 항해 *A Voyage to Pagany*』의 첫째 판에서 뿐만 아니라 몇몇 산문집에서 윌리엄즈 자신이 그 이름이 의미하는 바를 인식하고 있다는 것

은 명백하다. 그의 스페인적 유산은 그에게 그의 시가 그토록 필요로 했던 디오니소스적 자유분방함이라는 야성적 기질을 재현하는 것처럼 보인다. (64~65)

이 인용문에서 타운리는 칼로스로 대변되는 스페인적 유산은 시인에게 "디오니소스적 자유분방함이라는 야성적 기질"을 재현하는 것처럼 보인다고 말하며, 스페인적 기질은 디오니소스적 기질과 일맥상통한다고 언급한다. 이것은 다양성과 주변성을 암시하는 디오니소스적 기질의 스페인 문학혈통을 이어받은 윌리엄즈가 획일성과 순종성을 암시하는 아폴론적 기질의 영국 문학의 전통에서 벗어나 자신의 시세계를 더욱 확장할 수 있게 되었음을 극명하게 보여주는 주장이다. 타운리의 지적처럼 윌리엄즈의 시세계에 미친 스페인적 유산은 시인의 삶에 있어서 "숨겨진 핵심(hidden core)"이라 할 수 있는데, 윌리엄즈는 『자서전』의 「서문」에서 겉으로 드러나지 않는 비밀스런 자신의 또 다른 세계를 환기시키는 "숨겨진 핵심"에 대해 다음과 같이 말한다. "우리는 항상 일반적인 응시로부터 우리의 삶의 비밀을 감추려고 한다. 내 삶의 숨겨진 핵심이라고 내가 믿는 것은 심지어 내가 여기서 외적인 사실을 말한다고 할지라도 쉽게 해독될 수 없을 것이다"(*A* n.p.).

윌리엄즈는 스페인어가 자신의 시를 더욱 풍요롭게 만든 원천이었던 반면 식민지적 유산인 영국식 영어는 미국어(American English)에 적합하지 않다고 말한다. 「예술에 있어서 신념의 토대 The Basis of Faith in Art」라는 에세이에서 그는 심지어 "영어를 말할 수 없었다"라고 역설한다.

나는 내가 나라는 것을, 내가 정확히 어디에 서있는지를 그리고 어떤 것도 나 자신에게서 짝(counterpart)이 존재하지 않는다는 것을 내가 인정하고 받아들이게 할 수 없다는 것을 항상 알고 있었다. 나는 항상 나 자신에게 한 가지 이유에서 내가 영어를 말할 수 없었다고 말했다. 그것은 시작의 토대가 되는 것으로, 나의 필요에 의해 영어를 말했었다는 것이지, 그 필요성이 오래전에 사라진 무관한 전통에 따라서 영어를 말하지 않았다는 것이다. 영어는 오늘날의 나처럼 살아가는 사람에게는 전혀 부적절한 그런 거리낌(compunctions)으로 가득 차 있다. 하지만 관습이 우리가 그런 거리낌에 의해 더욱 구속되도록 만든다. 나는 그렇지 않다. (*SE* 177)

이 인용문에서 윌리엄즈는 영국식 영어를 말할 수 없었던 이유를 곧 필요성이 이미 오래전에 사라진 "무관한 전통"이며 자신에게는 전혀 부적절한 "거리낌"으로 가득 차 있었기 때문이라고 말한다. 마르잔(Julio Marzán)은 여기서 윌리엄즈가 말하는 그런 "거리낌"과 "전통"은 미국의 토양에 "융합"하지 못하는 문학적인 전통과 사회적인 전통 둘 다를 암시적으로 언급하는 것으로 보인다고 지적한다(141). 이처럼 윌리엄즈는 "지금, 이곳"과의 "접촉"을 상실한 채 맹목적으로 영국식 언어와 전통을 그대로 답습하는 것은 미국의 고유한 언어와 문화를 꽃피울 수 있는 기회를 차단하며 나아가 문화적 식민 상태를 더욱 가속화시킨다고 역설한다. "지역적인 것만이 보편적인 것이며, 모든 예술의 초석이 된다"(*A* 391)라는 말에서 알 수 있듯이, 윌리엄즈는 모든 문화의 토대가 되는 지역성이야말로 진정한 보편성의 출발점이라고 생각하였다. 그는 1934년에 쓴 「미국의 배경 The American Background」이라는 에세이에서 윌리엄즈는 "문화는 그것이 발생한 곳에 있어야 하며, 그렇지 않으면 삶과 관련된 모든 것이 정지한다 (…중략…) 만약 정체된다면 그것은 죽는다"(*SE* 157)고 말하며 스페인 문화처럼 미국 문화도 "접촉"을 토대로 창조되어야 유럽 중심의 뿌리 깊은 문화적 종속 상태에서 벗어날 수 있다고 주장한다.

3. 엘레나와 네루다

마르잔이 엘레나는 윌리엄즈의 많은 또 다른 이미지들(alter images) 중의 하나이다(94)라고 말하듯이, 윌리엄즈에게 사적이고 주변적인 목소리를 내는 스페인적 자아를 부여한 최초의 인물은 그의 어머니 엘레나이다. 엘레나는 1847년 푸에르토리코 마야귀에즈(Mayaguez)시에서 태어났다. 본명이 라켈 엘렌 로제 오헵(Raquel Helne Rose Hoheb)인 그녀는 어린 시절 일찍 양부모님을 여의고 내과 의사였던 오빠 칼로스(Carlos)의 경제적인 도움을 받으며 생활하게 되었다(Mariani 15). 드리스콜(Kerry Driscoll)은 어머니 엘레나가 윌리엄즈의 초기 작품에서 후기 작품에 이르기까지 수많은 시와 산문에서 등장하며 또한 시인의 시적 상상력의 원천이라고 말한다(6~7). 드리스콜이 지적하고 있듯이 히스패닉 배경을 지닌 엘레나는 윌리엄즈의 스페인적 자아의 중심에 자리 잡고 있는 인물이다. 섬세한 예술적 감수성을 지녔던 엘레나는 장차 화가가 되려 했었고 한때 파리의 미술학교에서 수학하기도 했었다. 그러나 재정적인 문제로 인해 3년 만에 고국으로 돌아와야만 했고 1882년에 윌리엄즈의 부친인 윌리엄 조지를 만나 다음 해에 결혼하여 그를 따라 미국에 정착하게 된다.

윌리엄즈는 자신의 삶과 상상력에 미친 엘레나의 영향력을 『나는 시를 쓰고 싶었다』의 다음 구절에서 설명하고 있다.

> 나는 이 글을 쓰고 있는 동안 줄곧 내 어머니의 영향력에 대해 그리고 이 나라에서 여성으로서 뿐만 아니라 외국인으로서 그녀의 시련에 대해 인식하고 있습니다. 나는 항상 우연히 살게 된 지역을 내려다보며 내게 소원하고 멀리 떨어져 있는 그녀를 신비로운 인물로 간주해 왔습니다. 그녀는 다소 애처로운 인물로 그녀가 살던 환상의 세계로부터 이주하였습니다. 그녀의 푸에르토리코 배경뿐만 아니라 한때 파리에서 미술을 공부하며 여러 해를 보낸 후 뉴저지의 작은 마을에서 삶을 살게 된 데 대한

그녀의 당혹감 때문에 그녀는 초연한 삶을 영위하게 되었습니다. 그녀의 미술에 대한 흥미는 나의 미술에 대한 흥미를 유발시켰습니다. 나는 러더포드의 세계로부터 초연한 삶을 영위했던 그녀를 의인화하였습니다. 그녀는 영웅적 인물, 시적 이상과 같이 보였습니다. 나는 특별히 그녀를 존경하지는 않았지만 그녀와 연결되어 있습니다. 나는 아직까지 어떤 독립적 정신을 확립하지 못했습니다. (*IWWP* 16)

위의 인용문에서 윌리엄즈는 엘레나를 "외국인", "신비로운 인물"로, 그녀가 살았던 곳을 "환상의 세계"로, 그리고 그녀를 "시적 이상"으로 간주하며 "그녀와 연결되어 있음을" 강조하고 있다. 이런 점에서 엘레나와 윌리엄즈는 어머니와 아들이라는 혈연관계를 넘어서 미학적인 유사성을 공유하고 있다는 드리스콜의 말은 이들의 관계를 간명하게 드러내 준다. 시인은 그와 자신의 어머니가 많은 점에서 근본적으로 동일하다고 믿었기 때문에 윌리엄즈는 그녀를 살아 있는 텍스트로 간주하였다. 즉, 그녀 속에서 윌리엄즈는 그 자신의 정체성의 비밀을 읽고 또한 발견할 수 있게 되었다(Driscoll 8).

엘레나는 남편 윌리엄 조지와 마찬가지로 스페인어를 유창하게 구사할 수 있었다. 엘레나는 모국어인 스페인어 외에도 프랑스어를 구사할 수 있었으며, 결혼 후 미국에 정착해서는 영어를 하게 되었는데, 이 세 가지 언어가 뒤섞인 혼성된 언어로 말했다. 스페인어와 프랑스어로 말하는 데 익숙했던 그녀는 영문법의 뉘앙스를 완전히 통달하지 못했기 때문에, 그녀가 사용하는 언어는 불완전하고 특이했다. 윌리엄즈는 처음에는 자신에게 듣기 거북한 표준 영어 표현에서 벗어난 엘레나의 비문법적인 표현을 교정해주었다. 그러나 시간이 지나면서 점차 그는 그녀가 말하는 비문법적인 말을 음미해 나갔으며 그 속에서 새로운 시적 운율(new poetic measures)의 독특한 원천을 발견하게 된다(Driscoll 35). 이런 엘레나의 혼성된 언어는 윌리엄즈에게는 구세계와 신세계의 요소가 융합되어 독특한 미국적 실체를 만든 것처럼 보였으며 나아가 시인의 시적 언어에 큰 영향을 끼치게 되었다.

윌리엄즈는 엘레나와 함께 스페인어로 된 작품을 번역함으로써 스페인 문학에 더욱 심취하게 된다. 1928년부터 이듬해 동안 윌리엄즈와 엘레나는 프랑스 작가 필립 수포(Philippe Soupault)의 소설 『파리의 마지막 밤 *Last Night of Paris*』을 함께 번역했다. 『파리의 마지막 밤』이 엘레나의 청춘시절에 대한 많은 정보를 제공해 주었음을 인식한 시인은 이제 그녀의 더욱 먼 과거에 대해서 알고 싶었다. 이런 목적을 달성하기 위해 시인은 17세기 스페인 바로크 문학 시대의 대표적인 기지주의자(conceptualist)로 간주되고 있는 스페인 작가 케베도가 쓴 소설 『개와 열병 *The Dog and the Fever*』을 번역 텍스트로 채택한다. 여러 스페인 문학 작품 가운데 케베도가 쓴 소설을 선택한 가장 중요한 이유는 케베도가 엘레나의 소녀 시절에 상당한 영향을 끼친 작가였기 때문이다. 케베도가 쓴 『개와 열병』은 스페인 고어로 쓰였고, 전통적인 격언(proverbs)으로 가득 차 있었으며, 또한 외설적인 면이 있음에도 불구하고 엘레나는 이 소설을 좋아했다고 윌리엄즈는 언급한다(*A* 351). 나아가 윌리엄즈는 케베도가 쓴 『개와 열병』을 보지 못했더라면 어머니 엘레나에 대한 전기를 쓰겠다는 생각조차 하지 못했을 것이라고 다음과 같이 말한다.

> 일평생 어머니는 종종 케베도에 대해 언급했습니다. 그녀는 그의 이름과 연관된 몇 가지 기지가 풍부한 이야기들을 내게 말해 주었고 또한 그녀가 무척이나 그 이야기를 즐거워했다고 합니다. 그녀가 내게 말했던 이런 이야기가 없었다면 그 오래된 책은 나의 관심을 끌지 못했을 것이며 또한 그 책에서 어떤 것—심지어 어머니에 관한 전기를 쓰겠다는 생각조차—도 떠오르지 못했을 겁니다. 또한 내가 그 책에 대해 가졌던 모호한 관념을 넘어선 형식도 얻지 못했을 겁니다. (*YMW* 36)

이 인용문에서 윌리엄즈는 케베도가 "엘레나에 관한 전기", 즉 『예스, 윌리엄즈 부인 *Yes, Mrs. Williams*』의 기원이 되는 작가임을 강조하고 있다. 삶에 대한 깊은 환멸을 풍자기법을 통해 나타내는 "기지주의(conceptismo)"를 주창한 케베도의 문체 구성(stylistic design)을 윌리엄즈는 추구해 나가고자 했다. 즉, 『예스, 윌리엄즈 부인』의 줄거리를 구성하는 이야기는 본질적으로 엘레나의 이국적 정신을 영어로 번역하는 것에 관한 것(Marzán 82)으로, 윌리엄즈는 이런 케베도적인 문체 구성을 "설계(scheme)"라 부르며 마치 케베도가 썼던 것처럼 『예스, 윌리엄즈 부인』을 쓰려고 했다고 다음과 같이 말한다.

> 내게 그 소설은 독특하고 매력적이었습니다 (…중략…) 그 소설의 설계는 부패한 왕실에 대한 사실을 서술한 것이었지요. 하지만 공개적으로 서술하지는 않았는데, 왜냐하면 케베도는 그렇게 할 수 없었기 때문입니다. 대신에 우리는 그 당시 케베도가 머물렀던 농장을 둘러싼 풍경과 소리 속에서 살았던 사람들의 격언으로 전해지는 이야기를 듣게 되었습니다. 모든 것이 암시적이고, 어떤 것도 직접적으로—오늘날 그렇게 많이 서술되는 것처럼—서술되지 않았습니다. (*A* 350)

이 인용문은 케베도가 『개와 열병』에서 그랬던 것처럼 『예스, 윌리엄즈 부인』을 자신이 직접적으로 서술하지 않고 어머니 엘레나가 말하는 듯한 "암시적인" 작품으로 서술하려고 한 윌리엄즈의 의도를 명확하게 보여주고 있다. 따라서 『예스, 윌리엄즈 부인』은 윌리엄즈가 엘레나의 "이국적 정신(foreign spirit)"을 영어로 번역함에 있어 케베도적 기지(wit)를 차용하여 쓴 작품이라고 볼 수 있다.

엘레나와 더불어 윌리엄즈에게 스페인적 자아 정체성을 확립하는 데 영향을 끼친 대표적인 작가는 17세기 스페인의 바로크 문학을 대표하는 시인인 공고라이다. 세르반테스(Miguel de Cervantes)이래 가장 중요한 스페인 작가로 간주되는 공고라는 로르카에 의해 "현대시의 아버지"라고 불리기도 했으며, 장식적이고 과장된 스타일을 의미하는

"과식주의(culteranismo)"라는 신조어를 만들어낸 장본인이기도 하다. 윌리엄즈는 1911년부터 1913년 무렵까지 공고라의 시를 접하면서 그 자신이 궁극적으로 목표하고 있는 예술세계와의 유사성을 간파하였다(Mariani 106). 「페데리코 가르시아 로르카」라는 에세이에서 윌리엄즈는 "과장되고 어려운(turgid and difficult)" 스타일인 "과식주의"를 개발한 공고라를 "그 사람이 바로 공고라였다!(Góngora was the man!)"라고 말하며 다음과 같이 찬양하고 있다.

> 서정 시인으로서 그 새로운 모험을 완전히 실현시켰을 뿐만 아니라 놀랄 만한 효과로—그것을 사라지게 하고, 고양시키고, 넘어서려고 시도한 인물이 바로 루이스 데 공고라이다. 17세기 초 그가 창안한 것(inventions)이 오늘날의 우리들에게까지 강렬한 관심을 가지게 만든 유일한 스페인 시인이 바로 공고라이다. 즉, 세계적 명성과 더불어 불변하는 위대한 자질을 지닌 소수의 스페인 시인들 중의 하나이다. (*SE* 225)

스페인 남부 안달루시아 출신의 비주류 작가였던 공고라는 15세기에 스페인에서 유행했던 8음절로 이루어진 스페인 고유의 시형식인 로만세(romances)를 씀으로써 명성을 얻게 되었는데, 주목할 점은 그의 시가 영어의 "기상(conceit)"에 상응하는 "기지(concepto)"라는 토대위에서 쓰였다는 점이다. 고정되지 않은 구문을 가진 굴절어(inflected language)인 라틴어를 모방함으로써 공고라는 관습적인 어순으로 고정된 당대 스페인어에 많은 자유를 부여하였다. 언어를 고정된 틀에서 해방시킴과 더불어 공고라는 자연스런 어순의 붕괴를 가져오는 전치법(hyperbaton)을 추가하였는데, 윌리엄즈는 이런 공고라의 시작(詩作)에 많은 영향을 받게 된다(Marzán 171).

공고라의 대표적 걸작 『고독 *Las Soledades*』은 목가적 서사시(pastoral epic)로 윌리엄즈의 초기 시 「방랑자 The Wanderer」에 많은 영향을 끼쳤는데, 특히 구성과 스타일에 있어서 공고라의 많은 부분을 차용하고 있음을 알 수 있다. 「방랑자」는 윌리엄즈의 대표적인 초기 시로 1914년에 처음 쓰였으며 7편의 연작시로 구성되어 있는 작품이다. 이 시는 뮤즈와 같은 초월적 존재에 이끌려 다양한 체험과 침례의식을 거친 후에 시인이 새로이 태어나는 과정을 보여주는 시다. 「방랑자」의 연작 일곱 편 중 첫 번째 시 「여신의 출현 Advent」에서부터 공고라의 어조와 변형된 구문의 사용을 명료하게 볼 수 있다.

내가 아직 그녀에 대한 비전을
가지지 못했을 때조차
그녀는 어린 까마귀처럼 보금자리에서 뛰어 나와
숲을 선회하는 첫 비상을 했다.
그리고 그 때 그녀가 수평선을 향해 날개를 펴더니
나무 맨 꼭대기 위로 날아가
자신의 마음을 나에게 보여 주었던 것을 이제는 안다.
나는 그녀의 시선이 새로운 먼 곳을 응시하는 것을 보았다
그리고 그녀가 숲을 떠나 날아갈 때
그 숲 또한 그녀를 뒤따르던 내게서 멀어졌다.

Even in the time when as yet
I had no certain knowledge of her
She sprang from the nest, a young crow,
Whose first flight circled the forest.
I know now how then she showed me
Her mind, reaching out to the horizon,
She close above the tree tops.
I saw her eyes straining at the new distance
And as the woods fell from her flying
Likewise they fell from me as I followed— (*CP1* 108)

이 시의 5행 "I know now how then she showed me"를 살펴보면 "now"와 "then" 사이의 자연스런 어순이 붕괴됨을 알 수 있다. 즉, "Now I know how then she showed me" 혹은 "I know now how she showed me then"이 자연스런 어순인데, 윌리엄즈는 의도적으로 구문을 변형시키고 있다. 그리하여 공고라가 그랬던 것처럼 윌리엄즈 또한 구문을 변형시킴으로써 예상치 못한 강조의 효과를 얻을 수 있게 된다. 비슷한 맥락에서 9행의 "as the woods fell from her flying" 또한 "As she was flying, the woods fell from her" 혹은 "The woods fell from her as she was flying"라는 자연스러운 어순을 의도적으로 붕괴시킴으로써 강조의 효과를 얻고 있다(Marzán 174). 이렇듯 「방랑자」에서 공고라의 재치 있고 풍부한 어휘사용, 구문 변형, 그리고 기교를 윌리엄즈가 차용하고 있음을 명백히 알 수 있다.

로르카는 윌리엄즈의 스페인 문학계보에서 가장 중요한 위치를 차지하는 작가 중의 하나이다. 「페데리코 가르시아 로르카」라는 에세이에서 윌리엄즈는 로르카를 스페인 극작가 로페 드 베가(Lope de Vega) 이래 가장 대중적인 시인이었다고 말하며 로르카가 물려받은 문학적 전통을 자신이 계승해 나갈 것임을 역설하고 있다. 그리하여 윌리엄즈는 이 에세이의 절반 이상을 엘 시드(the El Cid), 후안 루이즈(Juan Ruiz), 후안 데 메나(Juan de Mena), 페드란도 데 헤레라(Fernando de Herrera), 프레이 루이스 데 레온(Fray Luis de León), 세인트 테레사(Saint Teresa), 그리고 루이스 데 공고라에 이르기까지 로르카의 문학계보에 초점을 두고 있다. 특히 이 에세이에서 윌리엄즈는 "공고라주의(Góngorismo)"로 알려진 "과식주의"를 개발한 공고라를 찬양하면서 오늘날의 로르카를 있게 한 것은 바로 공고라라고 주장한다(*SE* 226).

「페데리코 가르시아 로르카」에서 윌리엄즈는 로르카 시의 원천은 11세기 무어족(Moors)의 침입을 물리친 카스티야(Castile)왕국의 민족영웅인 엘 시드(El Cid)를 찬양한 서사시 『엘 시드의 노래 *Poema del Cid*』에서 유래되었다고 말한다. 윌리엄즈는 스페인 초기 문학의 대표작으로 꼽히는 『엘 시드의 노래』는 어떤 서구의 시보다도 더 중요성을 지닌다고 말하며, 특히 이 시의 운율(meter)과 시행은 모든 스페인 시가 추구해 나가야된다고 강조한다. 그는 로르카가 『엘 시드의 노래』와 더불어 로만세(romances)를 기초로 시를 썼다고 다음과 같이 말한다.

> 16음절로 구성되는 그 시행에서는 동일 모음이 때로 길게 발음되는 모운 현상이 발생한다. 대개 절반으로 나누어져 쓰이는 이 시행은 로만세 혹은 발라드, 즉 아마도 『엘 시드의 노래』 혹은 그것 보다 더 오래 된 수많은 옛 로만세(romances viejos)의 기초가 된다. 그것[8음절 모운 시행]은 구문론적 시행(structural line)을 재주장하는 로르카에 의해 많이 사용된 형식으로, 그의 작품에 기초가 되는 불변하는(unchanged) 형식이다. (*SE* 221)

여기서 로르카가 대중적인 로만세를 쓸 때 사용된 8음절 모운 시행의 전통을 이어받았음을 밝힘으로써, 윌리엄즈는 자신이 추구해야 할 시의 방향을 함축적으로 드러내고 있다. 그는 당대 미국 시가 답습하고 있는 전통적인 영시의 운율인 "약강 오음보"를 피해야 한다고 강조하면서, 로르카가 계승하고 있는 『엘 시드의 노래』와 로만세에서 그 대안을 찾게 된다. 비록 로르카와 달리 윌리엄즈는 영어로 작품을 써 나갔지만 그는 여전히 "약강 오음보"에 대한 하나의 대안으로서 "8음절, 4강세 시행(eight syllable, four stress line)"으로 이루어진 스페인어 시행을 토대로 시를 쓸 수 있었다(Marzán 188). 즉, 『엘 시드의 노래』로부터 로르카에 이르기까지 윌리엄즈가 물려받은 그런 상징적 시행은 그로 하여금 스페인어의 정수를 융합한 영어로 시를 쓰게 하였고, 그리하여 더욱 통합적이고 더욱 미국적인 문화를 양산할 수 있게 되었다. 나아가 로르카가 계승하고 발전시킨 스페인 시를 토대로 윌리엄즈는 "현재 우리가 살아가는 사회적, 경제적 세계와 상응하는 운율"(*SE* 283), 즉 "가변 음보(variable foot)"를 고안할 수 있게 된다. 가변 음보는 고정되어 있지 않는 변화하는 음보로 정의되고 있다(*IWWP* 82). 다시 말해 가변 음보는 하나의 시행을 세 부분으로 나누어 그 각각의 부분을 "한 개의 음보"로 보고, 다시 이 세 개의 음보를 하나하나의 행으로 간주하는 것을 말한다. 즉, 이 세 개의 음보를 하나의 행으로 간주함으로써 결국 한 행을 세 개의 행으로 나누어 쓰는 것을 말한다. 대표적인 예는 『패터슨 *Paterson*』 제2권의 하강 부분(*P* 78), 「다프네와 버지니아에게 To Daphne and Virginia」, 「화가들에게 부치는 헌시 Tribute to the Painters」, 「아스포델, 저 초록 꽃 Asphodel, That Greeny Flower」 등의 시에서 볼 수 있다. 이것은 대개 삼단 연(triadic stanza)으로 간주되는데, 윌리엄즈는 삼단 연을 대부분 『메마른 음악 *The Desert Music and Other Poems*』(1954), 『사랑으로의 여행 *Journey to Love*』(1955) 등 1950년대 이후의 후기 시집의 시에서 사용했다. 1962년 출간한 마지막 시집 『브뤼겔의 그림들 *Pictures from Brueghel and Other Poems*』에서도 변형된 삼단 연, 즉 시차를 두지 않은 3행 연구(non-staggered tercets)를 두드러지게 사용하고 있다. 그러나 심슨(Louis Simpson)은 윌리엄즈가 1932년에 발표한 시 「대구 머리 The Cod Head」에서처럼 1950년대 이전에 쓴 시들 가운데서도 삼단 연으로 조정될 수 있는 시가 있다고 주장한다. 심슨은 "미국적 운율(American measure)이 존재하는가?"라는 문제를 제기하며 "가변 음보"가 무엇이든지 간에 그것은 영국 시인들이 여전히 선호하고 있는 약강 음보(iambic foot)는 분명히 아니라고 역설한다(304~305).

윌리엄즈의 사후 4년이 지나서 출판된 시 「조가비 수집가 네루다에 바치는 헌시 Tribute to Neruda the Collector of Seashells」에서 시인은 "가변 음보"를 표상하는 "가변 음조(variable pitch)"가 현재의 미국 시에 필요하다고 말한다.

이제 나는 거의 눈이 멀었는데도,
세상에 이런 일이 생겨났지요,
내가 다른 사람들처럼
잘 볼 수 있다는 겁니다—상상력이

내 어머니가 늙었을 때
그녀에게 일어났던 것처럼 내 속으로
들어왔지요. 꿈이 시력을
대신한 것. 그녀의 모국어는

그녀가 결코
잊지 못한
스페인어. 그것은 또한
칠레 시인 네루다의

언어였지요—그의 고향
해안가에서 조가비를
수집하였던, 그가 명성을
얻을 때까지, 세계에서

두 번째로 가장 큰
수집이었지요. 사랑하는 어머니,
네루다에게 짜증내지 마세요. 조가비의
변하지 않는 아름다움은,

바다 그 자체와 같이, 그의 시에
가변 음조를 주었지요.
그것은 현재의 시가 필요로
하는 것입니다.

Now that I am all but blind,
however it came about,
though I can see as well

as anyone—the imagination

has turned inward as happened
to my mother when she
became old: dreams took the
place of sight. Her native

tongue was Spanish which,
of course, she
never forget. It was the
language also of Neruda the

Chilean poet—who collected
seashells on his
native beaches, until he
had by reputation, the second

largest collection in the
world. Be patient with
him, darling mother, the
changeless beauty of

seashells, like the
sea itself, gave
his lines the variable pitch
which modern verse requires. (*CP2* 357~358)

이 시의 1연과 2연에서 윌리엄즈는 60대 중반 이후부터 시작된 건강의 악화와 이로 인한 시력 상실의 상황을 언급하고 있다. 시인은 1951년부터 시작된 뇌졸중(strokes)으로 인한 시력의 상실에도 불구하고 만년의 엘레나가 그러했듯 상상력이 더욱 깊숙이 자신의 내부로 들어왔음을 고백한다. 나아가 시인은 칠레 시인 네루다(Pablo Neruda)의 조가비 수집을 언급하며 작가는 자신이 처한 환경과 "즉시적인 접촉"을 해야 한다고 역설한다. 중요한 점은 3연과 4연에서 시인이 자신과 엘레나 그리고 네루다를 공통적으로 엮여주는 연결고리로 스페인어의 중요성을 다시 한 번 부각시키고 있다는 사실이다. 특히 마지막 연에서 네루다의 가변 음조를 언급함으로 윌리엄즈는 네루다의 시에서처럼 운율적 독창성의 정수라 할 수 있는 "가변 음보"가 현대 미국 시에 필수적이라고 강조한다. 따라서 이 시는 표면적으로는 네루다에 대한 찬사로 보이지만, 본질적으로는 현재의 미국 시가 나아가야 할 방향을 역설하고 있는 것이라 할 수 있다.

윌리엄즈는 로르카가 『엘 시드의 노래』와 로만세 같은 스페인 고전 양식 속에서 운율뿐만 아니라 "오늘날의 시적 정수"를 발견했다고 말한다.

> 젊은 시절의 공고라처럼 로르카는 스페인 고전 양식을 채택하였다. 나는 이런 음조(notes)에 가까이 다가가기 위해서 그의 책 『이그나시오 산체스 메히아스의 죽음을 애도하며 *Llanto por Ignacio Sánchez Mejías*』를 택하였다. 스페인 고유의 운율(meters)은 현대 강세(modern stresses)가 견디기에 너무 모호하고 유연하다는 스페인 사람들의 마음속에는 항상 의문점이 있어 왔던 것처럼 보인다. 그러나 20세기적 사고라는 관점을 부가 받은 로르카는 바로 그 고전 형식 속에서 오늘날의 시적 정수를 발견했다. 마음이 깜짝 놀라 깨어나게 자극하는 이미지의 생생함에 의한 실재, 곧 즉시성이 그것이다. (*SE* 227)

공고라와 마찬가지로 로르카는 스페인 고전 양식에서 발견한 오늘날의 시적 정수는 다름 아닌 이미지의 생생함에 의한 "실재(reality)",

"즉시성(immediacy)"이라고 강조한다. 이런 윌리엄즈의 언급은 관습과 추상적 사고로 인한 언어와 사물의 분리를 포착하고 있음을 명백하게 보여주는 것이라 할 수 있다. 그는 언어가 실재와의 단절을 극복하기 위해서 사물과의 "즉시적인 접촉"을 토대로 언어를 새롭게 부활시키고자 하였다.

나가며

윌리엄즈에 대한 연구는 영문학의 주류를 형성하고 있는 영국 문학전통으로 다루어져 오기 때문에 흔히 칼로스라는 이름으로 대변되는 윌리엄즈의 스페인적 배경과 유산에 관한 연구는 지금까지 거의 논의조차 이루어지지 않고 있다. 이는 진정한 미국적 정체성은 오늘날까지도 청교주의적 유산의 산물인 와스프(WASP) 문화에 뿌리를 두고 있으며 또한 스페인적 유산은 비유럽적이고 이질적이며, 저급하다는 맹목적 믿음의 반영이기도 하다. 그러나 지금까지 살펴본 바와 같이, 윌리엄즈는 영국식 영어와 영국 문학전통이 "지금, 이곳", 즉 미국과의 "접촉"을 상실하였기 때문에 미국과 "무관한 전통"이라 간주하였을 뿐만 아니라 이런 전통을 맹목적으로 추종하였던 파운드와 엘리엇 같은 미국작가들을 "그들은 시적으로 죽었다(*Interviews* 48)"라고 신랄하게 비난한다.

윌리엄즈는 철저하게 자신의 지역성을 고수하고 이를 시로 승화시킨 포우(Edgar Allan Poe)야 말로 가장 미국적인 시인이라고 찬양하며 "식민지적 모방은 모조리 일소되어야 한다"(*IAG* 219)고 말한다. 아울러 미국 작가들이 "청교주의 계보"를 잇는 영국 문학전통에서 탈피하여 독립적인 정체성을 확립해야 함을 지적한다. 그는 미국 문학의 정체성은 "지금, 이곳"과의 접촉을 상실한 영어와 영국 문학의 맹목적 추구에서 탈피해야 한다고 강조하며, 그 대안으로 스페인어와 스페인 문학에서 해답을 찾고자 한다. 그리하여 그는 "기질적으로 강력한 매력으로 다가왔던" 스페인어를 자신의 시에 광범위하게 사용했으며 또한 스페인어가 "신세계에 매우 공감하는 독립적인 장소"(an independent place very sympathetic to the New World)를 지닌 언어라고 찬양한다(*A* 349). 나아가 1941년 푸에르토리코에서 열린 인터아메리칸 작가 회의(Inter-American Writers Conference)에서 윌리엄즈는 "미국에 살고 있는 우리는 지역과 기후에 의해 또한 우리 정신의 다혈질과 인종적 혼혈—훨씬 더 고트적(Gothic)이고 무어 스페인적(Moorish Spain)인—로 인해 풍토적으로 영국보다는 스페인에 더 가깝습니다"(*Revista* 45)라고 역설하였다. 이것은 자신과 미국적 정체성을 스페인적 혈통에 위치시키고 있음을 극명하게 보여주는 주장이다.

윌리엄즈는 미국 시에 있어서 문화적 식민 상태의 상징이라 할 수 있는 전통적인 영시의 운율인 "약강 오음보"를 거부하고 "가변 음보"를 진정한 미국적 운율이라 역설하였다. 특히 「페데리코 가르시아 로르카」에서 윌리엄즈는 스페인 문학사를 개괄적으로 보여줌으로 스페인 문학이야 말로 자신뿐만 아니라 미국의 문학 정체성을 새롭게 정립시켜주는 핵심 요소임을 거듭 강조하고 있다. 그는 로르카가 『엘 시드의 노래』와 로만세 같은 스페인 고전에서 영국 전통운율인 "약강 오음보"에 대한 하나의 대안으로서 "8음절, 4강세 시행"으로 이루어진 스페인 시행을 토대로 시를 쓸 수 있었다고 말하며 이것이 자신이 추구해야 할 시의 방향이라고 주장한다. 그리하여 그는 미국 시에 있어서 전통적인 영시의 운율인 "약강 오음보"를 거부하고 "가변 음보"를 진정한 미국적 운율이라 간주한다. 나아가 『엘 시드의 노래』와 로만세 같은 스페인 고전 양식을 통해 로르카가 독창적으로 고안해 낸 시적 정수인 "실재"와 "즉시성"을 강조함으로써 윌리엄즈는 현재 미국 시가 나아가야 할 방향을 명확하게 제시하고 있다. 따라서 스페인어와 스페인 문학은 윌리엄즈에게 또 다른 자아 발견과 더불어 진정한 미국의 문학과 문화적 정체성을 확립해 주는 원천이라 할 수 있다.

지역성의 역사와 옥타비오 파스

1. 아메리카적 정체성

오늘날 북미와 중남미를 아우르는 아메리카의 정체성담론은 새로운 국가사상과 비전의 모색이라는 명제로 여러 작가들과 비평가들로부터 자주 논의되고 있다. 20세기에 이르러 미국과 라틴 아메리카 작가들은 문화적 식민주의를 심화시키는 유럽중심주의적 시각에서 탈피하여 아메리카 고유의 지역성을 강조한 문학적·문화적 주체성을 구축하려 했다. "객관주의(Objectivism)"의 주창자로 잘 알려진 윌리엄즈는 일평생 "접촉(contact)"과 "지역성(locality)"에서 연유한 글쓰기를 통해 미국적 정체성을 구현하려 했다.

윌리엄즈는 당대를 대표하는 미국 작가들 중에서 스페인어와 스페인 문학에 가장 관심과 조예가 깊었던 시인이라 할 수 있다. 실제로 전기에서 후기에 이르기까지 그의 작품을 살펴보면 스페인어와 스페인 문학의 지속적인 영향력을 볼 수 있다. 이는 그가 푸에르토리코(Puerto Rico) 출신의 어머니를 통해 일찍이 스페인어와 라틴 아메리카 문화를 습득했을 뿐만 아니라 자신의 내면에 잠재된 언어적·문화적 이중성(duality)을 인식한 것에서 연유한 것으로 보인다. 윌리엄즈는 여러 작품을 통해 "지금, 이곳(here and now)"에 근거한 진정한 미국적 정체성을 역설했으며, 미국은 청교주의를 표상하는 영국의 문학, 문화적 유산을 계승하기를 단호히 거부해야 한다고 강조한다. 그는 1939년에 쓴 「페데리코 가르시아 로르카 Federico García Lorca」라는 에세이에서 후안 루이즈(Juan Ruiz), 후안 데 메나(Juan de Mena), 루이스 데 공고라(Luis de Góngora), 로르카 등과 같은 스페인 작가들에게 깊은 영향을 받았음을 밝히고 자신이 이런 스페인 문학계보를 계승해나갈 것이라고 주장한다(*SE* 222~225). 이런 점에서 스페인의 유산을 계승한 라틴 아메리카에 대한 윌리엄즈의 관심은 당연하다 할 수 있다.

멕시코를 대표하는 시인이자 사상가인 옥타비오 파스(Octavio Paz)는 스페인-인디언의 혼혈인 메스티소(mestizo) 아버지와 스페인계 어머니 사이에서 태어났다. 그는 17세 때 첫 시집을 출간했으며 일평생 여러 시와 산문을 통해 멕시코와 멕시코인의 정체성을 멕시코의 현실 인식의 문제와 연계시켜 다루었다. 윌리엄즈가 그러했던 것처럼, 파스는 17세기 스페인의 대표적인 바로크 시인이었던 공고라와 케베도(Don Francisco Quevedo)에게 지대한 영향을 받았고 여러 산문에서 이들을 자주 언급한다. 아울러 그는 지속적으로 "지금, 이곳"에 토대를 둔 시학(poetics)을 강조한다. 그는 1956년에 발표한 산문 『활과 리라 *The Bow and the Lyre*』에서 "시는 내재성으로 충만한 빈 공간이며 (…중략…) 시는 지금, 이곳의 탐구이다(A poem is an empty space fraught with imminence (……) Poetry: a quest for here and now)"(243~244)라고 강조한다. 요컨대 윌리엄즈와 파스는 시간적·공간적 차이에도 불구하고 진정한 아메리카인 으로서의 정체성을 인식하고 동시에 고유한 시학을 역설하고 있다.

윌리엄즈와 파스에게 미국과 멕시코는 영원한 시적 영감의 원천, 즉 뮤즈이다. 그들의 "지역성"에 기반을 둔 글쓰기는 영국 작가 로렌스(D. H. Lawrence)의 "장소의 영(spirit of place)"이라는 개념에 비견된다. 로렌스는 『미국 고전문학 연구 *Studies in Classic American Literature*』에서 "모든 대륙은 그 장소 고유의 위대한 영을 가지고 있다"(12)고 말한다.

여기서 로렌스가 말하는 "장소의 영"이라는 개념은 지역성과 타자성을 억압하면서 아메리카의 고유문화를 유럽문화의 종속물로 환원시키려는 유럽중심주의적 가치관에 맞서 "접촉"을 통해 "토착적인 것을 끌어안는" 신세계 정신을 표상한다고 할 수 있다. 윌리엄즈와 파스는 이런 "장소의 영"에 근원한 정체성 확립과 자아 탐구를 시학의 목표로 삼고 있다. 윌리엄즈는 1925년에 발표한 『미국적 기질 *In the American Grain*』에서 "미국인들은 결코 자신들을 인지해본 적이 없었다 (…중략…) 어떻게 그럴 수 있는가? 그것은 누군가가 **독창적** 용어를 발견하기 전까지는 불가능하다"(226)고 말하며, 새로운 미국적 정체성 구축을 위한 기원성(originality)을 탐구한다. 파스 또한 1950년에 발표한 『고독의 미로 *The Labyrinth of Solitude*』에서 "정복에서 혁명에 이르기까지 멕시코의 모든 역사는 외래의 제도(alien institutions)로 인해 일그러지거나 위장된 우리 자신의 자아에 대한, 또한 그것을 표현하는 형식에 대한 탐구로 이해될 수 있다"(166)고 말한다. 따라서 멕시코 역사의 주체성 확립이 곧 자신의 자아 탐구라는 점을 강조한다. 요컨대 『미국적 기질』과 『고독의 미로』는 시학과 역사를 접맥시켜 자아 탐구와 정체성 확립의 주제를 공유하고 있는 대표적인 작품으로 평가할 수 있다. 일례로 『고독의 미로』는 『미국적 기질』의 후속 주석(belated commentary)으로 읽혀질 수 있으며 동시에 이 두 작품은 "우리 자신의 자아 탐구(search for our own selves)"라는 주제를 공유한다는(37) 베라 쿠친스키(Vera M. Kutzinski)의 주장을 통해서도 그 의미를 확인할 수 있다.

이처럼 윌리엄즈와 파스는 정체성 확립과 자아 탐구의 영역을 아메리카의 역사와 연관시켜 다루는데, 이는 『미국적 기질』에서 윌리엄즈가 강조한 "주목할 만한 지역성의 **역사**(remarkable HISTORY of the locality)"(*IAG* 223)라는 말에서 극명하게 드러난다. 윌리엄즈는 진정한 미국 작가로 포우(Edgar Allan Poe)를 지적하며 포우의 언어는 "주목할 만한 지역성의 역사"가 된다고 역설했다. 즉, 그들은 기존의 아메리카의 역사가 유럽 중심주의적 시각으로 쓰였기 때문에 스스로 정체의 상태 속에 머물러 왔다고 비판한다. 그리하여 그들은 유럽중심주의의 단일한 시각이 아닌 주변부와 타자적 시각으로 쓰인 새로운 역사 쓰기를 시도함으로써 왜곡되고 상실된 아메리카의 역사와 문화를 재해석하고 재정립하려 했다. 윌리엄즈는 "역사, 역사! 우리 바보들, 우리는 무엇을 알고 무엇에 주의를 기울이는가?"(*IAG* 39)라고 질문하며 역사의식이 결여된 미국인들을 비판함은 물론 미국의 뿌리에 대해 탐구해나갈 것임을 역설한다. 파스는 『고독의 미로』에서 "멕시코 역사는 자신의 조상과 근원을 찾는 인간의 역사"(*Labyrinth* 20)이며, 고독이란 스페인 정복의 유산으로 고통 받는 멕시코인들이 처해 있는 역사적 상황을 가리킨다고 말한다. 이렇게 역사는 "지역성의 역사"와 맞물려 그들에게 시적 상상력의 원천이 되고 있다.

윌리엄즈와 파스는 시간적·공간적 한계를 초월하여 서로의 작품에 강렬한 관심과 예술적 동질감을 느꼈다. 이는 그들이 서로의 시를 번역을 통해 영어권과 스페인권 국가들에 소개한 사실에서 극명하게 드러난다. 해롤드 블룸(Harold Bloom)이 파스를 17세기 바로크 시기의 시인이었던 공고라와 케베도의 후계자로 간주했다는 사실(608)을 고려하면, 파스는 윌리엄즈가 주장한 스페인 문학계보를 잇는 시인이라고 볼 수 있다. 이렇듯 윌리엄즈와 파스는 '그때, 그곳(then and there)'을 표상하는 유럽에 맞서 "지금, 이곳"에 기반을 둔 토착 아메리카적 정체성을 구현하려 했다. 그들은 각각 청교주의 정신을 계승한 유럽중심주의적 문학 전통에서 해방된 고유한 미국과 멕시코의 문학적·문화적 정체성을 찾으려 했다. 따라서 두 시인이 지향하는 시학은 신세계 정신의 핵심이 되는 "지역성"과 "역사"라는 개념 속에서 불가분의 연관성을 지니게 되었다.

영미문학과 스페인 문학이라는 별개의 틀에서 다루고 있는 20세기를 대표하는 미국과 멕시코 시인을 포괄적으로 비교·분석함으로써 그들의 작품에 지속적으로 강조되는 "지역성의 역사"에 기반을 둔 시학을 살펴보고자 한다. 특히 윌리엄즈와 파스의 대표적 산문집 『미국적 기질』과 『고독의 미로』를 중심으로 이 두 책의 공통 주제라고 할 수 있는 아메리카의 정체성 문제를 조명할 것이다. 이는 지금까지도 윌리엄즈의 『미국적 기질』이 인종과 국가를 초월하여 여러 작가들에게 "지역성의 역사"를 규명하는데 있어 하나의 전거가 되는 대표적인 작품으로 평가받고 있기 때문이다. 최근에 카렌 카도조(Karen M. Cardozo)가 『미국적 기질』이 "상호텍스트적(intertextual) 가치"를 지닌 작품이며 "맥신 홍 킹스턴(Maxine Hong Kingston)과 리처드 로드리게스(Richard Rodriguez)와 같은 소수인종 미국 작가들이 그들의 경험의 복잡성을 포착할 수 있는 형태를 찾는데 있어 그들을 고무시킨 사람은 바로 윌리엄즈이다"(2)라고 말한 것은 이를 단적으로 증명해 준다. 이에 필자는 20세기 미국과 멕시코를 대표하는 시인으로 간주되는 윌리엄즈와 파스가 공유하고 있는 "지역성의 역사"를 토대로 논의를 이끌어 그들의 상호 관계성을 조명하고 아울러 그들이 지향하는 시학의 유사성을 밝히고자 한다.

2. 윌리엄즈와 파스

윌리엄즈와 파스 사이의 고리를 잇는 연결점은 그들이 "지역성"을 지속적으로 다루었고 이를 통해 진정한 아메리카적 정체성을 구축할 수 있다는 데 있다. 그들은 여러 시와 산문을 통해 유럽중심주의적 이데올로기에서 벗어나 문학적·문화적 주체성을 회복해야 한다고 역설한다. 윌리엄즈는 『자서전』에서 "지역적인 것만이 보편적인 것이며, 모든 예술의 초석이다(The local is the only universal, upon that all art builds)"(*A* 391)는 언급을 통해 가장 미국적이며, 동시에 보편적인 것은 지역성의 토대위에 있어야 한다고 주장한다. 파스 또한 1969년에 쓴 『결합과 해체 *Conjunctions and Disjunctions*』에서 "현재를 회복하라, 다가오는 시대는 이곳과 지금으로 규정된다(The return of the present: the time that is coming is defined by a here and a now)"(139)라고 말한다. 윌리엄즈와 파스가 공통적으로 강조하는 "지금, 이곳"은 단지 미국과 멕시코에 국한되지 않고 전체 아메리카 대륙으로 확장된다는 것이다. 중요한 점은 두 시인이 강조하는 지역성은 단순히 유럽과의 차이만을 부각시키며 아메리카의 우월성만을 주장하는 편협한 지역주의 혹은 국수주의를 의미하는 것이 아니라 아직 발현되지 않았지만 분명히 잠재해 있는 "장소의 영"을 구현해냄으로써 정체성 확립의 길을 제시한다는 개념을 함축하고 있다는 사실이다.

아메리카는 두 시인에게 영원한 뮤즈로 자리 잡았는데, 이는 그들의 첫 만남에서 멕시코와 미국을 포함한 전체 아메리카 대륙과 아메리카인의 "뿌리"에 대한 이야기를 나누었다는 사실에서 여실히 알 수 있다. 파스는 「윌리엄 칼로스 윌리엄즈: 삭시프라즈 꽃 William Carlos Williams: The Saxifrage Flower」이라는 에세이에서 다음과 같이 말한다.

> 윌리엄즈는 커밍스(cummings)보다 말이 적었고 그의 대화는 당신이 그를 존경하기 보다는 그를 사랑하도록 만들었다. 우리는 멕시코와 미국에 대한 이야기를 나누었다. 자연스럽게 우리는 뿌리에 대한 이야기로 빠져들었다 (…중략…) 비록 나쁜 건강상태가 그를 더 악화시켰지만 그의 성격과 생각은 완전했다. 우리는 다시 한 번 셋, 넷, 혹은 일곱 아메리카에 대한 이야기를 나누었다. 이를 테면 붉은빛의, 흰색의, 검은색의, 초록빛의, 자줏빛의 아메리카를 (…하략…) (*On Poets and Others* 23)

이 인용문에서 알 수 있듯 윌리엄즈와 파스에게 뮤즈로 자리 잡은 아메리카는 단지 미국과 멕시코에만 한정된 것이 아니며 "셋, 넷, 혹은 일곱 아메리카"와 같이 북미와 중남미를 아우르는 아메리카 대륙에 확장을 의미한다. 이런 맥락에서 그들이 지향하는 시학적 목표는 보다 분명해 진다. 곧 전체 아메리카의 정체성 구축을 위함이다. 이와 관련해 쿠친스키는 "윌리엄즈의 라틴 아메리카 문학에 대한 두드러진 관심이 옥타비오 파스를 하나의 준거점(reference point)으로 만들었다"는 언급을 통해 이들이 "우리 자신의 자아 탐구"라는 주제를 공유하고 있다는 사실을 더욱 부각시켰다.

> 윌리엄즈의 라틴 아메리카 문학에 대한 두드러진 관심은 옥타비오 파스를 여기서 하나의 귀중한 준거점, 즉 단순히 간략한 언급 이상으로 논의될 만한 것으로 만든다. 파스와 윌리엄즈는 서로의 시를 상호 몇 편 번역했다. 1970년대 파스는 「낸터켓 Nantucket」, 「어린 향나무 Young Sycamore」, 「붉은 손수레 The Red Wheelbarrow」, 그리고 「아스포델 Asphodel」을 번역했고, 한편 윌리엄즈는 70세에 이르러 「폐허 속의 송가 Himno entre ruinas」의 훌륭한 영어판을 출간했다. 게다가 파스의 『고독의 미로』와 윌리엄즈의 『미국적 기질』은 "우리 자신의 자아 탐구"를 공유한다. (37)

윌리엄즈와 파스는 서로의 작품을 통하여 언어와 문화적 차이에서 오는 이질성을 초월해 긴밀한 유사성을 발견하게 된다. 말하자면 그들이 공유하는 주제는 "외래의 제도"로 인해 왜곡되고 상실된 아메리카의 역사를 새롭게 수정하며 미래의 아메리카를 위한 자아를 창출하기에 이른 것이다. 파스의 「폐허 속의 송가」는 그의 시집 『언어 밑의 자유 *Libertad bajo palabra*』의 마지막에 수록된 시로 윌리엄즈는 1955년에 이 시를 번역한다. 이 시는 17세기 바로크 시인인 공고라가 쓴 대표적 장시 『폴리페모와 갈라테아의 우화 *Fábula de Polifemo y Galatea*』에서 **"시칠리안 바다에 거품을 일으키는 곳**(*Where foams the Sicilian sea* …)"이라는 제사(epigraph)를 가져왔다. 공고라가 윌리엄즈와 파스에게 끼친 영향력을 생각해 볼 때 윌리엄즈가 「폐허 속의 송가」를 영어로 번역한 것은 공고라와 파스에게 보내는 일종의 찬사(tribute)로 이해될 수 있다. 이것은 윌리엄즈의 장시 「방랑자 The Wanderer」가 공고라의 장시 『고독 *Las Soledades*』과 『폴리페모와 갈라테아의 우화』에서부터 구성과 스타일뿐만 아니라 어조, 구문, 신화 등을 차용했다고 말하는 마르잔

(Julio Marzán)의 언급(174~175)에서도 확인할 수 있는 대목이다. 여기서 주목할 점은 파스가 윌리엄즈의 뛰어난 번역에 깊은 감동을 받았다는 것이다. 그래서 파스는 「윌리엄 칼로스 윌리엄즈: 삭시프라즈 꽃」이라는 에세이를 통해 그 스스로 번역의 한계를 지적하면서 윌리엄즈의 탁월한 번역에 매료되었다는 사실을 고백한다.

> 1970년 여름 캠브리지의 처칠(Churchill) 대학에서 나는 윌리엄즈의 시 여섯 편을 번역했다. 후에 두 번의 여행에서, 즉 베라크루즈(Veracruz)와 지와타네호(Zihuatanejo)에서, 나는 그의 나머지 시를 번역했다. 나의 번역은 축어적 번역이 아니다. 축어적임은 불가능할 뿐만 아니라 비난할만한 것이다 (…중략…) 내가 가장 후회하는 것은 내가 윌리엄즈의 리듬에 준하는 리듬을 스페인어로 찾을 수 없었다는 점이다. 하지만 나 자신이 시 번역의 무한한 주제에 휩쓸리게 되는 대신에, 내가 어떻게 그를 만나게 되었는지를 말하고 싶다. 도날드 앨런(Donald Allen)이 나의 시 「폐허 속의 송가 Hymn among the Ruins」의 영어판을 내게 보냈다. 그 번역은 두 가지 이유로 나를 감동시켰다. 즉, 그것은 매우 훌륭했고 그 번역가는 바로 윌리엄 칼로스 윌리엄즈였다. (*On Poets and Others* 22)

여기서 중요한 점은 "윌리엄즈의 리듬에 준하는 리듬을 스페인어로는 찾을 수 없었다는 사실을 가장 후회한다"는 언급에서 알 수 있듯이, 윌리엄즈가 뛰어난 리듬감까지 배어 있도록 시를 번역했다는 사실이다. 이는 윌리엄즈에게 스페인어의 중요성을 강조하면서 "스페인어가 윌리엄즈의 글쓰기 언어로 '짜 맞추어지게(interknit)' 운명 지어졌고" 또한 "이런 언어적 이미저리를 통해 시인이 자신의 내면에 있는 이중 문화(dual cultures)의 소리의 상호 작용을 시로 번역했다"(149)는 마르잔의 언급을 통해서도 거듭 확인할 수 있다. 이렇게 「폐허 속의 송가」는 윌리엄즈가 지닌 이중 언어와 문화를 극명하게 보여주는 시라고 할 수 있다. 이 시는 파스가 1948년 이탈리아 나폴리(Naples)에서 쓴 것으로 전체 7연으로 구성되어 있고, 로마체(romans)와 이탤릭체(italics)로 된 연이 번갈아 나타난다. 즉, 로마체로 쓰인 홀수 연은 신성하고 영원한 빛의 세계를, 이탤릭체로 쓰인 짝수 연은 어두운 현실 세계의 디스토피아적 비전을 암시한다. 동시에 이는 화자의 분리된 자아를 보여주는 것으로 보인다. 이와 관련해 제이슨 윌슨(Jason Wilson)은 이 시는 은유적 가치 시스템으로서 낮과 밤을 대조시키는 연들이 6연까지 지속되며 마법적인 7연에 이르러 통합을 이루는 하나의 피라미드(pyramid)처럼 엄격하게 구성되어 있다고 말한다(45).

무엇보다 「폐허 속의 송가」의 화자는 저자인 파스이면서 동시에 번역자인 윌리엄즈라고 볼 수 있다. 이 시의 1연은 천상의 아름다움으로 가득한 태초의 세계를 묘사하고 있다. 시인은 이런 광명의 세계를 빛과 신의 이미지로 제시한다: "태양이 바다 위로 그 황금빛 알을 낳고/ 모든 것은 신이다(the sun lays its gold egg upon the sea. / All is god.)"(*CP2* 342). 하지만 바로 다음 행에서 "폐허"가 20세기 세계를 의미하는 "생중사의 세계(a world of death in life)"에서 살아 있다고 말한다. 이어지는 2연에서 화자는 멕시코의 과거, 현재, 그리고 미래를 조망하며 고대 아즈텍 도시인 테우티우아칸의 폐허 속에서 생기를 잃고 방황하는 멕시코인들의 현재 모습을 보여준다.

밤이 테오티우아칸에 떨어진다.
피라미드 꼭대기에 소년들이 마리화나를 피우고,
거친 기타소리가 들린다.
어떤 풀, 어떤 생명수가 우리에게 생명을 줄 것인가,
우리는 어디서 단어를 발굴할 것인가,
노래와 말, 춤, 도시와 눈금자를
지배하는 관계들을,
멕시코의 노래는 하나의 저주 속에서 폭발한다,
꺼져버린 하나의 착색된 별 속에서,

우리의 접촉의 문을 방해하는 하나의 돌 속에서.
땅은 썩은 땅의 맛이 난다.

Night falls on Teothihuacán.
On top of the pyramid the boys are smoking marijuana,
harsh guitars sound.
What weed, what living waters will give life to us,
where shall we unearth the word,
the relations that govern hymn and speech,
the dance, the city and the measuring scales?
The song of Mexico explodes in a curse,
a colored star that is extinguished,
a stone that blocks our doors of contact.
Earth tastes of rotten earth. (*CP2* 342)

첫 3행은 『고독의 미로』의 주제인 멕시코인의 보편적 소외 경험을 농축하여 포착한 것처럼 보인다. 여기서 화자는 피라미드로 대변되는 화려한 과거의 멕시코와 대조하며 "마리화나"를 피우고 "거친 기타소리"를 듣는 현재의 멕시코 소년들을 병치시키며 **"우리는 어디서 단어를 발굴할 것인가"**를 묻고 있다. 여기서 화자가 말하는 "단어"는 인간을 생명으로 되돌아가게 자각시키는 말이다(Wilson 46). 10행의 **"우리의 접촉의 문을 방해하는 하나의 돌"**이라는 말은 자신의 뿌리에 접촉하고자 하는 멕시코인을 분리시키는 것을 암시하는 것으로 볼 수 있다.

시인은 멕시코 테우티우아칸의 폐허에 뒤이어 전쟁의 여파로 황무지처럼 변모한 현대 유럽 세계의 폐허를 4연에서 선명하게 묘사한다.

뉴욕, 런던, 모스크바.
그림자가 그 유령 담쟁이덩굴로,

흔들리고 열병에 걸린 식물로,
그 쥐색의 털로 대지를 덮고, 그 쥐들이 들끓는다.
때때로 결핍의 태양이 부르르 떤다.

New York, London, Moscow.
Shadow covers the plain with its phantom ivy,
with its swaying and feverish vegetation,
its mousy fur, its rats swarm.
Now and then an anemic sun shivers. (*CP2* 343)

여기서 화자는 "결핍의 태양"으로 상징되는 20세기 서구 세계의 불모성과 여기에 만연한 소외라는 질병을 "그림자"로 제시한다. 인간은 **"흔들리고 열병에 걸린 식물"**과 **"쥐"**처럼 병에 걸려 신음하고 위축된 모습으로 제시되고, 시인의 사유 또한 배출구가 없는 강과 같은 하나의 미로가 된다. 그리하여 6연에서 시인은 **"나의 생각은 분리되고, 헤매고, 뒤얽혀 자라난다, / 다시 시작한다, / 마침내 전진하지 못한다**(*My thoughts are split, meander, grow entangled, / start again, / and finally lose headway*)"(*CP2* 343) 라고 말한다. 그리고 희망이 부재한 세계의 미로에 감금된 시인의 고뇌는 **"모든 것이 정체된 강물의 이런 튀김 속에서 끝나야 하는가?**(*And must everything end in this spatter of stagnant water?*)"라고 질문하며 6연을 끝낸다.

하지만 시인은 7연에서 자신의 분리된 자아를 하나로 통합시키면서 고뇌의 미로에서 탈출한다. 시인의 메마르고, 황무지 같고, 합리적 지성은 몸으로 다시 연결되어 더 이상의 몸-마음의 분리를 나타내는 이원성(duality)이 존재하지 않음을 보여준다(Wilson 49). 이것은 시란 분리된 삶을 살아가는 현대인에게 무엇을 할 수 있는가에 대한 파스와 윌리엄즈의 대답으로 볼 수 있다.

하루, 되풀이 되는 하루,

24개의 빛살을 지닌 빛나는 오렌지,
전체가 하나의 노랑 달콤함이다!
마음은 형상으로 구체화하고,
두 적개심이 하나가 되고,
양심-거울이 액화한다,
한 번 더 전설의 샘을:
이미지들의 나무인 인간을,
꽃인 말은 행위인 과일이 된다.

Day, round day,
shining orange with four-and-twenty bars,
all one single yellow sweetness!
Mind embodies in forms,
the two hostile become one,
the conscience-mirror liquifies,
once more a fountain of legends:
man, tree of images,
words which are flowers become fruits which are deeds. (*CP2* 343)

"두 적개심이 하나가 되고"라는 말은 인간의 이성은 자신의 순수한 감정과 융합되고 인간은 하나의 고양된 의식으로서 통합을 경험한다는 것을 암시한다. 여기서 시인은 우리 인간을 자연 세계로 되돌려 나무처럼 뿌리내리게 함으로써 수액처럼 흐르는 자연 언어를 풀어 놓게 만든다(Wilson 50). 그리하여 소외의 이미지들이 화해와 통합의 이미지로 극복된다는 것을 의미하는 "이미지들의 나무인 인간을 / 꽃인 말은 행위인 과일이 된다"는 구절로 끝을 맺는다. 즉, 시인은 인간이 "이미지들의 나무"가 되는 시와 신화의 원천으로 회귀함으로써 분리된 자아를 통합시킬 수 있는 비전을 제시한다. 마지막 행은 "지역적인 것만이 보편적인 것이다"라는 윌리엄즈의 말을 상기시키듯이, 단지 멕시코인과 미국인에게만 적용되는 것이 아니라 모든 인간에게 적용될 수 있는 보편성을 지니고 있는 것처럼 보인다. 이렇듯 파스와 윌리엄즈가 지향하는 시학의 유사성은 멕시코와 미국이라는 특정한 지역성에서 출발하지만 이런 한계를 뛰어넘어 보편성으로 나아간다는 사실에서 찾을 수 있는데, 이는 역사에 대한 그들의 시각에서도 여실히 드러난다.

3. 『미국적 기질』과 『고독의 미로』

윌리엄즈와 파스는 신세계 정신의 토대가 되는 지역성에서 연유한 글쓰기는 아메리카의 역사와 불가분적 관계가 있다는 점을 간파했다. 그들은 각각 『미국적 기질』과 『고독의 미로』에서 기존의 유럽중심주의적 시각으로 쓰인 역사를 날카롭게 비판하며 새로운 역사 쓰기를 시도한다. 윌리엄즈는 『미국적 기질』에 수록된 「영원한 젊음의 샘 The Fountain of Eternal Youth」에서 "진리는 쉽게 발견되지 않는다. 파헤쳐라 그러면 뒤집혀진 것을 보게 될 것이다(the truth is not so easily to be discovered. Let us dig and we shall see what is turned up.)"(*IAG* 196)라고 주장한다. 그리하여 그는 『미국적 기질』에서 헤르난도 코르테즈(Hernando Cortez), 코튼 매더(Cotton Mather), 벤자민 프랭클린(Benjamin Franklin), 조지 워싱턴(George Washington) 및 알렉산더 해밀턴(Alexander Hamilton)과 같은 인물을 신랄하게 비판하고 토마스 모튼(Thomas Morton), 세바스티앙 라슬레 신부(Père Sabastina Rasles), 다니엘 분(Daniel Boone), 샘 휴스턴(Sam Houston) 그리고 에드가 앨런 포우(Edgar Allan Poe)를 새로운 미국적 정체성을 표상하는 진정한 영웅으로 간주한다.

윌리엄즈는 『미국적 기질』의 전반부에서 콜럼버스(Columbus), 코르테스(Cortes), 후안 퐁세 데 레옹(Juan Ponce de Leon)과 같은 아메리카

대륙의 초기 정복자들의 물질적 욕망과 그로 인한 신세계 파괴를 신랄하게 비판한다. 그는 이 정복자들이 신세계가 지닌 새로움을 인식하지 못했다는 점을 보여주면서 신세계에 내재해 있는 "장소의 영"의 불멸성과 잠재성을 부각시킨다. 그는 『미국적 기질』에 수록된 「테노치티틀란의 파괴 The Destruction of Tenochtitlan」라는 에세이에서 몬테수마(Montezuma)의 경이로운 도시가 영원히 사라졌다는 사실을 알지만 몬테수마의 영혼은 다시 불타오를 것이라고 주장한다.

> 거리, 대중 광장, 시장, 사원, 궁전, 도시가 그곳에 뿌리내리고 가장 풍요로운 아름다움에 민감한 신세계의 땅 위로 어두운 삶을 펼친다 (…중략…) 그것의 독특하게 연계된 전 세계는 결코 다시 타오르지 못할 땅 속으로 가라앉았다. 최소한 영혼 속에서를 제외하고는, 다시는 타오르지 못할 것이다; 즉 신비롭고, 건설적이고, 독립적이고, 자연의 풍요로움으로 강인한 영혼; 심지어 깃털처럼 가볍고 그 땅 속에 상실된 영혼 속에서를 제외하고는. (*IAG* 31~32)

여기서 윌리엄즈는 물질적 욕망에 눈이 멀어 아즈텍 문명을 파괴한 코르테스로 대변되는 유럽인들의 잔인성을 비판함은 물론 아즈텍 문화가 "현실에 대한 깊은 지각"(*IAG* 33)에 기초하고 있다는 점을 강조한다. 그는 코르테스에 의해 파괴된 테노치티틀란은 결코 다시 타오르지 못할 것이지만 "장소의 영"을 상징하는 "신비롭고, 건설적이고, 독립적이고, 자연의 풍요로움으로 강인한" 몬테수마의 영혼은 다시 불타오를 것이라는 점을 강조한다. 즉, 윌리엄즈는 "그 땅 속에 상실된" 몬테수마의 영혼과 같이 지역성에서 연유한 신세계 정신을 회복하는 것이 미국적 정체성을 구축할 수 있는 길이라고 보았다. 이는 몬테수마로 대변되는 "토착 메소아메리칸 영혼이 윌리엄즈에게 중요하지만 그 영혼은 대개 지역 문화에 대한 존경과 지역적 뿌리에 대한 감응으로 변형되었다"(43)는 스티븐 웨이랜드(Steven Weiland)의 언급을 통해서도 확인할 수 있다. 몬테수마를 부각시키는 것에서 알 수 있듯이, 윌리엄즈는 유럽 남성중심주의 이데올로기를 피력하는 서구의 전통 역사에 의문을 나타내며 그동안 소외되고 주변화되었던 인물들의 목소리를 다성적으로 병치시킨다. 그는 청교주의의 단일한 시각으로 쓰인 역사에서 탈피하여 복수성과 이질성을 부각시키는 새로운 역사 쓰기를 보여준다. 이렇게 함으로써 그는 "뒤집혀진 진리"를 발견할 수 있다고 주장한다. 이런 맥락에서 브라이언 브레멘(Brian A. Bremen)은 "윌리엄즈가 기존의 역사 텍스트를 '되쓰는 것'은 청교주의 중심의 미국역사를 폭로함으로써 현재의 역사(what history is)를 폭로하고 아울러 청교주의 전통이 억압해오고 있는 목소리를 포함시킴으로써 역사가 그래야만 하는 것(what history should be)을 제시하는 것"(142)이라고 말한다.

이처럼 윌리엄즈는 『미국적 기질』에서 미국문학에서의 신세계 정신을 청교주의 정신과 대비시켜 보여준다. 그는 미국 예술가가 진정한 보편성을 획득하는 것은 엘리엇(T. S. Eliot)이나 파운드(Ezra Pound)처럼 자신의 지역성과 무관한 유럽의 전통을 따르는 것이 아니라 그의 발아래 있는 "바로 그 토대"에 대한 지식에 의해 충족될 수 있다고 주장한다.

> 누군가가 프랑스에 간다면, 그것은 도 레 미 파 솔을 배우러 가는 것이 아니다. 그는 낯선 신세계를 보러 가는 것이다. 모든 면에서 새로운 문화는 아니더라도 최소한의 만족은 느껴야 한다. 그는 토대, 자신의 토대, 바로 그 토대, 그가 아는 유일한 토대, 그의 발아래 있는 그것에서 자신의 이해를 구하고자 한다. 나는 미학적 만족을 말하는 것이다. 바로 미국이 결여한 이것은 토대에 대한 지식, 시적 지식에 의해서만 충족될 수 있다. (*IAG* 213)

윌리엄즈는 『미국적 기질』의 「에드가 앨런 포우 Edgar Allan Poe」에서 "모든 '식민주의적 모방'은 일소되어야 한다(all 'colonial imitation' must be swept aside)"고 말하며 미국문학이 맹목적인 유럽문학의 숭배에서 벗어나 고유성을 찾아야 한다고 주장한다. 그는 진정한 미국 작가로 포우를 부각시키며 예술가는 "자신의 장소가 품은 가능성, 무겁고, 화산과 같은 필연성"을 지녀야 한다고 주장한다(*IAG* 225). 아울러 그는 「에드가 앨런 포우」에서 신세계 정신을 지닌 포우의 언어는 "주목할 만한 지역성의 역사"(*IAG* 223)가 된다고 강조한다.

요컨대 윌리엄즈는 "주목할 만한 지역성의 역사"를 보여주는 것이야말로 "식민주의적 모방"에서 탈피하여 진정한 지역성의 역사가 된다고 본다. 지역성에 토대를 둔 언어적 주체성에 대한 강조는 파스의 작품에 드러나는 핵심적인 주제이기도 하다. 두 시인은 아메리카가 아직 문학적·문화적으로 독자적 정체성을 확보하지 못한 원인을 신세계 아메리카를 표현할 수 있는 언어의 부재에 있다고 보았다. 그리하여 그들은 영어와 스페인어가 아닌 아메리카 대륙이라는 토대에서 파생한 미국어(American English)와 멕시코어(Mexican)를 역설한다. 윌리엄즈는 영국식 영어를 청교주의의 유산으로 간주하며 심지어 스스로 영국식 "영어를 말할 수 없었다"(*SE* 177)고 말한다. 아울러 그는 미국어를 사용해야 한다고 주장하며 신대륙에서 파생한 언어로 쓰인 고유한 문학이 노쇠한 유럽 문학에 대한 처방책이 되어야 한다는 견해를 피력한다. 그리하여 그는 『나는 시를 쓰고 싶었다 *I Wanted to Write a Poem*』에서 "나는 처음부터 미국 언어가 시의 형식을 만들어야 한다는 것을 알았다. 후에 나는 언어라는 말을 버리고 미국 관용어(American Idiom)라는 말을 했는데, 이것이 언어보다 더 좋고 학문적인 냄새가 덜 나는 말(word)이고 실제 언어(speech)와 더 일치하는 것"(65)이라고 말한다. 이 말은 "미국 관용어"가 미국이라는 환경과 관습에 적합한 언어이기 때문에 이런 언어로 쓴 문학이야 말로 진정한 아메리카 문학이 될 수 있음을 의미하는 것이다.

이렇듯 "식민주의적 모방"에서 탈피한 언어적 주체성에 대한 강조는 파스의 글에서도 자주 나타난다. 그는 『고독의 미로』에 수록된 「멕시코의 지성인들 The Mexican Intelligentsia」에서 "글을 쓴다는 것은 스페인어를 분해하여, 스페인어로 그치지 않는 멕시코어(Mexican)가 되도록 그것을 재창조한다는 것이다"(*Labyrinth* 165)라고 주장한다. 그리하여 윌리엄즈가 진정한 미국 작가로 포우를 든 것처럼, 파스 역시 "완벽한 작가(complete writer)"로 알폰소 레예스(Alfonso Reyes)를 예로 든다. 파스는 레예스의 작품이 "단순한 모방 혹은 보편적 형태를 채택하는 대신 스스로 거울과 우물을 동시에 추구하고 형을 뜨는" 언어로 쓰였다(*Labyrinth* 163)고 강조한다.

> 레예스는 우리에게 작가의 첫째 임무는 언어의 충실에 근거한다고 말한다. 작가는 단지 언어를 도구로 사용하는 사람이다. 수공인, 화가, 음악가들의 도구와는 달리, 언어는 양가적(ambiguous)이면서 심지어 대조적인 의미로 가득 차 있다. 언어를 사용한다는 것은 그것을 명백히 하고, 순화시키고, 가면이나 접근이 아니라 그것을 우리 사고의 진정한 도구로 만드는 것을 의미한다. 글을 쓴다는 것은 신앙의 고백이며 수사학과 문법을 넘어서는 하나의 태도를 의미한다. 언어의 뿌리는 정신의 뿌리와 얽혀 있다. 그러므로 언어에 대한 비평은 도덕적이고 역사적인 비평이다. (*Labyrinth* 164)

"언어의 뿌리는 정신의 뿌리와 얽혀 있다"는 그의 말에서 알 수 있듯이, 파스에게 "언어의 탐구는 곧 정신의 탐구인 것이다. 즉, 스페인어가 아닌 멕시코 토양에서 파생된 멕시코 언어야 말로 새로운 정신의 뿌리라는 의미로 이해할 수 있다. 그리하여 파스는 멕시코 정복의 역사와 언어의 상관관계를 추적하고 이를 통해 멕시코인이 "고독"을 극복하고 새로운 문학적·문화적 정체성을 확립할 수 있는 토대를 마련한다. 이는 『고독의 미로』의 「말린체의 자식들 The Sons of La Malinche」에서 선명하게 제시되어 있다. 이 에세이에서 파스는 "지역성의 역사"를 "양가적이면서 심지어 대조적인 의미로 가득 차 있는" 언어의 기원에서 찾으려고 한다. 그는 멕시코인들에게 "상스러운 말(evil words)"이면서 동시에 "우리의 기호이자 증표(our sign and seal)"로서의 의미를 지닌 "칭가다(chingada)"의 기원성에 대해 탐구한다. 그는 "칭가다"는 "억지로 개방되고 더럽혀졌거나 조롱당한 어머니"(79)를 일컫는다고 말하며 그녀를 강간과 동일시되는 "정복"과 연계시켜 논의한다. 아울러 이런 "칭가다"의 기원은 정복자 코르테스(Cortes)의 정부였던 말린체(Malinche)에서 파생된 것이라고 말한다. 쿠친스키는 「말린체의 자식들」이 "코르테스의 편지로부터 윌리엄즈가 거대한, 정방향의 패러그래프(big, square paragraphs)"처럼 형성한 침묵을 회복시켰다는 점에서 이 에세이는 윌리엄즈의 「테노치티틀란의 파괴」를 보충하여 설명하고 있으며, 이 침묵은 다름 아닌 말린체의 이야기라고 주장한다(43). 이렇게 파스는 조국 멕시코를 인격화된 칭가다로 간주하고 멕시코인의 고독이 스페인 정복의 근원적인 상처에서 나온 것이라고 말한다.

> 칭가다가 강간당한 어머니의 상징이라면, 우리는 그녀를 정복과 연결시킬 수 있다 (…중략…) 도나 마리나(스페인 사람들이 말린체에게 붙인 이름)는 스페인인에 의해 유혹, 강간 혹은 농락당한 인디오 여성을 대표하게 되었다 (…중략…) 최근에 외국의 영향력에 휘둘려 부패한 자들을 비난하기 위해 언론에서 사용하는 '말린치스타'(malinchista)라는 경멸 섞인 형용사가 널리 사용되는 것도 이 때문이다. 말린치스타인들이란 멕시코가 외부 세계에 개방되기를 바라는 사람들이다. 이들은 스스로가 칭가다인 말린체의 진정한 후예들이다. 다시 한 번 우리는 폐쇄와 개방의 대립을 보게 된다. (*Labyrinth* 86)

파스는 말린체의 후예들인 멕시코인들이 그녀를 실질적인 그들의 여자 조상, 더 구체적으로는 멕시코의 이브로 인정하면서도 그녀를 부정하는 양가적인 태도를 취한다고 본다. 아울러 그는 멕시코의 독립과 혁명이 코르테스와 말린체로부터 완전한 결별(rupture)을 가져왔지만 아직까지도 멕시코는 이 상처를 어루만지고 있다고 말한다. 다시 말해 현대 멕시코인의 상상력과 감각 속에서 여전히 코르테스와 말린체가 살아 있으며, 이것은 그들이 단지 역사적 인물을 넘어서는 무엇, 즉 멕시코인이 여전히 해결하지 못하는 "은밀한 대립(secret conflict)"의 상징인 것이다(*Labyrinth* 87). 호세 키로가(José Quiroga)는 "말린체를 부정함으로써 멕시코는 단지 지속적인 결별의 기호 하에서의 역사만을 실행할 수 있을 뿐이다"라는 언급을 통해 파스가 "환자로 대변되는 멕시코가 그 자신과 화해할 수 있게 역사를 전개시켜 나간다"(79)고 주장한다. 즉, 현대 멕시코인은 역사를 통해 새로운 자아각성(self-realization)을 고취시킴으로써 스페인 정복의 유산인 고독을 극복하고 새롭게 시작할 수 있다: "멕시코인은 인디오 혹은 스페인인이 되기를 원하지 않는다. 그들의 자손이라는 것도 거부한다 (…중략…) 멕시코인은 무(Nothingness)의 자식이 된다. 멕시코인의 시작은 자신의 자아 속에 존재한다"(*Labyrinth* 87).

파스는 멕시코인의 자아에 자리 잡고 있는 근원과의 결별의 문제로 인해 멕시코인은 필연적으로 고독의 상태에 있지만 역설적으로 이런 역사에 대한 올바른 인식을 통해 고독을 극복해 나갈 수 있다는 말로 결론을 맺는다.

> 멕시코인과 멕시코적인 것은 단절과 부정으로 정의된다. 동시에 그것은 이 추방의 상태를 초월하려는 하나의 탐구이자 욕망으로 보인다. 한마디로 요약해 말한다면 역사적이며 동시에 개인적인 고독의 생생하게 살아 있는 의식인 것이다. 역사는 우리들이 느끼는 감정과 대립의 본질이 도대체 무엇인가에 대해서 결코 대답해 주지 않지만, 우리의 결별이 과연 어떻게 생겨났으며 또 그로 인한 고독을 극복해 가려는 우리의 노력이 어떻게 이루어져 왔는가를 이제는 우리에게 보여줄 수 있을 것이다. (*Labyrinth* 88)

"이 추방의 상태를 초월하려는 하나의 탐구이자 욕망"이라는 말에서 알 수 있듯이, 파스는 고독을 극복하고 새로운 정체성을 구축하려는 멕시코인에게 역사를 통해 구체적인 역사적 현실에 대한 지식과 자각의 중요성을 거듭 상기시키고 있다. 따라서 상스러운 말인 "칭가다"는 "모든 것을 포괄하는 시"이며 동시에 "그 말을 알고 사용하는 것 자체가 우리가 멕시코인임을 긍정하는 방법의 하나"(*Labyrinth* 74)가 된다.

이처럼 역사는 파스에게 멕시코의 정체성을 재탐구하고 재정립할 수 있는 시적 상상력의 핵심이 된다. 그는 『활과 리라』에서 시, 역사, 인간이 불가분적 연결 고리로 엮여 있다고 역설한다.

> 인간의 모든 창조처럼, 시는 역사적 생산물, 즉 시간과 공간의 소산이다. 그러나 그것은 동시에 역사적인 것을 뛰어넘는 어떤 것이며, 모든 역사 이전의 시간에, 시작의 시작에 자리 잡은 어떤 것이기도 하다 (…중략…) 역사가 없이는—역사의 기원이자 실체이며 종말인 인간이 없이는—시는 태어나거나 육화될 수 없다. 그리고 시가 없다면 역사 또한 없을 것인데, 왜냐하면 기원도 시작도 없을 것이기 때문이다. (169~170)

"역사(인간)가 없이는 시는 태어나거나 육화될 수 없다"는 말은 파스의 시학을 농축하여 말한 것이라 할 수 있다. 이런 시와 역사의 불가분적 연관성에 대한 그의 신념은 1976년에 출간된 시집 『회귀 *Vuleta*』에 수록된 「산 일데폰소 야곡 Nocturne of San Ildefonso」이라는 시에서 "시는 / 역사처럼 / 만들어진다"는 구절에서도 거듭 확인할 수 있다.

> 시는,
> 　역사처럼,
> 　　　　만들어진다;
> 　　　　　　　시는:

육화
이름 속 돌 위에 있는 태양의,
용해
돌의 저쪽에 있는 이름의.
시는,
역사와 진리 사이에 놓인 다리이며,
역사 혹은 진리를 향한 길이 아니다:
시는
움직임 속에서 정적을,
정적 속에서
움직임을
보는 것이다.
역사는 길이다:
그 길은 방향이 없다,
우리 모두 그 길을 간다,
진실은 그 길을 가는 것이다.

Poetry,
like history, is made;
poetry,
like truth, is seen.
Poetry:
incarnation
of the-sun-on-the-stones in a name,
dissolution
of the name in a beyond of stones.
Poetry,
suspension bridge between history and truth,

is not a path toward this or that:

it is to see

the stillness in motion,

change

is stillness.

History is the path:

it goes nowhere,

we all walk it,

truth is to walk it. (*Collected Poems* 423~425)

윌리엄즈와 파스가 강조하는 "지역성의 역사" 시학은 아메리카의 새로운 정체성 구축과 긴밀하게 연계되어 있다. 중요한 점은 그들이 이런 "지역성의 역사"의 억압의 근원으로 제시하고 있는 것은 바로 청교주의라는 사실이다. 그들은 아메리카인들에게 정체성 부재의 역사를 초래한 것이 "지역성"과의 "접촉"을 순수성(purity)의 오염으로 부정하는 청교주의의 유산에서 연유한다고 믿었다. 윌리엄즈는 『미국적 기질』에서 청교주의가 미국 토양에서 파생한 모든 신세계적인 것들을 부정함으로써 미국 문화의 불모를 초래하였다고 신랄하게 비판한다. 이는 "우리들은 여전히 청교주의 계보라는 장애 속에서 괴로워한다(We still labor under the handicap of our Puritan lineage.)"(*Imag* 210)는 그의 언급에서 극명하게 드러난다. 윌리엄즈는 청교도들의 삶을 "신세계에 유럽적 삶을 확립하기 위한 투쟁"(*IAG* 63)으로 간주하면서 그들이 처음부터 유럽문화를 신세계에 이식하려했다고 말한다. 그리하여 그는 "청교도들이 육체에 반하는 정신을 강조"했다는 사실을 언급하면서 지상세계와의 접촉을 순수성의 오염으로 보고 있는 청교도들을 "파멸의 근원"으로 간주한다.

육체에 반하는 이런 정신의 강조는 개화할 수 없는 인종을 생산해 왔다.

> 청교도들이 차지한 대지의 한쪽에서 진정한 정신은 그들 때문에 죽는다 (…중략…) 그들은 양식이 아니라 파멸의 근원이다. 태양으로의 상승이라고 잘못 생각되어진, 그들의 종교적 열정은 안, 안, 안으로 향하는 발작이었다—발아(germination)를 향한 것이 아니라 무덤의 감금이었다. (*IAG* 66)

윌리엄즈는 "무덤의 감금"으로 표상되는 청교주의 정신이 "진정한 정신"을 암시하는 신세계 정신을 죽였다고 통렬히 비판한다. 나아가 그는 이런 청교주의 정신이 미국의 근대사에서 워싱턴과 프랭클린과 같은 인물로 이어지고 있다고 보고, "진정한 정신"은 지역성과의 접촉을 통해서 발아시킬 수 있다는 점을 거듭 강조한다.

비슷한 맥락에서 파스 역시 기존의 청교주의의 역사관에 의해 억압되었던 주변부의 목소리를 드러내는 것이 곧 "지역성의 역사"가 된다고 본다. 그는 "우리는 모두 주변부에서 살고 있다. 왜냐하면 더 이상 중심이 없기 때문이다(We are all living on the margin because there is no longer any center.)"(*Labyrinth* 170)는 언급을 통해 청교주의의 단일 시각에서 탈피하여 주변성과 타자성을 부각시키는 복수적 시각을 강조한다. 아울러 그는 미국인들과 멕시코인들의 차이를 청교도적인 것과 비청교도적인 것에 비유하며, 순수와 건강을 동일시하는 청교도의 후예인 미국인들과 접촉과 건강을 동일시하는 멕시코인들의 차이를 역설한다.

> 미국인들은 이 세계를 완성될 수 있는 어떤 것으로 간주하는 것처럼 보인다. 그리고 우리는 세계를 회복될 수 있는 어떤 것으로 간주한다. 우리는 그들의 청교도 조상들처럼 죄와 죽음이 인간 본성의 궁극적 기초를 이루고 있다고 믿지만 순수와 건강을 동일시한다는 청교도와는 다르다 (…중략…) 모든 접촉은 오염이다. 외래 인종, 사상, 관습, 육체는 바로 그 자체 내에서 지옥과 불결의 근원을 가진다. 사회 위생이 정신과 육체의 위생을

보충한다. 하지만 고대인이면서 동시에 현대인인 멕시코인은 교감과 축제를 믿는다. 접촉이 없이는 건강이 없다. (*Labyrinth* 24)

여기서 파스는 미국이 아메리카의 토착적 목소리를 억압하고 지워버리는 청교주의와 청교주의의 유산을 계승하고 있지만 멕시코는 접촉으로 인한 "오염"과 "불결"을 긍정적으로 수용하고 있다고 말한다. 그는 교감, 축제, 접촉을 통해 멕시코인은 타자적 의식을 고양시킬 수 있으며 이를 통해 오히려 "건강"한 사회를 구현할 수 있다고 강조한다. 나아가 "순수"와 "건강"을 동일시하는 청교도들의 유산은 새디즘(sadism)의 형태로 현대 미국사회 전역에 파급되어 있다(*Labyrinth* 25)고 그는 믿고 있다. 이는 곧 "청교주의 망령이 여전히 그것의 무서운 벽으로 우리를 구속한다"(*IAG* 129)고 말한 윌리엄즈의 반청교주의적 시각과도 상응하는 것이다. 이렇듯 윌리엄즈와 파스는 청교주의가 아메리카에 불모의 문화를 초래한 근원으로 보고 "지금, 이곳"에 기반을 둔 지역성과의 접촉을 통해 "진정한 정신", 즉 아메리카의 정체성을 회복할 수 있다고 거듭 강조한다. 그들은 "지역성의 역사"라는 시각으로 청교주의로 대변되는 백인 신화가 억압해온 아메리카의 역사를 회복시킴으로써 다양성과 복수성을 지향하는 시학적 토대를 구축하게 된다.

나가며

"지역성의 역사"는 언어와 국가의 경계를 초월하여 윌리엄즈와 파스를 하나로 묶어주는 연결고리로 시학의 핵심이 된다. 특히 윌리엄즈의 스페인어와 스페인 문학에 대한 남다른 관심과 조예는 비교문학적 연구를 가능하게 했다. 윌리엄즈와 파스에게 글쓰기의 토대가 되는 지역성이란 불변의 진리처럼 굳어진 역사를 해방시키는 과정과 긴밀하게 연계된다. 그들은 유럽중심주의적 사고가 여전히 아메리카인들의 정신에 만연하여 그들의 자아를 분리시키고 고유한 아메리카의 문화를 꽃피울 지역적 토대를 상실하게 만들었다고 진단한다. 그리하여 그들은 유럽의 신화가 억압해온 아메리카의 역사를 회복시키고, 이로 인해 상실된 고유 언어를 발굴해 내는 것이 곧 자아 탐구이자 정체성 회복의 길이라고 보았다.

윌리엄즈와 파스가 공유하는 자아 탐구와 정체성 확립은 "지역성의 역사"와 맞물려 그들의 시와 산문에서 광범위하게 투영되어 있다. 그들은 서로의 작품에서 언어와 문화적 차이점을 초월하여 긴밀한 유사성을 발견하게 된다. 그들은 서로의 작품을 번역함으로써 두 언어와 문화 사이의 경계를 희석시키고 나아가 간문화적인(intercultural) 의미를 창출해낸다. 이는 윌리엄즈가 번역한 「폐허 속의 송가」라는 시에서 두드러진다. 중요한 점은 이 시에서 윌리엄즈와 파스가 미국인과 멕시코인의 접촉의 부재와 이로 인한 자아의 분리 문제를 현대 인간이 직면한 보편적 문제로 확장시켰다는 사실이다. 나아가 그들은 산문에서도 이런 분리된 자아의 회복이라는 논의를 비록 지역성에서 출발했지만, 동시에 모든 인간에게 적용할 수 있는 보편성을 지닌 의미적 존재로 보여주고 있다.

윌리엄즈의 『미국적 기질』은 역사 새로 쓰기를 시도함으로써 자아 탐구와 정체성 확립이라는 주제를 다루고 있는데, 이는 파스의 『고독의 미로』에 이어져 논의되고 있다. 이는 쿠친스키가 『고독의 미로』를 『미국적 기질』의 "후속 주석"으로 간주한 데서 명백히 알 수 있다. 여기서 그들은 아메리카인들에게 정체성 부재의 역사를 초래한 것은 다름 아닌 주변성과 타자성으로 대변되는 "지역성"과의 접촉을 부정하는 청교주의의 유산에서 연유한다고 강조한다. 그리하여 그들은 "지역성"과의 "접촉"에 토대를 둔 언어로 쓴 작품이야말로 진정한 아메리카 문학이라고 역설한다. "언어의 뿌리는 정신의 뿌리와 얽혀 있다"는 파스의 말에서 알 수 있듯이, 그들은 아메리카라는 토양에서 파생한 고유한 언어야 말로 식민주의적 이데올로기를 청산하고 문학적·문화적 주체성을 확립하는 초석이라는 점을 간파한 것이다. 그리하여 그들은 영어와 스페인어가 아닌 미국어와 멕시코어로 아메리카의 지역성을 표현한 것이야 말로 "식민주의적 모방"에서 탈피하여 진정한 아메리카 문학이 된다고 보았다. 이처럼 "지역성의 역사"는 윌리엄즈와 파스가 공유하는 시학의 핵심으로 자리 잡아 차후 다양한 영역에 접근을 가능하게 할 것으로 믿는다.

제2부

입체주의와 후안 그리스
『봄과 만물』에 나타난 다다주의
마르셀 뒤샹과 미국적인 것
찰스 디무스와 정밀주의

Pink confused with white
flowers and flowers reversed
take and spill the shaded flame
darting it back
into the lamp's horn

petals aslant darkened with mauve

red where in whorls
petals lays its glow upon petal
round flamegreen throats

petals radiant with transpiercing light
contending
above

the leaves
reaching up their modest green
from the pot's rim

and there, wholly dark, the pot
gay with rough moss.

입체주의와 후안 그리스

1. 윌리엄즈와 입체주의

윌리엄즈는 일평생 문학과 예술의 상관성에 깊은 관심과 심오한 안목을 가졌을 뿐만 아니라 당대의 여러 아방가르드(avant-garde) 예술가들과 교분을 통해 그들의 전위 미학에 많은 영향을 받아 창작 활동을 한 대표적인 미국 시인이다. 윌리엄즈는 화가를 꿈꾸었던 푸에르토리코(Puerto Rico) 출신의 어머니 엘레나(Elena)의 영향을 받아 한때 화가가 되려했고 일평생 그림에 남다른 관심과 애착을 가졌다. 이는 일평생 그가 찰스 디무스(Charles Demuth), 찰스 실러(Charles Sheeler) 등의 정밀주의(Precisionism) 화가들과 긴밀한 친교를 유지하였음은 물론 알프레드 스티글리츠(Alfred Stieglitz)를 비롯한 마르셀 뒤샹(Marcel Duchamp), 만 레이(Man Ray), 알프레드 크레임버그(Alfred Kreymborg) 등의 예술가들과 더불어 활발한 예술 운동을 주도하였다는 사실에서도 명백히 드러난다.

윌리엄즈는 회화에 대한 깊은 관심과 조예를 바탕으로 시를 썼기 때문에 그의 시에는 회화적 특징이 선명하게 드러나 있다. 그는 "그림에 대한 나의 관심 때문에 이미지스트 시인들은 나를 매혹시켰다 (…중략…) 시와 이미지는 나의 마음속에 연결되어 있다 (…중략…) 어떤 이미지가 캔버스에 놓이게 되면 그 이미지는 동시에 시와 그림이 되었고 그것은 내게 매우 풍요로운 것(fertile thing)이 되었다"(*RI* 3)라고 언급하며 시와 그림의 불가분적 연관성을 강조한다. 이처럼 그의 시에는 심오한 미학적 감수성에서 연유한 시적 상상력이 두드러지는데, 여기서 주목할 점은 전통 회화의 기법인 일점 원근법(one-point perspective)이나 명암법(chiaroscuro)의 규칙에서 탈피하여 새로운 회화의 세계를 개척한 폴 세잔(Paul Cézanne), 파블로 피카소(Pablo Picasso), 조르쥬 브라크(Georges Braque), 및 후안 그리스(Juan Gris, 1887~1927)로 대표되는 현대 회화의 입체주의에 많은 영향을 받았다는 사실이다.

윌리엄즈가 활동했던 20세기 초는 전위의 물결이 다양하게 표출되던 시기로 미술에서는 야수주의(Fauvism), 입체주의(Cubism), 미래주의(Futurism) 등과 같은 새로운 예술 사조가 나타났다. 이 중에서 20세기 미술의 새로운 장을 열었던 입체주의는 평면회화의 한계를 극복하고 새로운 리얼리티를 창조한 회화적 공간의 혁신이었다. 윌리엄즈는 입체주의 화가들과 입체주의 미학이 지향하는 새로운 예술적 이상이 자신이 추구하는 예술과 일치함을 간파하고 이를 시적 언어로 기술하고자 하였다.

사실 윌리엄즈는 1923년 시집 『봄과 만물 *Spring and All*』을 출간하기 전에 뉴저지 주 그랜트우드(Grantwood)에서 크레임버그가 주도하는 예술가들의 모임에서 입체주의와 새로운 시 형식에 관한 활발한 토론을 통해 입체주의에 관한 지식을 체계적으로 습득할 수 있었다. 그는 입체주의 이론가인 알베르 글레즈(Albert Gleizes)와 장 메칭거(Jean Metzinger)가 1912년에 출판한 『입체주의에 관해 *Du Cubisme*』와 프랑스 시인 기욤 아폴리네르(Guillaume Apollinaire)가 1913년에 출판한 『입체주의 화가들 *Les Peintres Cubistes*』이라는 책을 통해 입체주의 이론과 실천을 접하게 된다. 그리하여 그는 이것을 자신의 시에 적용시키는데 초기 시집 『원하는 사람에게! *Al Que Quiere!*』, 『지옥의 코라 *Kora in Hell*』, 그리고 『봄과 만물』은 대표적인 예이다. 또한 윌리엄즈는 당시 뉴욕에서 발간된

『291』이라는 잡지에 실린 마리어스 드 자야(Marius de Zayas)의 글을 통해 입체주의의 원리와 방법을 구체적으로 접하게 된다. 『291』에서 드 자야는 입체주의를 "동시주의(simultanism)"라는 용어와 동일시하여 사용했는데, 입체주의는 피카소나 브라크가 했던 것처럼 "다양한 관점에서 보여진 어떤 대상의 다양한 형상들을 동시적으로 재현하는 방법"(Schmidt 48)인 것이다. 말하자면 입체주의는 근대 회화를 지배해 온 일점 원근법을 포기하고 "동시성(simultaneousness)"을 구현하는 방식을 제시하였다. 이런 동시성과 더불어 관점의 복수성을 허용하고 또한 서로 다른 양상들 간의 상호작용을 강조함으로써 해방된 공간의 역동성을 표현하는 것이 곧 입체주의 미학의 원리인 것이다.

이렇듯 윌리엄즈는 언어 예술인 시와 시각 예술인 회화의 장점을 융합시켜 독특하고 종합적인 예술을 창출하고자 하였다. 그리하여 그는 입체주의 미학을 근간으로 자연을 단순히 모방하기 보다는 화가의 캔버스의 제한된 표면을 넘어서 관람자의 무의식에까지 확장되는 대화를 재현하는 "디자인으로의 대화(conversation as design)"라는 새로운 예술적 구성 방식을 착상하게 된다.

흔히 윌리엄즈와 동시대의 프랑스 시인인 아폴리네르를 '입체파의 대변인'으로 간주하지만 윌리엄즈의 미학적 취향은 아폴리네르 못지 않게 입체주의를 지향하고 있다. 윌리엄즈가 입체파 예술을 열렬히 옹호했던 이유는 과거와는 다른 새로운 화풍을 보인 입체파 예술에서 현대화를 향한 그 시대의 전위성을 보았기 때문이다. 그는 르네상스 이래 지속되어온 서양 회화의 고전적 규범인 자연의 맹목적 모방, 공간 배치, 일점 원근법 및 명암법과의 결별을 통해 새로운 회화 표현의 가능성을 제시한 입체주의 화가들의 회화적 특징을 자신이 추구하는 시에 있어서 "새로운 것" 혹은 "새로운 정신(new mind)"과 연계시키고 있다. 그는 『지옥의 코라』에서 "새로운 것 외에는 어떤 것도 좋지 않다(Nothing is good save the new)"(*Imag* 23)라고 말한다. 또한 장시 『패터슨 *Paterson*』에서 "새로운 정신이 없다면 새로운 / 시행도 없다(unless there is / a new mind there cannot be a new / line)"(*P* 50)라고 천명하며 자신이 추구하는 시학의 핵심인 "새로운 정신"은 과거의 전통에서 벗어나려는 것이라고 강조하는데, 이것은 전통 회화와는 다른 새로운 조형성을 추구하는 입체주의 미학과 상통한다. 항상 새로움에 대한 탐구와 전통 리얼리즘을 극복할 수 있는 방안을 모색하던 윌리엄즈에게 있어 "새로운 것" 혹은 "새로운 정신"을 지향하는 입체주의 예술은 새로운 발견이었다.

필자는 지금까지 부각되지 못했던 윌리엄즈의 예술가적 삶의 궤적을 추적하고 입체주의 회화의 원리와 방법이 그의 시적 상상력의 근간을 이루며 또한 창작 세계에 깊은 영향을 미쳤음을 밝히고자 한다. 아울러 윌리엄즈가 이런 상상력을 기초로 과거와는 다른 새로운 형식의 예술에 대한 가능성을 제시하였던 사실과 또한 '종합적 입체주의(synthetic cubism)'에서 연유한 "디자인으로의 대화"라는 기법을 문학 텍스트에 적용하여 시와 회화사이의 경계를 허물고자 했던 의미도 언급하겠다.

2. "사실 그 자체"로서 입체주의

"나는 거의 화가가 될 뻔했고 물감이 덜 마른 캔버스보다 원고를 보내는 것이 더 쉽지 않았다면 그림과 시작(詩作)간의 균형은 다른 한 쪽으로 기울어졌을 것이다"(Marling 1 재인용)라는 윌리엄즈의 말에서 알 수 있듯이, 시와 그림의 긴밀한 연관성은 그의 창작 세계의 근원적인 배경이 된다. 윌리엄즈는 심오한 미학적 감수성을 지니고 화가들의 작품에 드러난 회화적 표현을 시적 언어로 환원시키려 하였다. 한마디로 그는 색과 형상으로 이루어진 시적 언어로 새로운 미학을 추구하였던 예술가라 할 수 있다. 그는 회화 고유의 언어라고 할 수 있는 색과 형상이 단지 부차적인 수단이 아니라 자신으로 하여금 "산문을 쓸 수 없게 하였으며" 또한 "자신이 무언가를 이해하기 위해 해야 하는 모든 것"이라고 말한다(*SL* 104).

무엇보다도 윌리엄즈의 시적 상상력은 입체주의에서 연유한다고 볼 수 있다. 시인은 1915년 『291』이란 잡지와 크레임버그가 주도하는 예술가들의 모임에서 처음으로 입체주의에 대해 알게 되었고 과거와는 다른 새로운 회화 표현의 가능성을 지향하는 입체주의에 매료되어 자신의 시에 이런 입체주의의 원리와 방법을 적용시키고자 노력하였다. 이는 "우리는 오후 내내 입체주의에 관해 열띤 토론을 벌였다. 시의 구조에 흥미를 자극하는 것에 필적할 만한 것이 있었는데, 그것은 각 시행의 서두에 대문자를 과감히 생략하는 것이었다. 시의 운(rhyme)은 사라지게 되었다"(*A* 136)라는 그의 말에서 극명하게 드러난다.

입체주의와 시의 연관성을 살펴보면 20세기 앵글로 아메리카의 시는 입체주의 미학으로부터 상당히 많은 영향을 받았던 것처럼 보인다. 닐 콕스(Neil Cox)는 엘리엇(T. S. Eliot), 파운드(Ezra Pound), 스티븐스(Wallace Stevens) 그리고 윌리엄즈와 같은 시인들이 "입체주의와 관련이 있는 화가들과 친분을 가지고 있었으며, 결과적으로 그들 자신의 방법을 부분적으로 개작하는 것을 배웠다"(412)고 말한다. 브람 딕스트라(Bram Dijkstra) 또한 스티븐스, 무어(Marianne Moore) 등을 비롯한 윌리엄즈와 동시대의 많은 미국 시인들이 1910년경 파리에서 시작된 "시각 예술(visual arts)"의 쇄신에 힌트를 얻어 그들의 시를 새롭게 발전시켜 나갈 수 있었다고 말하면서, 그중에서 윌리엄즈가 "가장 주목할 만하다"고 주장한다.

> 새로운 형식의 그림에 영향을 받았던 이 그룹의 시인들 가운데, 윌리엄 칼로스 윌리엄즈의 케이스가 가장 주목할 만하다. 그는 틀림없이 새로운 형식의 그림의 속성을 가장 축어적으로 시로 전위시키려고 시도했었던 시인이다. 그로 하여금 새로운 종류의 시를 창조하게 하고 또한 이 세기의 가장 독창적인 시인들 가운데 하나가 되게 만든 것은 바로 이런 윌리엄즈의 엄밀한 태도이다. (5)

입체주의 화가들 가운데 위에서 바라보거나 옆에서 바라볼 때, 사물의 보이는 한 면만을 화폭 위에 담았던 전통 화법을 피카소보다 먼저 쇄신한 인물은 세잔(Paul Cézanne)이었다. 윌리엄즈는 대상을 재현하는 모방 예술이 아니라 대상의 여러 면모들을 동시에 개념적으로 제시하는 입체주의 회화를 자신이 추구하는 새로운 예술이라 역설하였고, 나아가 입체주의 회화의 선구자로 간주되는 세잔을 진정한 리얼리티를 추구한 화가라 높이 칭송한다.

> 모든 것이 시각적인 것으로 되어가고 있는 오늘날 예술의 리얼리즘은 우리를 어리둥절하게 하고, 우리를 혼란시키고, 또한 구세대가 힘들이지 않고 가지게 된 것을 유지하도록 우리로 하여금 재창조하게 한다.
> 세잔—
> 미술에 있어 유일한 리얼리즘은 상상력의 산물이다. 그렇게 함으로써만 작품은 자연을 모방하는 표절을 피하고 하나의 창조물이 된다. (*Imag* 111)

이 인용문에서 윌리엄즈는 세잔이라고 말한 다음 대시로 잠시 멈추면서 세잔이 새로운 상상력을 통해 리얼리티의 참모습을 구현하였다고 말한다. 그는 세잔이 회화에서 원근법에 의거한 환상을 제거하고 가능한 사물의 진면목을 포착하고자 노력했던 것처럼, 자신의 시에서 삶과의 직접적인 접촉을 방해하는 진부한 관습적 방법을 제거하고자 하였다. 그는 자연의 맹목적 재현을 거부하고 대상의 형태의 왜곡과 변형을 통해 새로운 화풍을 보인 입체주의 예술이야 말로 "사실주의가 아니라 사실 그 자체(not realism but reality itself)"(*CP1* 204)라고 말한다. 나아가 시 또한 "사실 그 자체"가 되기 위해서는 시인의 상상력 역시 "변형의 힘"을 지녀야 한다고 그는 강조한다. 1939년에 쓴 「예술가에 관한 연구 A Study of the Artist」라는 부제가 붙은 「거친 날씨에 맞서서 Against the Weather」라는 에세이에서 그는 상상력을 "변환자

(transmuter)", "변경자" 및 "변형"이라 부르며 사물을 인식하는 기존의 관습적인 틀에서 탈피하고자 한다.

> 상상력은 변환자이다. 그것은 변경되는 것이다. 상상력이 없다면 삶은 계속해서 진행될 수 없다. 왜냐하면 우리는 생명체가 우리 뒤로 빠져나가는 동안 진리가 어제 살았던 빈 상자들을 응시한 채 남겨져 있기 때문이다. 진리를 재발견하기 위해 마음이 가지는 것이 바로 변형의 힘이다. (*SE* 213)

윌리엄즈는 관습적인 사고를 상징하는 "진리가 어제 살았던 빈 상자들"에서 탈피하여 입체주의 화가들이 그랬던 것처럼 다양한 시점들을 하나의 종합된 시점으로 제시하고자 하였다. 즉, 시인은 "변형의 힘"을 통해 기존의 관습적인 사고에 속박되어 있는 사물들을 재창조하고자 했다. 「앵초 Primrose」는 이런 "변형의 힘"을 잘 보여주는 대표적인 시이다.

> 노랑, 노랑, 노랑, 노랑!
> 그것은 색깔이 아니다.
> 그것은 여름이다!
> 그것은 버드나무 위의 바람,
> 물결이 밀려오는 소리,
> 관목아래의 그림자, 새, 파랑새,
> 세 마리 왜가리, 죽은 매다
> 전신주 위에서 썩어 가는—
>
> Yellow, yellow, yellow, yellow!
> It is not a color.
> It is summer!

It is the wind on a willow,
the lap of waves, the shadow
under a bush, a bird, a bluebird,
three herons, a dead hawk
rotting on a pole— (*CP1* 161)

여기서 윌리엄즈는 앵초의 노란색을 "색깔"이 아닌 "여름"으로 그리고 계속하여 "바람", "소리", "그림자", "새", "왜가리", "매" 등으로 변형시키고 있다. 이처럼 서로 아무 관련이 없는 추상적 개념(바람, 소리, 그림자)과 구체적 사물들(새, 왜가리, 매)의 병치와 은유적 통합을 통해 시인은 서로 상이한 영역들 간의 이질감과 거리감이 제거된 새로운 예술 공간을 창출하고자 한다. 다시 말하면 상상력을 통해 지속적으로 변형되는 "그것(It)"은 앵초를 평범한 꽃이 아닌 다른 어떤 것으로 변형시키려는 시인의 새로운 가능성에 대한 욕망을 드러내는 시어로 볼 수 있다. 그리하여 "그것은 다섯 장의 붉은 꽃잎이나 장미가 / 되기를 내켜하지 않는다(It is a disinclination to be / five red petals or rose)"(*CP1* 162)고 시인은 역설한다. 시인의 이런 상상력은 앵초를 기존의 정형화되고 관습화된 상징으로 간주하기를 거부한 자신의 "변형의 힘"에서 연유되었음을 보여주는 것이라 할 수 있다.

윌리엄즈는 공간에 대한 인식의 변화를 포착하고 복수시점으로 사물을 분석·해체하고 재구성하여 진정한 리얼리티를 실현하고자 한 입체주의 화가들이야말로 이런 "변형의 힘"을 지닌 예술가라고 주장한다. 그는 입체주의 그림을 언어로 재현하려고 갈망했는데, 1917년 출간된 시집 『원하는 사람에게』에 수록된 「봄의 선율 Spring Strains」은 이런 시인의 노력이 선명하게 드러난다. 「봄의 선율」은 하나의 시각적 평면을 재현하는데 그 속에서 대상들은 엄격하게 그림 같은 방식으로 분석된다. 다시 말해 압축을 통해 대상들을 격리시키고, 강화시키며 그런 다음 여러 부분들로 쪼갬으로써 시인은 입체주의에서 강조하는 “새로운 상상적 평면”을 창출해 낸다.

얇은 직물처럼 가느다란 회청색 단색조의 꽃봉오리들이
떼 지어 모여 하늘에 맞선 욕망으로 몸을 일으킨다
긴장한 회청색 가지들이
가냘프게 그것들을 붙잡아 내리고, 그것들을
끌어당긴다—

두 마리의 회청색 새들이 뒤쫓는다
세 번째 새를 회전하며, 여러 각도로 나아가려고 하면서
재빠르게 한 점에 갑자기 모인다
즉시!

In a tissue-thin monotone of blue-grey buds
crowded erect with desire against the sky
tense blue-grey twigs
slenderly anchoring them down, drawing
them in—

two blue-grey birds chasing
a third struggle in circles, angles
swift convergings to a point that bursts
instantly! (*CP1* 97)

윌리엄즈는 “하늘에 맞선” 꽃봉오리의 힘과 저항력에 의해 지배되는 자연의 에너지와의 감정이입적 동일시를 보여줌으로써 자연이 독자에게 그림과 시라는 이중적 예술 비전을 통해서 제시되도록 한다. “회청색 단색조”가 두드러진 이 시의 초반부에서 알 수 있듯 시인은

피카소와 브라크의 분석적 입체주의 시기와 관련이 있는 억제된 색상을 사용하려고 의식적으로 시도하고 있는 것처럼 보인다. 시인은 마치 입체주의 화가가 그의 형상들을 파편화시키는 것처럼 자신의 그림에서의 형상들을 산산이 부순다. 그렇게 함으로써 시인은 전통적인 회화가 지향하는 "환상적인 재현"을 거부하고 캔버스 위로 이런 파편들의 "구성적 분산(constructive dispersal)"을 얻는다(Dijkstra 65).

(꽉 붙들어라, 단단한 마디를 지닌 나무들이여!)
눈을 가리며 가장자리가 붉은 흐릿한 태양은—
은밀한 에너지, 집중된
저항력－하늘, 꽃봉오리, 나무들을 결합시키고
그것들을 구겨지게 붙잡아 고정시킨다!
끝까지 관통한다! 반대로 당기는 덩어리
전체를 끌어당긴다. 위로, 오른쪽으로
잠근다 불투명체조차, 명확하지 않고
바로 그 곧은 뿌리를 느슨하게 하고
무시무시한 써레로 갈아버리는!

(Hold hard, rigid jointed trees!)
the blinding and red-edged sun-blur—
creeping energy, concentrated
counterforce－welds sky, buds, trees,
rivets them in one puckering hold!
Sticks through! Pulls the whole
counter-pulling mass upward, to the right
locks even the opaque, not yet defined
ground in a terrific drag that is
loosening the very tap-roots! (*CP1* 97)

나무, 꽃봉오리, 가지, 하늘, 태양에 의해 형성된 번쩍이고, 당기고, 긴장시키는 시행은 선형적이고 "서술적(narrative)"인 방식 대신에 "비-연속적인 움직임(non-sequential movement)"을 하나의 좁게 한정된 시각적 평면 안에서 효과적으로 보여준다. 피터 홀터(Peter Halter)는 마치 입체주의 화가들이 전통적인 "서술적" 방식을 제거함으로써 동시성을 증가시키려고 한 것과 같이, 시인은 전통적인 연속적 진행을 감소시킴으로써 즉시성과 강렬함을 얻으려 하였다(65)고 말한다. 딕스트라 또한 「봄의 선율」의 구성에서 입체주의 그림의 영향력을 언급하며 윌리엄즈가 그림에서 공간의 물질화(materialization)에 의해 만들어진 시각적 특징들을 언어적 등가물로 전환시켰고, 또한 시의 문맥에 이런 언어적 등가물을 사용함으로써 시인이 하나의 "큐비스트", 즉 언어로 된 촉각적이고 시각적인 공간을 얻게 되었다고 주장한다(66). 이런 맥락에서 「봄의 선율」은 입체주의 화가들이 추구한 "새로운 상상적 평면"을 시인이 시적 언어로 재현한 시라고 볼 수 있다.

3. 후안 그리스와 "디자인으로의 대화"

"나는 항상 후안 그리스를 존경해 왔고 그와 함께 하고 있다."(*Imag* 286)는 윌리엄즈의 말에서 알 수 있듯 그리스는 곧 시인의 예술적 분신(alter ego)이라 할 수 있다. 사실 윌리엄즈가 동시대의 많은 화가들과의 오랫동안 맺어온 친교는 그의 작품 곳곳에 드러나 있지만 그리스(Juan Gris)와의 관계는 불가분적 매듭의 형태로 엮어져 있는 것으로 보인다. 윌리엄즈는 특히 여러 작품에서 자신과 그리스와의 유사점을 언급하며 그를 자신의 예술적 분신으로 간주한다. 마르잔(Julio Marzán)은 윌리엄즈의 초기 시 「회색 초상화 A Portrait in Greys」를 언급하며 스페인어 "그리스(gris)"가 "회색(greys)"을 의미하기 때문에 이 시는 그리스에 대한 헌시(tribute)라고 주장한다(4). 또한 1930년 포드(Charles

Henri Ford)에게 보낸 편지에서 "그리스는 나의 완전한 예술가이다. 그는 나 자신이 너무나 익숙한 모든 인간적인 결점을 구현하고 있다"(Mariani 313)는 윌리엄즈의 말에서 알 수 있듯 시인은 그리스의 입체주의 미학에서 자신이 추구하고자 하는 시학(poetics)과의 유사점을 발견한다. 나아가 1923년에 출간한 시집 『봄과 만물 *Spring and All*』과 1932년에 발표한 『중편소설 *A Novelette*』의 여러 장과 섹션에서 윌리엄즈는 그리스에 대해 언급하고 있다.

그리스는 당대 입체주의 화가들 가운데서 가장 시적인 화가로 간주되는데, 이는 피카소와 브라크의 분석적 입체주의(analytic cubism)와 구별되는 종합적 입체주의(synthetic cubism)가 시적 요소(poetic elements)를 채택하고 있기 때문이다. 1919년 독일의 미술평론가 칸바일러(Daniel-Henry Kahnweiler)에게 보낸 편지에서 그리스는 "나는 난폭하고 묘사적인 리얼리티(brutal and descriptive realities)를 나의 그림에서 제거하게 되었습니다. 말하자면 나의 그림은 더욱 시적으로 되었습니다"(Kahnweiler 93)고 말한다. 또한 1921년에 발표한 〈열린 창문 *The Open Window*〉과 다른 입체파 그림의 관계를 "시와 산문의 관계와 같다"(Kahnweiler 138)고 강조한다. 같은 맥락에서 칸바일러 또한 그리스의 그림에 나타난 시적 특징에 주목하며 "입체주의는 본질적으로 서정적 예술(lyrical art)이다"(98)고 말한다. 무엇보다도 그리스와 관련하여 중요한 점은 윌리엄즈가 그리스의 입체주의 미학을 토대로 자신의 고유한 시적 테크닉, 즉 "디자인으로의 대화(conversation as design)"라는 기법을 창안하였다는 사실이다.

> 소설에는 어떤 대화도 존재하지 않는다. 그 소설이 대화 전체를 흡수했기 때문이다. 이야기, 즉 소재가 존재한다. 신문에서는 대화가 존재하지 않기 때문에 우리는 항상 뉴스의 소재를 전달해야 한다. 후안 그리스에게는 항상 한 가지 것이 존재하는데, 바로 디자인으로의 대화이다. 만약 그렇지 않다면—덜 사실적이라면, 그것은 감추어지고, 단조롭고 지루한, 하나

의 임시변통이다. 나는 항상 후안 그리스를 존경해 왔고 그와 함께 하고 있다. (*Imag* 286)

이 인용문에서 드러나듯 일상적 소재에서 출발하면서도 예술가의 구성 능력에 의해 그것으로부터 "분리되어(detached)" 새롭게 창조된 "디자인"을 만들어냄으로써 실물과 같은 환영에 가려졌던 그림 그 자체를 구현하였던 그리스의 구성 방식을 윌리엄즈는 "디자인으로의 대화"라 명명한다. 시인은 당대의 여러 화가들과 그리스를 구분하는 한 가지는 바로 다름 아닌 "디자인으로의 대화"라는 점을 강조한다. "디자인으로의 대화"가 없다면 그것은 "감추어지고, 단조롭고 지루한, 하나의 임시변통이다"라는 그의 언급에서 알 수 있듯 윌리엄즈는 그림이나 시는 현실에서 출발하지만 일상적 의미의 범주에서 해방되어 하나의 예술 작품으로 그 독자적 정체성을 지녀야만 가치가 있다고 본다.

더욱이 "디자인으로의 대화"가 복수 시점을 사용함으로써 전통 회화가 지향하였던 인간중심주의적 시각에서 탈피하여 사물중심주의적 시각을 요구했던 입체주의의 특징을 지니고 있다는 점을 시인은 강조한다. 그리하여 그리스의 그림에 나타난 "그런 포도는 인간의 혀 보다는 바다의 배에 더욱 관련이 있다"(*Imag* 287)고 시인은 말한다. 입체주의 화가들이 "아름다운 환상"을 추구하지 않았던 것처럼, 진정한 예술은 "'아름다운 환상'을 추구하는 것이 아니다"(*Imag* 89)라고 윌리엄즈는 강조한다. 말하자면 "디자인으로의 대화"는 입체주의 화가들이 지향하는 것과 마찬가지로 "독자와 세계와의 즉시적인 접촉에 대한 그의 의식 사이의 지속적인 장벽"(*Imag* 88)을 제거하려는 것을 의미한다. 이런 맥락에서 드리스콜은 그리스의 그림은 "단순히 자연을 모방하지 않고 화가의 캔버스의 제한된 표면을 넘어서 관람자의 무의식에까지 확장되는 대화를 재현하는데 디자인으로의 대화의 원리를 가장 강력하게 설명하고 있는 것은 바로 이런 점"(62)이라고 역설한다.

그가 익히 아는 사물들, 단순한 것들—동시에 그것들을 일상의 경험적 차원에서 분리하여 상상력의 경지로 끌어올렸다. 그래서 그것들은 여전히 "진짜"이고 동일한 것들이다. 마치 모네(Monet)에 의해 사진으로 포착되거나 그려진 것처럼 그것들은 낮 동안에 손으로 느껴지는 것들로 인식된다. 하지만 그림에서 그것들은 어떤 독특한 방식으로 되는 것으로 보인다. 즉, 분리된다. (*Imag* 110)

이 인용문에서 알 수 있듯 시인은 그리스의 "익숙하고, 단순한 사물"은 동시에 일상적인 경험에서 상상력으로 "분리된(detached)" 것임을 강조한다. 이렇게 재창조된 예술적 테크닉을 윌리엄즈는 "디자인"이라 부른다. 말하자면 일상적 소재에서 출발하면서도 예술가의 구성 능력에 의해 그것으로부터 분리되어 새롭게 창조된 "디자인"을 만들어냄으로써 실물과 같은 환영에 가려졌던 그림 그 자체를 구현하였던 그리스의 구성 방식을 윌리엄즈는 "디자인으로의 대화"라 명명한다.

요컨대 그리스는 동시대의 피카소와 브라크에 의해 시작된 입체주의 회화를 더욱 발전시켜 '종합적 입체주의'를 완성시킨 화가였다. 피카소와 브라크에 의해 태동된 '분석적 입체주의'가 파편화(fragmentation)와 다중성(multiplicity)을 특징으로 한다면, 그리스에 의해 완성된 종합적 입체주의는 추상적 디자인을 중첩하는 방식으로 캔버스 위의 사물들을 조직하는 것을 특징으로 하고 있다. 1921년 출간된 『새로운 정신 *L'Esprit Nouveau*』이란 잡지에서 그리스는 자신의 미술을 "종합과 연역의 미술"이라고 말한다.

나는 지성의 요소와 상상력을 가지고 일한다. 나는 추상적인 것을 구체적인 것으로 만들려고 노력한다. 나는 보편적인 것에서 출발하여 특수한 것으로 나아간다. 이는 진정한 사실에 도달하기 위해 추상으로 출발함을 의미한다. 나의 미술은 레이날이 언급한 것처럼 종합과 연역의 미술이다. (Kahnweiler 138)

여기서 드러나듯 그리스의 연역적(종합적) 입체주의는 대상의 평면적이고 추상적인 형태에서 출발하지만 그 대상을 입체주의 양식에 따라 구체적인 것으로 변형하여 현실세계의 사물과는 다른 특수한 개별자를 창조해내는 것을 말한다. 나아가 그는 종합적 입체주의와 분석적 입체주의 사이의 차이에 대해 다음과 같이 주장한다: "나는 그림을 조직화시키면서 시작한다. 그런 다음 사물들의 특성을 부여한다. 나의 목적은 현실의 어떤 사물과도 비교될 수 없는 새로운 사물을 창조하는 것이다. 종합적 입체주의와 분석적 입체주의 사이의 차이는 정확히 여기에 있다. 그러므로 이 새로운 사물들은 형태의 왜곡을 피한다. 나는 바이올린은 하나의 창조물로서 현실의 바이올린과 비교되지 않음을 염려할 따름이다"(Kahnweiler 104). 이런 그리스의 언급에서 드러나듯 일상적인 사물들이 등장하지만 예술가의 방법에 의해 재구성된 "새로운 사물"이야말로 '종합적 입체주의'의 정수인 것이다. 예컨대, "새로운 사물"로서 바이올린은 그리스가 1916년에 발표한 〈바이올린 *The Violin*〉에서 뚜렷이 나타난다.

〈바이올린〉에서 암시되듯이, 그리스는 당대 입체주의 예술가들 가운데 가장 시적인 화가라 할 수 있다. 그는 일평생 프랑스 시인 말라르메(Stéphane Mallarmé)의 시와 스페인 바로크 시대를 대표하는 시인인 공고라(Luis de Góngora)의 시를 가까이 하였으며 동시대의 르베르디(Pierre Reverdy), 데르메(Paul Dermée), 우이도브로(Vincent Huidobro)와 막스 야콥(Max Jacob)의 시들을 좋아하였다. 게다가 그는 습작 초기 시절부터 여러 시인들의 시집에 분위기에 맞는 삽화를 그려주며 그들과의 친분을 더욱 돈독히 하였다. 이처럼 그리스는 시에 대한 관심과 조예가 남달리 깊었는데, 이는 그가 자신의 그림이 "더욱 시적"으로 접근해가기 때문에 자신의 작품에 대해 아주 만족해한다고 언급했다는 사실에서 명백하게 알 수 있다. 1919년 칸바일러에게 보낸 편지에서 그는 자신의 그림에서 "난폭하고 묘사적인 리얼리티"를 제거했다고 말한다.

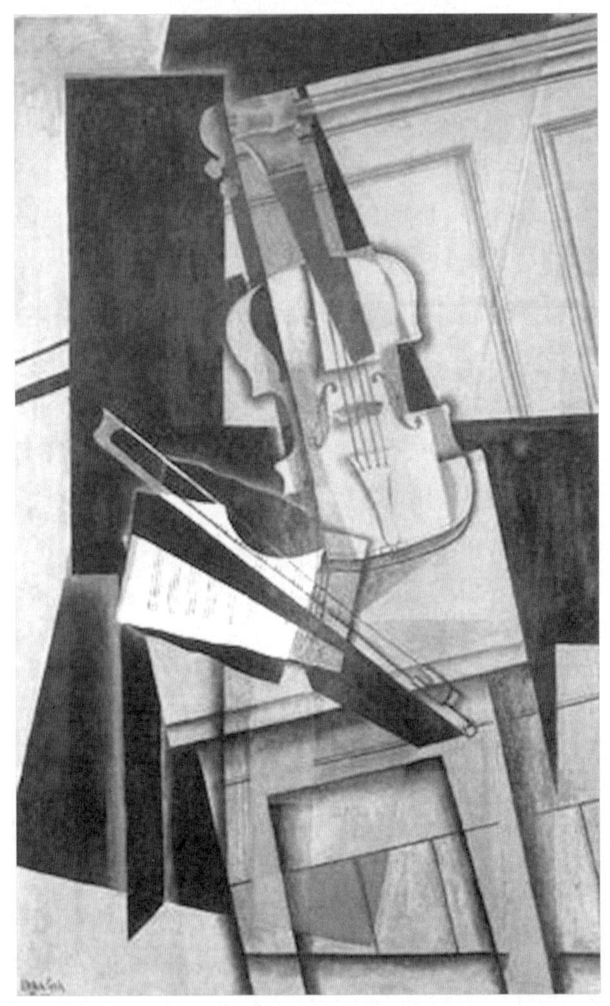

후안 그리스, 〈바이올린〉, 116.5×73cm, 1916, 바젤 시립미술관 소장

드디어 저는 실현의 시기로 진입하고 있다고 생각하고 있기 때문에 얼마간 저는 제 자신의 작품에 매우 만족하고 있습니다. 게다가 저의 진보를 시험할 수 있게 되었습니다. 이전에 그림을 그리기 시작했을 때 저는 만족스럽게 시작했지만 불만족스럽게 종결했습니다. 지금은 시작은 항상 형편없고 신물 나지만 마지막에는 즐거운 놀라움을 경험하게 됩니다. 저는 또한 그림에서 매우 난폭하고 묘사적인 리얼리티를 성공적으로 제거해오고 있습니다. 말하자면 저의 그림은 더욱 시적으로 되었습니다. 저는 순수한 지적인 요소들로 상상된 리얼리티를 매우 정확하게 표현할 수 있기를 바랍니다. (Kahnweiler 93)

이 인용문은 그의 회화에 대한 목표를 극명하게 보여주는 것으로 "더욱 시적"으로 되었다는 것은 추상 회화에 대한 명백한 비판이며 아울러 외관의 묘사에서 자유로워졌다는 것을 의미한다. 이처럼 그리스가 지향하는 입체주의 미학은 시와 그림사이의 경계를 희석시키며 상호 의존적 관계로 맺어져 있음을 명백히 드러내고 있다.

그리스는 생의 마지막 시기인 1920년대에 이르러 자신의 작품이 형태 분석과 추상적 구조에 치중한 나머지 서정적 주제 면에서는 소홀해 왔다고 생각하였고 그리하여 새로운 시적 요소의 도입을 통하여 종합적 입체주의를 완성하고자 했다. 이러한 그리스의 갈망은 1920~1923년 사이에 제작된 '열린 창문'을 주제로 한 일련의 작품을 통해 명백히 드러나는데, 1921년 발표한 〈열린 창문〉은 그 대표적 예이다. 윌리엄즈는 종합적 입체주의의 정수로 간주되는 그리스의 〈열린 창문〉이 바로 "현실의 어떤 사물과도 비교될 수 없는 새로운 사물"이라고 말한다.

후안 그리스, 〈열린 창문〉, 65×100cm, 1921, 취리히 엠 마이어 컬렉션 소장.

여기에 셔터와 포도 한 송이, 악보, 바다와 산의 그림(특별히 섬세한)이 있다. 보는 사람은 한 순간도 이것을 "실물"인 양 착각할 수 없게 되어 있다. 하나가 다른 것에 겹쳐지고, 구름이 셔터에 겹쳐지고, 포도송이가 기타 손잡이가 되고, 산과 바다는 "진짜 산과 바다"가 아니고 산과 바다의 그림이다. 모든 것이 탁월한 단순성과 뛰어난 디자인—모든 것이 통합된—으로 그려져 있다. (*Imag* 110~111)

시인은 "하나가 다른 것에 겹쳐지고, 구름이 셔터에 겹쳐지고, 포도송이는 기타 손잡이가 된다"고 말하며 서로 상이한 두 대상은 충돌적이거나 대립적인 것이 아닌 서로에 상호 침투하여 공존하는 양상을 강조한다. 또한 시인이 강조하는 "탁월한 단순성"과 "모든 것이 통합된 뛰어난 디자인"은 구체적이고 개별적인 주체들을 강조하면서 동시에 그것들이 외부세계의 사물들과 조화롭게 유기적인 통합을 이룬다고 보는 그리스의 '종합적 입체주의'를 예리하게 인식하고 있음을 나타내는 것이라 할 수 있다. 더욱이 윌리엄즈는 그리스를 인상주의 화가들, 표현주의 화가들, 그리고 세잔(Paul Cézanne)의 뒤를 잇는 화가로 간주하며 〈열린 창문〉과 같은 그의 그림은 지금까지 그려진 그림들 중 가장 뛰어난 그림이 될 것이라고 역설한다. 이렇듯 그리스의 '종합적 입체주의'에 대한 윌리엄즈의 묘사와 시인 자신의 시적 스타일 사이의 명백한 유사점은 그리스에 대한 시인의 밀접한 관계가 대부분 그들의 미학적 관점의 조화로부터 파생하였음을 암시한다(Driscoll 61).

그리스는 〈열린 창문〉을 그린 1921년 자신의 작품과 분석적 입체주의를 비교하며 "이 그림과 다른 그림과의 관계는 시와 산문의 관계와 동일하다"(Kahnweiler 138)라고 역설한다. 그는 자신의 그림에서 관람자에게 숨겨진 관계, 즉 명백히 다른 두 대상 사이의 유사성을 드러내기 위해 조형적 메타포를 사용했고 그리하여 "포도송이는 만돌린에 비교된다"(Kahnweiler 100)고 말한다. 그리스가 말한 "시와 산문"의 관계, 즉 종합적 입체주의와 분석적 입체주의의 차이를 윌리엄즈가 정확하게 간파한 것은 분명해 보인다. 그리하여 윌리엄즈는 인상주의 화가들, 표현주의 화가들, 그리고 세잔의 뒤를 잇는 화가로 그리스를 언급하며 〈열린 창문〉과 같은 그림은 지금까지 그려진 그의 그림들 중 가장 뛰어난 그림이 될 것이라고 말한다. 이런 맥락에서 그리스의 회화적 테크닉에 대한 윌리엄즈의 묘사와 시인 자신의 시적 스타일 사이의 명백한 대비는 그리스에 대한 윌리엄즈의 밀접한 관계가 대부분 그들의 미학적 관점의 조화(compatibility)로부터 파생하였다는 것을 암시한다(61)라는 케리 드리스콜(Kerry Driscoll)의 지적은 적절하다 할 수 있다.

무엇보다도 그리스와 관련하여 주목할 점은 윌리엄즈가 그리스의 '종합적 입체주의'를 토대로 "디자인으로의 대화"라는 기법을 창안하였다는 사실이다. 그리스의 그림을 찬양한 후에 등장하는 『봄과 만물』에 수록된 7번째 시 「장미 The Rose」는 그리스의 1914년 작품인 〈장미들〉을 보고 쓴 작품으로 윌리엄즈의 문학적 입체주의의 특징을 잘 보여주고 있다.

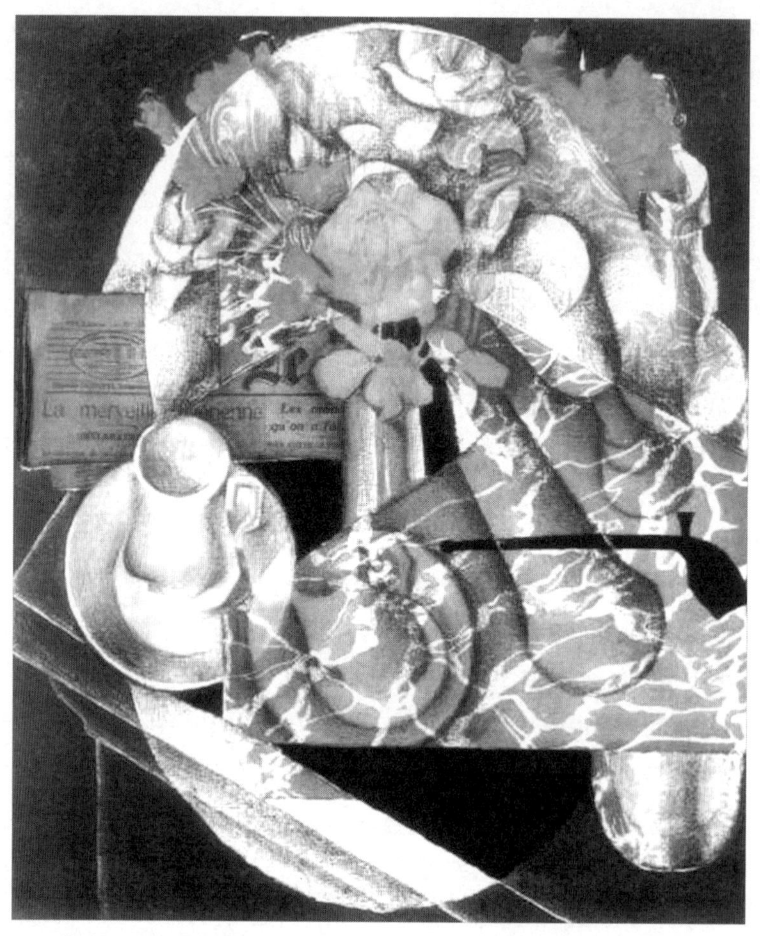

후안 그리스, 〈장미들〉, 65×45cm, 1914, 뉴욕 메트로폴리탄 미술관 소장.

장미는 진부하다
그러나 각각의 잎은 경계에서
끝난다, 홈 파인 빈 공간을
이어주는 이중 면—경계는
자르지 않으면서 자르고
무(無)와—만나서—스스로를

새롭게 한다, 금속 또는 도자기에서—

어디에서? 그것이 끝난다—

그러나 그것이 끝나면
새로운 출발이 시작된다
그래서 장미와 관계 맺는 것은
기하학이 된다—

The rose is obsolete
but each petal ends in
an edge, the double facet
cementing the grooved
columns of air—The edge
cuts without cutting
meets—nothing—renews
itself in metal or porcelain—

whither? It ends—

But if it ends
the start is begun
so that to engage roses
becomes a geometry— (*Imag* 107)

시인은 장미의 촉각적 실재를 글로 번역하여 이 시를 읽는 독자들이 단순히 장미를 은유적으로 받아들이기 보다는 전적으로 장미가 재현하는 구체적 현존에 의하여 그것을 고찰하도록 만든다. 이 시의 핵심어인 3행의 “경계”는 장미 꽃잎의 물질적 경계를 의미함은 물론 동시에 시행의 경계, 물질적 장미와 화가와 시인에 의해 구성된 장미들 사이의 경계, 그리고 예술에서 사용되는 장미의 전통과 새로움 사이의 접점(interface)을 의미한다(Schmidt 70). 즉, “경계”는 자연과 시인이 창조하는 인공의 세계를 구별하는 동시에 연결함으로써 새로운 의미 창출을 가능하게 해주는 지점으로 기능하고 있다. 시인의 상상력에 의해 재창조된 장미는 입체주의가 보여준 평면 위의 4차원 공간 같이 기존의 관습적인 사고방식으로는 감지할 수 없는 새로운 영역으로 확장된다.

이렇듯 하나의 사물은 전통회화에서 그려왔던 것 같이 한 방향에서 보이는 모습만으로 존재하지 않는다고 보는 입체주의 회화의 대표적 특징은 상상력에 대한 윌리엄즈의 견해와 일맥상통한다. 그리하여 “장미와 관계 맺는 것은 / 기하학이 된다”라는 구절에서 알 수 있듯 시인의 “변형의 힘”으로 재창조된 인공 장미는 자연 장미보다 “더욱 섬세하고, 더욱 단아하며, 더 또렷하다(Sharper, neater, more cutting)”(*Imag* 108).

꽃잎의 경계 사이의
공간에서 그리고

꽃잎의 경계에서 하나의 선이 출발한다
강철로 된
무한히 가늘고, 무한히
단단한 선이 관통한다
은하수를
접촉하지 않고—그것으로부터
올려져—매달리지도 않고
밀지도 않으면서

꽃의 연약함이
온전하게
무한 공간을 관통한다

The place between the petal's
edge and the

From the petal's edge a line starts
that being of steel
infinitely fine, infinitely
rigid penetrates
the Milky Way
without contact—lifting
from it—neither hanging
nor pushing—

The fragility of the flower
unbruised
penetrates space (*Imag* 108~109)

마지막 3연은 그리스가 그린 〈장미들〉의 의미를 옮겨 쓰는데 있어 윌리엄즈가 추론적이고 개인적인 해석을 의도적으로 회피하고 있음을 분명히 보여준다. 물질적 형상들의 완전한 결합을 보여주는 그리스의 〈장미들〉은 이런 결합이라는 바로 그 본질 속에서 미학적이고 동시에 감정적인 구조를 제시하며 그것을 통해 화가의 개인적 인식은 관람자에게 전달된다. 주목할 점은 이 문장 파편들의 병치, 친밀한 것과 기념비적인 것의 융합, 그리고 자연을 관통하고 추상화시키고 재구성하는 인간 이성에 대한 완고한 신념 등과 같은 문학적 입체주의의 특징들을 내포하고 있다는 것이다(Schmidt 71). 윌리엄 로자이티스(William Anthony Rozaitis)는 윌리엄즈가 추상적인 것과 '종합적 입체주의'의 지적인 구성을 균형 있게 유지하는 그리스의 능력에 특별히 감명을 받아 "관람자를 놀라게 하여 쫓아내지 않고 그를 초대하게(*Imag* 107)" 한다고 지적하면서 시인이 명백하게 자신의 독자에 대한 관심을 나타내는 것은 바로 이것이라고 주장한다(228).

「장미」에서처럼, 윌리엄즈는 『봄과 만물』의 10번째 시 「안경 The Eyeglasses」을 통해 "아름다운 환상"에서 탈피하여 관람자의 무의식에까지 확장되는 대화를 갈망하고 있음을 극명하게 보여준다.

사물의 보편성은
멜론 꽃과 함께 있는
캔디를 향해 날 끌어당기지

쓰레기 가장자리 부근에서 피어나
농부의 어깨가 가지는 속성과
그의 딸이

우연히도 갖게 된 피부의 특성을
강조하지 않고도 공공연히 드러내는 멜론 꽃
바싹 마른 땅에 핀

클로버와 작고
노란 양지꽃과 함께 그렇게도 달콤하게 핀 멜론 꽃.

The universality of things
draws me toward the candy
with melon flowers that open

about the edge of refuse
proclaiming without accent
the quality of the farmer's

shoulders and his daughter's
accidental skin, so sweet
with clover and the small

yellow cinqufoil in the
parched places. (*Imag* 117~118)

"캔디", "멜론 꽃", "농부의 어깨", "농부의 딸", "클로버" 그리고 "노란 양지꽃"과 같은 서로 상이한 이미지들이 비논리적으로 중첩된 채 병치되어 있다. 중요한 점은 이 각각의 이미지들은 시각적으로 눈에 선명하게 보이지만 "사물의 보편성"이라는 틀 속에서 서로 연관되어 보이도록 그려지고 있다는 사실이다. 시인은 입체주의 화가들이 그랬던 것처럼 전혀 별개의 사물들을 채택하여 그것들을 재구성하여 하나의 새로운 "디자인"을 창출한다. 멜론 꽃을 관찰하는 도중에 시적 화자는 상상력을 확장시켜 멜론을 심고 가꾸었을 농부의 튼튼한 어깨를 연상하게 되고 이렇듯 농부가 연상되자 그가 키울 것 같은 그의 딸을 연상하게 된다. 이런 이미지들의 융합은 분리된 주제들을 동시적으로 병치시켜 하나의 합성물을 만드는데, 이 합성물은 그 자체가 분리된 주제들의 담론, 즉 "디자인으로의 대화"가 된다(Marzán 106). 이런 맥락에서 윌리엄즈가 강조하는 "디자인으로의 대화"는 주체와 대상, 즉 인간과 사물 사이의 상호침투적 대화를 통해 "서로 다른 것을 동시에 이야기하는 목소리의 다성성"을 지향하는 입체주의 미학과 일맥상통한다.

이렇듯 윌리엄즈가 그리스의 작품을 높게 평가한 것은 일상적 소재에서 출발하면서도 예술가의 구성 능력에 의해 새롭게 창조된 "디자인"을 만들어냄으로써 실물과 같은 환영에 가려졌던 그림 그 자체를 구현하였기 때문이다. "디자인으로의 대화"에 대한 윌리엄즈의 변함없는 애착은 비단 그의 전기 시에만 국한되어 있지 않다. 전체 5권으로 이루어진 장시 『패터슨』을 쓰는 데 있어 시인은 "디자인으로의 대화"를 문학 텍스트에 적용하여 자신이 사는 지역의 현재 모습과 과거의 기록들을 현장감 넘치는 생생한 사실로 그려내고자 하였다. 즉, 그는 시에 기록물과 역사를 시에 통합한 작품을 쓰고자 하였다. 하지만 파운드가 그의 장시 『캔토스 *Cantos*』에서 그 모든 기록물과 역사를 자기중심적인 시각으로 수렴함으로써 보편성을 얻는 데 실패하였다고 보았다. 그는 자신의 작품에 신문기사와 같은 기록물을 인용함에 있어 "그것들을 시로 만들기 위해서 임의로 변형시키지 않는 것"을 원칙으로 삼았다(Guimond 158). 그리하여 『패터슨』의 전체 구조는 많은 점에서 윌리엄즈의 전기 시에서 제시된 시학과 미학을 넘어서 1950년대에 완전히 부상한 "새로운 스타일"로의 길을 제시했다고 피터 홀터(Peter Halter)는 다음과 같이 말한다.

> 『패터슨』의 전체 구조는 모더니스트 회화에서 유래한 콜라주 형식 없이는 생각할 수 없지만, 그것은 많은 방면에서 윌리엄즈의 이전 시에 스며있는 시학과 미학을 넘어서 나아간다. 그리고 윌리엄즈의 객관주의 시학이 상호작용하는 특별한 방식으로 고려되기만 하면 그것은 적절하게 평가될 수 있으며, 궁극적으로 1950년대에 완전히 부상했던 새로운 스타일로 바뀌었다. (7)

홀터의 지적처럼 윌리엄즈는 자신의 "객관주의 시학"과 상호 작용하는 "새로운 스타일"로 『패터슨』을 창작하려고 하였다. 그는 『패터슨』을 쓰는 데 있어 의도적으로 전체적인 틀만 설정하고 시작했지만 실제 창작의 과정에서 자신이 예측하지 못했던 것이 새로운 모습으로 나타나기를 기대하였는데 이러한 창작 방식은 그리스가 추구한 회화적 테크닉과 상통한다. "작품이 완성될 때까지 화가는 전체 모습을 모른 채 작업을 해야 한다. 미리 마음속에 그린 형상을 복사하는 것은 모델의 모습을 베끼는 것과 다름없다. 주제가 그림의 모습을 통해 형상화되는 것이 아니라, 형상화되는 과정에서 주제가 그림에 모습을 부여하는 것이다"(Kahnweiler 142)라는 그리스의 말은 『패터슨』에 그대로 구현되어 있다. 윌리엄즈 또한 "그리스는 실재란 얼굴의 그림이며—마찬가지로 모방의 부족에 의해 또한 이야기의 요지의 부족에 의해—그림에서 차용한 얼굴이 진짜라고 단호하게 말한다"(*Imag* 286)고 강조하며 그리스의 '디자인으로의 대화'적 특징을 거듭 암시적으로 인용하고 있다. 이런 점에서 모델의 얼굴과 그 얼굴을 그린 화가의 관계를 설명하고 있는 화가와 시인의 역동적인 대화는 예술을 창조하는데 있어 "대상과 주체의 조화로운 상호작용(interplay)에 대한 메타포가 된다"(62)라는 드리스콜의 주장은 적절하다 할 수 있다. 즉, 그리스가 구현하려는 예술은 자연을 단순히 모방하기 보다는 화가의 캔버스의 제한된 표면을 넘어서 관람자의 무의식에까지 확장되는 '대화'를 재현하고 있음을 윌리엄즈는 간파하였다. 이렇듯 그리스의 '종합적 입체주의'는 윌리엄즈의 "디자인으로의 대화"를 창안하게 한 근원이 된다고 볼 수 있다.

윌리엄즈는 섬세한 미학적 감수성을 지니고 입체주의의 미학적 요소를 문학에 적용시켜 현대 예술의 본질을 심층적으로 이해하였던 시인이자 또한 시대를 앞서간 진정한 예술가라 할 수 있다. 이는 후일 윌리엄즈가 입체주의와 사실주의를 통합시켜 큐비스트 리얼리즘(Cubist Realism) 혹은 정밀주의(Precisionism)라 불리게 된 예술 유형에 깊은 관심을 가지고 이를 진정한 미국적 예술이라 주장한데서 극명하게 드러난다. 따라서 윌리엄즈의 시학과 그리스의 입체주의 미학이 시와 그림 사이의 경계를 희석시키며, 상호 의존적 관계로 맺어져 있다는 사실은 차후 윌리엄즈와 미국의 정밀주의를 선도한 디무스와 실러와 같은 화가들과의 예술적 유사성에 대한 연구를 지속해나가는데 중요한 토대가 될 것이다.

나가며

20세기 미국 시인들 가운데 윌리엄즈만큼 입체주의 예술을 철저하게 이해하고 이를 문학에 적용시켜 시와 회화를 하나의 차원으로 총괄하는 예술적 통합을 실현시킨 시인을 찾아보기란 쉽지 않다. 그는 섬세한 미학적 감수성을 지니고 입체주의 회화의 원리와 방법을 지속적으로 문학에 적용시켜 '시와 회화의 대화'를 실현한 진정한 예술가라 할 수 있다. 무엇보다 입체주의를 통해 윌리엄즈는 예술이란 자연을 단순히 모방하기 보다는 화가의 캔버스의 제한된 표면을 넘어서 관람자의 무의식에까지 확장되는 대화를 재현해야 한다고 생각했다. 그는 "항상 존경해 왔고 자신과 함께 하고 있다"(*Imag* 286)고 강조한 그리스에 의해 완성된 '종합적 입체주의'에서 자신이 지향하는 시학과의 유사점을 포착했으며 이를 토대로 "디자인으로의 대화"라는 새로운 예술적 구성 방식을 창출하였다. 중요한 사실은 "디자인으로의 대화"가 윌리엄즈의 전기 작품에만 국한되지 않고 일평생 그의 시적 상상력의 근원으로 확고하게 자리 잡았다는 점이다. 윌리엄즈는 만년에 이르러 월터 서튼(Walter Sutton)과의 인터뷰에서 "내가 점점 나이가 들어감에 따라 나는 시와 그림을 융합시켜 그것을 동일한 것으로 만들고자 하였다. (…중략…) 즉, 하나의 디자인을 제시하고자 하였다. 시 속의 디자인과 그림 속의 디자인은 대체로 동일한 것이 되어야 한다"(*Interviews* 53)고 말하며 생의 마지막 순간까지 시와 회화의 불가분적 연관성을 역설하였다. 나아가 시인은 입체주의를 계승했으며 이를 미국적 토양에 결합시킴으로써 가장 미국적인 미술로 간주되고 있는 정밀주의 혹은 입체적 사실주의(Cubist Realism)로 명명된 예술운동에 지속적으로 깊은 관심과 조예를 가지고 진정한 미국적 예술 정체성을 탐구해 나간다.

이렇듯 입체주의는 윌리엄즈가 미국적 예술 정체성을 탐색하고 구축하는데 있어 가장 중요한 배경이 된다. 윌리엄즈가 입체주의 특히 그리스의 작품에 매료된 것은 그의 그림 속에서 "미국적 표현(American expression)"을 창출하려했던 정밀주의와 더불어 정밀주의 화가의 탐색에 대한 유사점을 발견했기 때문이라는 로자이티스의 언급(228)을 통해 이런 사실을 확인할 수 있다. 따라서 입체주의 미학이 윌리엄즈의 시적 상상력의 근간을 이루며 또한 창작 세계에 깊은 영향을 미쳤다는 사실은 차후 윌리엄즈와 미국의 정밀주의를 선도한 디무스와 실러와 같은 화가들과의 예술적 유사성에 대한 연구를 지속해나가는데 중요한 토대가 될 것이다.

『봄과 만물』에 나타난 다다주의

1. 미국적 정체성과 다다주의

윌리엄즈는 20세기를 주도한 혁명적인 아방가르드(avant-garde) 예술운동에 적극적으로 참여하여 기존의 서구 전통을 거부하는 새로운 문학, 예술을 개척한 시인으로 평가되고 있다. 아방가르드 예술가로서의 윌리엄즈의 행적을 살펴보면 그는 한때 화가가 되기를 원했고 입체주의(Cubism), 미래주의(Futurism), 정밀주의(Precisionism) 등에 깊은 영향을 받아 자신의 시에 이런 아방가르드 원리와 방법을 적용시켜 나가기 시작한다. 특히 제1차 세계대전의 여파로 생겨난 다다주의(Dadaism)는 아방가르드 예술운동 중에서 가장 혁명적이고 반예술적 운동으로 유럽과 미국에 지대한 영향을 주었다. 많은 예술가들은 전쟁으로 인해 이성중심주의적 사고에 근거한 서구의 전통 예술에 대한 강한 혐오와 거부를 지니게 되었고 이로 인해 부정, 허무주의, 블랙유머, 비논리성, 우연성, 추상성, 기계적인 모티프의 사용, 무정부주의, 반예술적 태도 등의 특징을 표방하는 다다주의 운동에 적극적으로 참여하게 된다.

제1차 세계대전의 소용돌이 속에서 1916년 스위스 취리히의 카바레 볼테르(Cabaret Voltaire)에서 망명 예술가들에 의해 출범된 다다주의는 베를린, 하노버, 파리, 뉴욕 등으로 즉각적이고도 열광적으로 확산되었다. 프랑스어로 "장난감 목마"를 의미하는 다다는 후고 발(Hugo Ball)을 중심으로 트리스탄 차라(Tristan Tzara), 리하르트 휠젠벡(Richard Huelsenbeck), 마르셀 장코(Marcel Janco), 한스 아르프(Hans Arp) 등에 의해 최초로 시작되어 1922년 파리에서 초현실주의(Surrealism)의 창시자인 앙드레 브르통(André Breton)에 의해 해체될 때까지 가장 혁명적이고 반예술적인 아방가르드 예술운동으로 평가 받고 있다. 반예술로서 다다는 기존의 예술을 거부하고 해체하며 동시에 모든 부조리와 모순을 수용한다는 점에서 파괴적이고 아나키즘적이다. 이는 다다주의를 "질서=무질서, 자아=비자아, 긍정=부정: 절대 예술의 최고 방사물(Order=disorder; ego=non-ego; affirmation=negation: the supreme radiations of an absolute art)"(Tzara 7)로 간주한 루마니아 출신의 다다이스트 시인 트리스탄 차라의 「1918년 다다 선언문 Dada Manifesto 1918」을 통해서 여실히 살펴볼 수 있다.

미국에서는 프랑스 망명 화가 마르셀 뒤샹(Marcel Duchamp)과 프란시스 피카비아(Francis Picabia), 그리고 필라델피아 출신의 사진작가 만 레이(Man Ray) 등이 뉴욕을 중심으로 활발한 다다주의 운동을 전개한다. 특히 알프레드 스티글리츠(Alfred Stieglitz)와 아렌스버그 서클(Arensberg Circle)에 소속된 다수의 예술가들은 뉴욕 아방가르드 예술을 논의하는 다수의 잡지를 발행한다. 이는 마리아스 드 자야스(Marius de Jayas)의 『291』, 피카비아의 『391』, 만 레이의 『*TNT*』, 뒤샹과 만 레이가 공동 편집한 『맹인 *The Blind Man*』, 『롱롱 *Rongwrong*』, 『뉴욕 다다 *New York Dada*』, 마가렛 앤더슨(Margaret Anderson)과 제인 힙(Jane Heap)의 『리틀 리뷰 *The Little Review*』, 해럴드 롭(Harold Loeb)의 『브룸 *Broom*』 등을 통해 살펴볼 수 있다. 이중에서 1917년에 출간된 『391』, 『맹인』, 『롱롱』은 미국에서의 다다주의 운동을 구체적으로 다루고 있는 잡지들이다. 당시 윌리엄즈는 아렌스버그 서클에서 활동하면서 뉴욕 다다의 중심인물로 간주되는 뒤샹을 포함하여 피카비아, 만 레이,

디무스(Charles Demuth), 실러(Charles Sheeler), 하틀리(Marsden Hartley) 등과의 친교를 통해 미국에서 다다주의가 태동할 수 있는 토대를 마련한다. 사실 윌리엄즈의 작품에는 뒤샹으로 대변되는 다다주의와 그것이 자신과 미국 예술에 끼친 광범위한 영향력에 대한 언급을 자주 살펴볼 수 있다. 그는 1923년에 발표한 『위대한 미국 소설 *The Great American Novel*』에서도 "다다주의의 가장 멋진 형식중의 하나는 무(無), 무(無), 무(無)(Dadaism in one of its prettiest modes: rien, rien, rien)"이며 동시에 다다주의를 "어떤 것의 해방"(*Imag* 173~174)이라고 주장한다. 나아가 그는 『자서전 *Autobiography*』에서 뒤샹의 대표작이라 할 수 있는 〈큰 유리 *The Large Glass*〉를 언급하며 뒤샹의 작업이 자신의 "창작욕"을 불사르게 했다고 강조한다(*A* 137).

이렇게 윌리엄즈는 다다주의가 지향하는 새로운 예술적 이상이 곧 자신이 추구하고자 했던 시학적 목표와 일치함을 간파한다. 당대의 비평가 매튜 조셉슨(Mattew Josephson)이 『브룸』이라는 잡지에서 "다다는 미국적인 정체성을 확립하는데 중요한 요소"(*Tashjian Boatload of Madmen* 15)라고 지적하고 있듯이, 윌리엄즈는 다다를 예술의 불모지인 미국에서 고유한 미국적 정체성을 확립할 수 있는 새로운 대안으로 보았다. 윌리엄즈는 1920년을 전후로 기존의 모든 전통 예술에 대한 강한 거부와 반감을 드러내며 예술적 수단으로서의 콜라주(collage)와 포토몽타주(photomontage)와 같은 다다주의 기법을 구체적으로 적용시킨 작품을 발표했다. 1923년에 출간한 시집 『봄과 만물』은 그 대표적 예이다.

다다 콜라주와 포토몽타주 기법이 두드러진 『봄과 만물』에 대해 윌리엄즈는 "나는 다다주의를 창시하지 않았지만 그것을 쓰려고 내 영혼 속에 그것을 지니고 있었다. 『봄과 만물』이 그것을 보여준다(I didn't originate Dadaism but I had it in my soul to write it. *Spring and All* shows that.)"(*IWWP* 48)라고 말한다. 이렇듯 1920년대 윌리엄즈의 작품에는 다다주의의 영향력이 지대하다. 『봄과 만물』에 앞서 출간된 『지옥의 코라 *Kora in Hell*』는 『즉흥시 *Improvisations*』라는 부제에서 알 수 있듯 윌리엄즈가 다다주의의 주요 원리의 하나인 자동기술적 글쓰기(automatic writing) 기법으로 쓴 최초의 작품으로 평가받고 있다. 나아가 1928년에 윌리엄즈는 프랑스 작가 필립 수포(Philippe Soupault)가 쓴 다다이스트 소설 『파리의 마지막 밤 *The Last Nights of Paris*』을 영어로 번역했다. 후일 그는 장시 『패터슨 *Paterson*』에서 『파리의 마지막 밤』을 언급하며 다다주의에 대한 변함없는 관심을 보여준다. 이는 "수포가 그에게 그 소설을 주었던 이래 / 무슨 일이 일어났는가 / 번역하는데 / 다다이스트 소설— / 『파리의 마지막 밤』을 / 그때 이래 파리에서 / 그리고 나 자신에게 / 무슨 일이 일어났는가?(What has happened/ since Soupault gave him the novel / the Dadaist novel/ to translate—/ The Last Nights of Paris. / "What has happened to Paris since that time/ and to myself"?)"(*P* 207)라는 시구에서 단적으로 드러난다.

이렇듯 다다주의는 윌리엄즈에게 시적 상상력의 원천이 되고 있다. 필자는 유럽 예술의 전통에서부터의 자유를 의미하는 다다주의와 윌리엄즈의 긴밀한 영향 관계를 『봄과 만물』에 수록된 시를 통해 자세히 고찰하고자 한다. 그래서 다다주의의 자유로운 정신이 고유한 미국적인 예술을 추구하고자 했던 그의 시학적 목표에 부합되었음을 규명할 것이다.

2. 뉴욕 다다와 윌리엄즈

1910년대 후반부부터 시작된 뉴욕 아방가르드 예술운동과 맞물려 윌리엄즈의 시에는 시각적인 특징이 두드러지게 나타난다. 윌리엄즈가 당대의 미국 시인들 중 시각예술에 가장 많은 영향을 받았음은 물론 일평생 "시와 그림을 융합시켜 그것을 동일한 것으로 만들고자 한"(*Interviews* 53) 시인으로 간주되고 있음은 주지의 사실이다. 윌리엄즈는 『자서전』에서 "화가들과 긴밀하게 동맹하였고, 인상주의, 다다주의, 초현실주의는 그림과 시에 동시에 적용되었다"(*A* 148)고 말한다. 특히 그는 "작가들보다 프랑스 화가들"이 자신을 포함한 여러 미국 작가들에게 지대한 영향력을 주고 있었음을 분명히 밝힌다.

> 되돌아 보건대 우리에게 영향을 미친 사람들은 작가들이라기보다 바로 프랑스 화가들이었다고 나는 생각합니다. 그들의 영향력은 대단히 컸습니다. 그들은 정형화된 형태나 진부한 소재에서부터 해방의 분위기, 즉 색채의 해방, 해방을 창출했습니다. 프랑스 회화에는 많은 유머와 느슨한 부주의함(carelessness) 같은 것이 있었습니다. 도덕관념이 약해져 갔고 또한 많은 다른 것들도 그러했습니다. 그것 때문에 모든 사람은 아주 행복했고 안도감을 느꼈습니다. (Rourke 49 재인용)

이 인용문에서 윌리엄즈가 3번이나 강조하고 있는 "해방"이라는 단어에서 드러나듯 윌리엄즈에게 유럽 예술의 전통에서부터의 "해방"된 고유한 미국적 예술의 창조는 그가 궁극적으로 지향하는 시학적 목표이다. 중요한 점은 윌리엄즈는 "해방"이라는 단어를 아방가르드 예술, 특히 다다주의와 연관시키고 있다는 사실이다. 이는 『위대한 미국 소설』에서 그가 다다주의를 "어떤 것의 해방"(*Imag* 174)이라 강조한 데서 여실히 드러난다. 이런 점에서 기존 예술에 대한 혐오와 거부를 바탕으로 "어떤 것의 해방"을 지향하는 다다주의와 윌리엄즈의 긴밀한 영향관계는 주목할 만하다.

피터 슈미트(Peter Schmidt)는 1913년 아모리 쇼(Armory Show) 이후 미국 예술에 영향을 미친 여러 아방가르드 운동 중에서 뒤샹을 중심으로 전개된 다다주의와 윌리엄즈의 연관성을 지적한다. 그는 "해체(decomposition)"와 "자동기술(automatic)"과 같은 급진적 실험을 특징으로 하는 다다주의에 의해 영향을 받은 윌리엄즈의 시와 산문은 시인의 입체주의와 정밀주의 작품의 미학적 원리와 끊임없이 모순된다고 말한다.

> 처음부터 윌리엄즈의 작품에 대한 다다의 영향력은 정밀주의와 입체주의의 그것과 날카롭게 대조되었다. 비록 다다가 입체주의의 계산된 파편화와 인용 기법을 활용하지만 (그리고 미래주의의 빠른 움직임을 찬양하지만) 다다의 내재적인 허무주의와 비이성주의는 그런 부모의 운동에 반항하게 만들었다. 다다에 영향을 받은 윌리엄즈의 시와 산문은 그의 입체주의와 정밀주의 작품의 미학적 원리와 끊임없이 모순되며 아울러 우리에게 다른 읽기의 방법을 배우도록 요구한다 (…중략…) 어떤 다른 미국 예술가보다 윌리엄즈는 다다의 이런 두 가지 관점에 의한 체계적인 탐구를 수행했다. (90~91)

위의 내용을 통해 알 수 있듯 윌리엄즈는 당대의 다른 미국 예술가보다 "허무주의"와 "비이성주의"와 같은 다다의 "두 가지 관점"을 차용함으로써 "입체주의"와 "정밀주의"와 명백히 구분되는 작품을 창작하고자 했다. 다시 말해 입체주의적이고 정밀주의적인 기법을 부분적으로 활용하고 있지만 동시에 "허무주의"와 "비이성주의"에서 연유한 "해체"와 "자동기술"과 같은 다다주의적 기법을 윌리엄즈는 적극적으로 차용했다. 차라(Tristan Tzara)는 「1918년 다다 선언문」에서 다다 작품들은 "정돈(arrangement)"이 아닌 "해체"처럼 보여야 한다고 강조한다(Schmidt 96). 그는 "목적도 계획도 없이, 또한 기구조차 없는 제어할 수 없는 외설, 즉 해체(With neither aim nor plan, without organization: uncontrollable folly, decomposition)"(Tzara 12)라고 말한다. 나아가 앙드레 브르통은 "자동기술"은 작가의 무의식에서 나온 환각의 나르시시즘(hallucinatory narcissism)을 보여주는 것이라 주장한다(Schmidt 105). 여기서 주목할 점은 다다이스트들이 강조하는 핵심 개념인 "해체"와 "자동기술"을 윌리엄즈가 언급하고 있다는 사실이다. 윌리엄즈는 1920년에 출간된 『컨택트 *Contact*』라는 잡지에서 미학적 통일성, 예술적 품위 그리고 지적 과정에 대한 거부를 강조하는 다다이스트 작품들을 가리켜 "구성(composition)"이라는 용어 대신에 "해체"라는 용어를 사용하였다(*RI* 67).

차라의 「1918년 다다 선언문」은 다다주의에 대한 정의를 함축하고 있는 것으로 간주되고 있다. 이 선언문을 통해 그는 기존의 모든 가치관을 부정하고 "상반되고 모든 모순적인 것들"을 짜 맞춤으로써 새로운 사상과 삶의 방식을 구현하고자 했다.

> 모두들 외쳐라. 우리가 완성해야 할 파괴적이며 부정적인 대사업이 있다고. 깨끗이 청소하고 정화하여라. 여러 세기를 찢고 파괴하던 도둑들의 손에 맡겨진 이 세계의 공격적이며 완전한 광기, 이 광기의 상태가 지난 후에야 개인의 결백이 입증되었다. 목적도 계획도 없이, 또한 기구조차 없는 제어할 수 없는 광기, 해체이다 (…중략…) 나는 철학적 사고의 제작소에서 나온 저 부패한 태양의 임질에 대해서 온갖 우주적 능력에 반대하는 입장을 선언한다. 가차 없는 전쟁을 다다이스트 혐오감을 갖고 선언한다 (…중략…) 가족의 부정성이 될 수 있는 정도의 모든 혐오감의 소산물이 다다이다. 파괴적 행위를 위해 전신 투구의 주먹질로 항의하는 일이 다다이다. 편리한 타협과 예절의 정숙한 성모랄(sexual prudishness)로 오늘날까지 거부해 온 방법의 인식이 다다이다. 논리의 제거와 창조에 있어서 무능력한 자들의 춤이 다다이다 (…중략…) 자유: 다다 다다 다다—억눌린 고통을 숨김없이 외치며, 상반되고 모든 모순된 것들과, 기괴하고 부조리한 것들: 삶. (Tzara 12~13)

"제어할 수 없는 광기, 해체"이자 "기괴하고 부조리한 것들"로 정의되는 다다주의는 1920년대에 윌리엄즈를 가장 강렬하게 매료시켰던 아방가르드 예술이다. 흥미롭게도 시인은 다다주의의 대명사로 불리는 마르셀 뒤샹(Marcel Duchamp)의 도발적인 레디메이드(ready-made)가 곧 새로운 미국 예술이라는 견해를 피력한다. 뒤샹에 의하면, 레디메이드는 "예술 작품도 아니고 스케치도 아닌, 예술 세계에서 어떤 용어도 적용될 수 없는 것들에 알맞은 단어"(Duchamp 141)로 정의된다. 윌리엄즈는 『자서전』에서 뒤샹의 대표적 레디메이드 〈샘 *Fountain*〉에 대해 자세히 언급하고 있다. 여기서 그는 뒤샹이 "그 대상이 무엇이든" 자신을 기쁘게 하는 무엇, 즉 "새로운 어떤 것—미국적인 어떤 것"을 찾으려 했다고 역설한다.

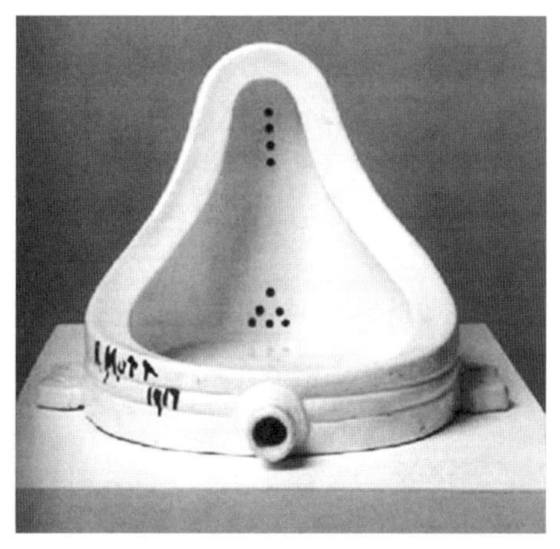

마르셀 뒤샹, 〈샘〉, 36×48×61cm, 1917, 파리 조르주 퐁피두센터 소장.

> 회화가 리드했다. 그것은 우리에게 그 유명한 1913년의 '아모리 쇼'(Armory Show)에서 절정에 달했다. 나는 그곳에 갔고 나머지 사람들과 함께 전구가 켜졌다 꺼졌다하는 하나의 '그림'에 놀라서 입을 벌리고 바라보았다. 그것은 뒤샹의 조각 ('Mott와 Co.'에 의해 만들어진)으로 흰색 에나멜로 반짝거리는 멋진 주철(cast-iron) 소변기였다. 그 당시 이 뛰어나고 인기 있던 젊은이의 이야기는 그의 상상력을 자극하는 가게가 무엇이든 그는 매일 들어가서 자신을 기쁘게 하는 무엇인가를—새로운 어떤 것—미국적인 어떤 것을 구입한다는 것이었다. 그것이 무엇이든, 그 소변기는 뒤샹의 그날의 '구조물'이었다. (*A* 134)

소변기를 구입해서 'R. Mutt 1917'이라는 서명과 연도를 기입하고 〈샘〉이라는 제목을 붙임으로써 그것은 대량 생산된 실용품을 넘어 미술 작품의 지위를 획득할 수 있다는 뒤샹의 레디메이드를 윌리엄즈는 "새로운 어떤 것—미국적인 어떤 것"으로 보았다. 이렇게 윌리엄즈는 기존의 모든 문화적 가치척도를 부정하면서 반예술을 지향하는 다다주의 미학을 자신의 시에 적용함으로써 고유한 미국적 시학을 구축해 나가고자 했다.

3. 『봄과 만물』

"나는 다다주의를 창시하지 않았지만 그것을 쓰려고 내 영혼 속에 그것을 지니고 있었다. 『봄과 만물』이 그것을 보여준다."(*IWWP* 48)라는 말에서 드러나듯이, 『봄과 만물』은 다다주의의 특징이 두드러지게 나타나는 윌리엄즈의 대표적인 초기 시집이며 동시에 『지옥의 코라』와 불가분적 연관성을 지닌 작품으로 평가받고 있다. 슈미트는 『봄과 만물』을 『지옥의 코라』와 더불어 "두 개의 다르지만 서로 얽혀 있는 다다주의의 특질"(99)을 반영하는 윌리엄즈의 대표적인 작품으로 간주한다. 비슷한 맥락에서 윌리엄 말링(William Marling) 또한 "『지옥의 코라』의 혼란은 부분적으로 그것의 「서문 Prologue」으로 제거되지만 『봄과 만물』의 다다적 '비연속성(unsequencing)'은 그 혼란을 더욱 절망적으로 만든다"와는 언급을 통해 "윌리엄즈의 기법과 아이디어의 정교함으로 인해 『봄과 만물』은 『지옥의 코라』에서 중요한 진척을 이루었다"(175)고 말한다.

『봄과 만물』은 전체 구성이 시와 산문의 콜라주로 구성되어 있으며, 이 시집에 수록된 27편의 시는 그 소재와 주제 및 기법에서 입체주의, 미래주의, 다다주의, 정밀주의 등과 같은 아방가르드 예술에 많은 영향을 받았다고 평가된다. 이 중에서 「도시로의 비상 Flight to the City」, 「유월의 수도꼭지에서 At the Faucet of June」, 「고뇌하는 첨탑 Agonized Spires」, 「빛이 어둠이 된다 Light Becomes Darkness」, 「구성 Composition」 등은 다다주의의 영향이 두드러지는 시이다. 이 시들은 『봄과 만물』에서 대표적인 입체주의 시로 간주되는 「화분 The Pot of Flowers」과 「장미 The Rose」와 달리 비논리성, 우연성, 기계적인 모티프의 사용과 더불어 통일된 장소, 시간, 중심 주제의 부재 등과 같은 다다적 특징을 뚜렷하게 보여주고 있다. 특히 『봄과 만물』에는 다다의 기법 중 콜라주와 몽타주(montage) 형식으로 쓰인 시를 볼 수 있다. 여기서 주목할 점은 콜라주와 몽타주는 다다이스트들뿐만 아니라 입체주의와 미래주의 예술가들이 공유하는 기법이지만 특징적인 차이점을 보여주고 있다는 사실이다.

독일 다다이스트 시인 휠젠벡(Richard Huelsenbeck)의 "다다주의는 미래주의의 요소나 입체주의의 명제를 극복한 그 무엇이다"(108)라는 말은 그 차이점을 극명하게 증명해준다. 로저 샤툭(Roger Shattuck)은 더 나아가 입체주의적 콜라주와 다다이스트적 콜라주 사이의 차이점을 가장 적절하게 정의한다. 그는 두 콜라주가 파편화와 병치를 공유하지만 "입체주의 예술에서 시각적 통일성의 파편화는 시작부터 구성에 완전히 이질적인 어떤 주제를 도입하지 않았다. 신문 조각과 카드뿐만 아니라 그려진 병과 파이프는 하나의 확대된 지각적(perceptual) 통일성에 속한다 (…중략…) 반면 독일 다다와 프랑스 초현실주의는 우리가 전위적인 우연의 경로와 무의식적인 연상을 통해 우회하지 않으면 서로에게 어떤 명백한 관련을 보여주지 않는 세계의 파편들을 자주 병치시킨다. 그들은 실제로 그림 속에 무엇이든 주입하였다"(20)고 주장한다. 슈미트 또한 "『리틀 리뷰』와 다른 다다 잡지에 수록된 1921년의 다다 선언에 사용되었던 콜라주 기법은 입체주의 콜라주 기법과 아주 다르다. 비록 다다 미술과 시가 피카소와 아폴리네르가 사용했던 그 수법을 차용했지만 다다이스트들은 재치 있고 자기-준거적(self-referential)인 예술을 창조하기 위해 입체주의 화가들과 작가들이 전개했던 그 계산적인 방식을 버렸다 (…중략…) 입체주의는 질서위에서 명상했다. 다다는 이성의 기능을 뒤섞고자 했고 또한 발작적이고, 덧없고, 본질적으로 무의식의 반사회적인 창조물을 포착하려고 했다"(145)고 말한다.

한편 몽타주라는 명칭은 작품에서 어떠한 "예술적인" 특성도 박탈하기 위해 의도적으로 채택된 것으로 피터 홀터(Peter Halter)는 윌리엄즈가 몽타주가 시에서 새로운 사용을 위해 채택될 수 있다는 것을 가장 먼저 깨달았던 미국 시인들 중의 하나라고 말한다. 그는 "뒤샹이 전치(displacement)에 의해서 그의 자전거 바퀴, 병 걸이, 삽 그리고 소변기의 형식적 특징을 드러냈다면, 윌리엄즈는 원-콘텍스트에서부터 조각과 파편을 가져와서 그것들이 발견되었던 것과 같이 시에 주입함으로써 모든 언어에 내재하는 시적 특징을 드러냈다"고 주장한다(30). 아울러 포토몽타주는 베를린 다다이스트 라울 하우스만(Raoul Hausmann), 한나 회흐(Hannah Höch), 존 하트필드(John Heartfield) 등이 창안한 것으로 인쇄된 텍스트 부분과 사진 이미지의 사용을 통해 입체주의 콜라주를 더 전진시킨 기법으로 평가받고 있다. 즉, 신문에서 오려낸 것이나 인쇄물의 헤드라인 같은 인쇄상의 디자인 요소들과 조합되어 포토몽타주는 다른 모든 미술 표현 수단으로는 불가능한 역동성과 직접성 및 실재성을 전달한다. 하우스만은 「포토몽타주의 정의 Definition of Photomontage」라는 글에서 "정태시, 동시시, 음향시를 발명해낸 다다이스트들은 결과적으로 시각적인 재현에 대해서도 동일한 법칙들을 적용했다. 그들은 흔히 완전히 다른 공간적이고 물질적인 요소들로부터 전쟁과 혁명의 혼란 속에서 시각적이고 관념적으로 새로운 이미지를 드러내는, 새로운 통일성을 창조하기 위해 사진을 최초로 소재로서 활용했다"(Richter 116)라고 말한다. 비슷한 맥락에서 매튜 게일(Mattew Gale)은 "포토몽타주는 출처가 서로 다른 부분들을 함께 모아 하나의 비관습적인 새로운 전체를 창조해내며, 인쇄술과 콜라주와 다른 점은 리얼리티와 직접적으로 접하여 그 최종 이미지를 즉각적으로 포착해 낸다는 사실에 있다"(127~128)고 주장한다.

『봄과 만물』에서는 다다주의의 콜라주 혹은 포토몽타주 기법을 차용해 쓴 시가 두드러지게 나타난다. 이는 "스테인 글라스 창은 관습적으로 원래의 장소에 구성되어 있을 때 보다 떨어져 나와 [그 조각들이] 바탕 위에 어느 정도 합쳐져서 놓여 있을 때가 훨씬 더 흥미롭다"(*Imag* 8)라는 윌리엄즈의 말에서 그 근거를 찾을 수 있다.

한나 회흐, 『바이마르 공화국의 맥주 배를 다다 부엌칼로 자르다』, 90×144cm, 1919, 베를린 국립 미술관 소장.

이런 윌리엄즈의 언급은 관습적인 질서위에서 구성되는 것이 아니라 조각으로 해체되어 덧붙이는 식으로 대상을 재배열함으로써 역동성과 직접성 및 실재성을 전달하는 기법인 콜라주와 포토몽타주를 강하게 연상시킨다. 이런 콜라주와 포토몽타주 기법의 시적 적용을 위해 윌리엄즈는 시에서 모든 논리적으로 질서정연한 구문을 뒤섞으며 갑작스러운 병치와 연상을 함축하는 구문인 '분리 스타일(disjunctive style)' 혹은 '이월 시행(run-on sentences)'을 두드러지게 사용한다.

『봄과 만물』의 8번째 시 「유월의 수도꼭지에서」는 콜라주 혹은 포토몽타주 기법을 잘 보여주는 대표적인 시이다. 이 시는 "유월"이라는 추상적 개념을 도관으로 나르는 "수도꼭지"를 의미하는 제목에서도 드러나듯 전형적인 다다이스트들의 부조리한 단어 놀이를 강하게 환기시킨다. 아울러 이 시는 자연의 더욱 섬세한 음악뿐만 아니라 자동차 소리로 대표하는 유기적 세계와 기계적 세계를 동시에 듣게 되는 현대의 6월 아침으로 시작된다. 첫 4연에서 시인은 단일 문장의 분리된 행위가 마치 새어나오는 수도꼭지의 물처럼 서로 행들을 끊지 않고 계속 이어가게 한다.

윤기 나게 칠한 마루
위에 노란 액자
안의 햇빛

노래로 가득하다
50 파운드의 압력
까지 한껏 부푼

공기를 트라이앵글 삼아
울리는 6월의
수도꼭지에서

페르소포네의 목초지
안에 핀 아네모네들을
잡아당기는—

The sunlight in a
yellow plaque upon the
varnished floor

is full of a song
inflated to
fifty pounds pressure

at the faucet of
June that rings
the triangle of the air

pulling at the
anemones in
Persephone's cow pasture— (*CP1* 196)

이 시구는 단순화된 형태로 "태양은 잡아당기는 공기를 트라이앵글 삼아 울리는 수도꼭지에 의한 노래로 가득 차 있다"로 읽을 수 있다. 주목할 점은 6월 아침의 노래가 전통적인 아름다운 가락으로 들리지 않는다는 사실이다. 이는 거친 기계 소리를 암시하는 파열음인 p와 f음을 사용하여 시의 팽팽한 긴장감을 부각시키는 "full of a song / inflated to / fifty pounds pressure"의 시구에서 분명히 드러난다. 특히 이 시에는 윌리엄즈 시의 중요한 특징인 '분리 스타일' 혹은 '이월 시행'을 볼 수 있다. 『지옥의 코라』의 「서문」에서 윌리엄즈는 "그의 구성을 깨트림으로서 시인은 스스로 어떤 무기의 지배자가 된다"(*Imag* 16)고 말하며 관습과 진부한 사고에 맞서는 강력한 무기로서 '분리 스타일' 혹은 '이월 시행'의 중요성을 역설한다. 「유월의 수도꼭지에서」에서도 의도적인 이월 시행을 사용함으로써 "각 연의 구문의 불확실한 균형은 뒤따르는 연에 의해 익살이 넘쳐나게 되고 동시에 해체된다. 그리하여 지속적이고, 무심하게 혼합된 액티비티의 효과를 창출해 낸다"(Schmidt 158). 더욱이 이 시에 두드러진 이월 시행적 조소(flouting)는 단일 문장 속에 치밀하게 상위문화와 하위문화를 혼합하고 있는 명사구에서 두드러진다. 즉, "노란 액자"는 하나의 박물관 혹은 기념비를 그리고 "공기를 트라이앵글 삼아 울리는"은 유럽 고전음악의 교향악단의 콘서트를 암시한다. "페르세포네(코라)" 역시 그리스 신화에서 하데스(Hades)에 의해 납치된 데메테르(Demeter)의 딸로 전통 유럽문화를 암시한다. 그 다음에 이런 인유들은 "윤기나게 칠한 마루", 타이어의 "50파운드의 압력", 부엌의 "수도꼭지", "목초지"와 같은 조잡하고 현대적인 시어들과 익살스럽게 혼합되어 있다. 이렇게 시인은 다다의 특징적인 이미지인 현대의 기계와 도시문명을 의미하는 시어를 6월 아침의 세계에 결합시킴으로써 격변과 혼란 그리고 모순의 시대 상황을 보여주고 있다.

『지옥의 코라』의 「서문」에서 윌리엄즈는 "사물의 흐름은 그 자체가 하나의 고정된 방향으로 움직이는 빳빳한 끈으로 구성되어 있기 때문에 시인은 필사적으로 방향을 직각으로 틀어버리고 자신의 위축된 감정으로 나아가는 흐름을 단절시킨다"(*Imag* 17)고 말한다. 이와 관련해 브레슬린(James E. Breslin)은 "「유월의 수도꼭지에서」가 정확히 이런 방향으로 작용한다"(68)고 주장한다. 말하자면 이 시에 두드러지는 자연이미지와 기계 이미지 사이의 순환은 어떤 "하나의 고정된 방향" 혹은 감정을 전복시키고, 에너지를 증가시키며, 하나의 전체성을 획득한다는 것이다. 이렇듯 자연적인 것과 인위적인 것, 시골과 도시, 가장 가까이 있는 것과 가장 멀리 있는 것, 무한과 현재, 본질적인 것과 실제적인 것 등이 상호작용하여 큰 하나의 클러스터(cluster)를 만든다. 아울러 그 전체 클러스터는 결실을 맺는 하나의 아네모네 이미지로 구현된다. 이와 관련해 홀터는 "예술적이고 문화적 결실로 가장 선호하는 윌리엄즈의 이미지는 꽃으로 이 시에서는 아네모네가 그 클러스터 속에 깊숙이 박혀 있다"(119)고 주장한다. 이처럼 처음부터 구성에 완전히 이질적이고 상반되는 어떤 시어, 기법, 주제 등의 통합을 통해 "하나의 비관습적인 새로운 전체"를 창출하고자 한 윌리엄즈의 시적 구성은 다다이스트들이 채택했던 콜라주와 포토몽타주와 유사하다. 이런 점에서 「유월의 수도꼭지에서」는 다다이스트로서의 윌리엄즈의 면모를 여실히 보여주는 시로 볼 수 있다.

이어지는 연에서 시인은 "페르소포네의 목초지 / 안에 핀 아네모네들"의 신화적 과거 세계와 19세기에 뉴욕 월스트리트(Wall Street)를 지배한 미국 은행가 J. P. 모건(J. P. Morgan)과 의도적으로 병치시킨다. 윌리엄즈는 금융 재벌 모건을 현대의 하데스에 비유하고 동시에 현대 미국 사회에서 주변인으로 희생되는 여성들을 "페르세포네(코라)"로 비유한다.

그 때 갑자기
강철 바위들 틈에서 뛰어오르는
J. P. M.

그는 처녀들 사이에서
엄청난 특권을
즐겼다

선회하는 회전 조절 바퀴의
중심을 해결하기 위해
베로네즈 혹은

아마도 루벤스를 가지고
고디언의 매듭을
베어버렸다—

When from among
the steel rocks leaps
J. P. M.

who enjoyed
extraordinary privileges
among virginity

to solve the core
of whirling flywheels
by cutting

the Gordian knot
with a Veronese or
perhaps a Rubens— (*CP1* 196~197)

"선회하는 회전 조절 바퀴의 / 중심을 해결하기 위해"라는 시구는 모건이 마치 하데스처럼 코레(페르세포네)를 의미하는 말장난(pun)으로 볼 수 있는 "core"를 폭력과 지배로 해결한다는 것을 암시한다. 아울러 모건은 "고디언 매듭"을 칼로 베어버린 현대의 알렉산더 대왕(Alexander the Great)에 비유된다. "베로네즈 아니면 / 어쩌면 루벤스를 가지고 / 고디언의 매듭을 / 베어버렸다—"라는 시구는 모건이 토착 미국 예술의 문제를 해결하기 위해 구세계로 대변되는 유럽의 예술을 항상 돈으로 약탈하고 포획할 수 있음을 의미하는 것으로 파괴적이고 냉소적인 조소를 특징으로 하는 다다적 상상력의 정수로 보인다. 즉, 시인은 고디언 매듭을 자르기 위한 하나의 칼로서 "베로네스" 혹은 "루벤스"의 그림을 사용하고 있는 모건의 행위를 통해 물질적 풍요 이면에 가려진 미국인들의 문화적 빈곤을 신랄하게 조소하고 있다. 이런 기발한 다다적 상상력은 뒤샹의 다다이스트 개념인 "상보적인 것"을 강하게 연상시킨다. 요컨대 레디메이드가 대량 생산품을 하나의 예술 작품으로 변화시킨 것이라면, "상보적인 것"은 하나의 예술 작품을 일상품으로 바꾸는 것을 말한다. 이는 자신의 〈녹색 상자 *The Green Box*〉에서 "렘브란트의 작품을 다림질 판으로 사용한다(use a Rembrandt as an ironing board)"(Lippard 153 재인용)는 뒤샹의 말에서 여실히 드러난다.

이 시의 종결부에서 시인은 다다주의의 주요 특징인 우연의 법칙에 의해 구성된 요소들의 병치를 통해 우리를 혼란 속으로 빠져들게 한다.

그래서 그것은
자동차에 이르고—
그 아들인

햇빛과 풀잎의
g를 삭제하는—
불가능하다

말하는 것은, 불가능하다
과소평가하는 것은—
만주에서의

바람, 지진을
마른 잎사귀에서 나온

메추라기를

And so it comes
to motor cars—
which is the son

leaving off the g
of sunlight and grass—
Impossible

to say, impossible
to underestimate—
wind, earthquakes in

Manchuria, a
partridge
from dry leaves (*CP1* 197)

여기서 논리적으로 전혀 연관성이 없어 보이는 "바람", "지진", "메추라기"를 우연의 법칙에 의해 병치시킨 것은 복잡한 세계를 다다의 이미지로 아우르려고 시도한 포토몽타주라 할 수 있다. 이 세 가지 요소들은 인간의 통제를 넘어선 자연의 힘에 의해 갑자기 놀라게 된 우리 현대인의 모습과 연계시켜 논의될 수 있는 것이다. 논리적 연관성을 찾아보기 힘든 세 가지 요소들은 인간이 만든 기계에 의해 결코 정복되지 않는 곧 자연을 상징하는 사물로 보인다. 더욱이 "바람", "지진", "메추라기"는 신문의 한 지면에서 동시에 볼 수 있는 기사들로서, 신문에서 보이는 것과 같은 그런 우연의 법칙에 의한 병치는 다다 시에서 두드러지는 전형적인 포토몽타주 기법이라 할 수 있겠다. 즉, 우리는 미술 전시회나 날씨, 그리고 중국에서 발생한 지진의 사망자 수는 물론 배관과 자동차 광고에 이르기까지 일련의 기사를 신문의 한 페이지에서 동시에 볼 수 있다. 특히 "햇빛과 풀잎의 / g를 삭제하는— / 불가능하다"는 "뒤샹의 새로운 언어 실험을 강하게 환기시키는 것"(Marling 189)으로 윌리엄즈에게 미친 그의 영향력을 극명하게 보여주는 시구이다. 이렇듯 윌리엄즈는 모든 새로운 사물들을 무감각하게 모방하는 미국인들과 미국 문화에 대한 그의 의문을 절망보다는 냉소적으로 조소하는 다다적 실험을 통해 도발적이고 반예술적인 다다 시를 창출하고 있다.

「유월의 수도꼭지에서」를 살펴보았듯이, 윌리엄즈는 『봄과 만물』의 여러 시에서 "더욱 유동적이고, 들쭉날쭉한 의지"를 추구하는 다다적 상상력을 발현시켜 끊임없이 "새로운 어떤 것—미국적인 어떤 것"을 찾고자 했다. 『봄과 만물』의 13번째 시 「고뇌하는 첨탑」에서도 다른 다다 시에서 두드러지는 이월 시행이나 혼합 은유 및 급격한 장면의 전환 등을 통해 초현실적이고, 그래서 때로는 낯선 기묘한 현대적 공간을 창조하고자 했다. 전체 6연으로 구성되어 있는 「고뇌하는 첨탑」에서 시인은 「유월의 수도꼭지에서」보다 "더욱 들쭉날쭉하고 파괴적인 리듬"(Schmidt 162)을 통해 미국 사회에 대해 고뇌에 찬 처방을 내린다. 전체적으로 이 시는 격렬하게 충돌하는 이미지, 종결되지 않는 절의 갑작스런 정지 및 논리적 연속성을 깨트리는 세부묘사의 산만한 첨가로 구성되어 있는 콜라주 혹은 포토몽타주로 보인다.

바다의 밀침을
능가하는
바위 위
땀투성이 주방
갑각류 같은
쐐기

들끓는 뒷골목에서부터
강철의 물결과
전기를
만들어 내는
산호의
껍데기—

Crustaceous
wedge
of sweaty kitchens
on rock
overtopping
thrusts of the sea

Waves of steel
from swarming backstreets
shell
of coral
inventing
electricity— (*CP1* 211)

시의 초반부에서 급격히 쇄도하는 현대 기계문명으로 인한 도시와 도시의 급격한 팽창과 혼돈을 시인은 "땀투성이 주방", "들끓는 뒷골목", "강철의 물결" 등의 시어로 묘사한다. 포토몽타주로 구성한 도시의 풍경을 통해 격변의 혼란과 모순적 시대 상황을 보여줌으로써, 시인은 현실의 혼돈 속에서 새로운 질서의 가능성을 찾으려한다. 제1연에서 시인이 언급하는 "바다의 밀침"은 자연으로 대변되는 시골을 황폐화시키며 점점 썰물처럼 밀려오는 미국 산업문화의 조류를 묘사하는 메타포라 할 수 있다. "바위 위 / 땁투성이 주방"이라는 시구는 바위 위에 우뚝 솟아 있는 해변의 리조트 레스토랑의 주방을, 그리고 "갑각류 같은 쐐기"는 이 레스토랑이 마치 갑각류 동물처럼 보이고 있음을 의미한다. 이어지는 연은 해변에서부터 전체 미국 사회의 동향으로 나아가는 포괄적인 전망의 갑작스런 전환을 보여주는 것으로 "들끓는 뒷골목에서부터 / 강철의 물결"이라는 시구는 끊임없이 도시의 에너지가 역동적으로 확장되고 있음을 드러낸다. 아울러 "전기를 / 만들어 내는 / 산호의 / 껍데기—"는 도시의 거대한 빌딩 사이로 불이 켜진 창문이 바다 아래의 산호군으로 비유되고 있다.

이어지는 3연과 4연에서 시인은 서로 연관성이 없는 전통 유럽문화와 현대 기계문명과의 병치를 통해 더욱 역동적인 효과를 창출해내는 다다 시의 특징을 잘 보여준다.

빛이
어스름한
르네상스의
엘 그레코 호수들에
반점을 찍는다
스프링 해머로

오래된 목초지의
질소를
분쇄시키는
팔과 다리로
다지
자동차를 위해—

Lights

speckle
El Greco
lakes
in renaissance
twilight
with triphammers

which pulverize
nitrogen
of old pastures
to dodge
motorcars
with arms and legs— (*CP1* 211~212)

전통 유럽 예술의 숭고한 가치에 대한 경멸과 반감 그리고 기계의 맹신에 대한 풍자는 다다이스트들의 중심 주제로 3연의 "엘 그레코"와 "스프링 해머"와 4연의 "오래된 목초지"와 "다지 자동차"를 통해 이를 여실히 표현해 준다. 여기서 주목할 점은 스프링 해머로 르네상스 시대의 스페인 화가 엘 그레코의 그림에 빛이 반점을 찍으며 "오래된 목초지의 / 질소를 / 분쇄시키는" 행위는 이성적이고 논리적으로 설명되지 않는 기이하고 그로테스크한 다다적 표현을 극명하게 보여준다는 사실이다. 말하자면 이성적 논리적으로 생각해 볼 때, "빛"은 "스프링 해머"로 반점을 찍을 수 없으며, "스프링 해머"는 가스인 "질소"를 분쇄시킬 수도 없다. 4연의 "팔과 다리로 / 다지 / 자동차를 위해"로 대응되는 부분은 다지 자동차가 지나가기 위한 도로 공사를 위해 "팔과 다리"를 지닌 인간이 목초지를 찻길로 바꾸고 있음을 의미하고 있다. 우리는 스프링 해머를 든 도로 공사 인부들에 의해 "전통 유럽문화"로 상징되는 목가적 시골이 황폐화되고 뒤이어 새로 난 길

위로 다지 자동차들이 거친 소음과 배기가스를 분출하며 지나가는 장면을 연상한다. 이런 점에서 도날드 말코스(Donald Markos)는 이 시가 "복합 은유, 단어 놀이 및 비어법적인 구문"으로 이루어져 있으며 "전략적인 행 부수기에 의한 비이성적인 다다이스트 구문이 복합적인 의미를 만든다"고 주장한다(101). 즉, 전혀 상이한 영역의 세부묘사가 부분적으로 의미론적 불연속성(semantic discontinuity)과 상충하는 구문론적 연속성에 의해 함께 결합되어 있으며, 그 결과로 발생한 부조화가 추가적인 긴장을 만들어 내는 것이다(Halter 110).

「고뇌하는 첨탑」의 종결부인 5연과 6연에서 윌리엄즈는 세계의 혼돈 속에서 긍정성을 추구하고자 한 다다주의의 본질을 시적 콜라주를 연상시키는 언어로 탁월하게 묘사한다. "총합은 / 길들여지지 않는다 / 걸림돌들을 / 포함하고 있다"는 시구는 그림 속에 권고 문구를 삽입함으로써 작품에 더욱 활기를 불어넣고자 한 전형적인 다다의 콜라주로 이해될 수 있다.

총합은
길들여지지 않는다
걸림돌들을
포함하고 있다
하지만
고뇌하는 첨탑의 총합은
평화를
짜낸다

그곳에 다리 기둥들이
길고
태양에 그을린 손가락들로
좌측 심실을

분명히
관통하여
놓여 있다

The aggregate
is untamed
encapsulating
irritants
but
of agonized spires
knits
peace

where bridge stanchions
rest
certainly
piercing
left ventricles
with long
sunburnt fingers (*CP1* 212)

윌리엄즈는 글자와 그림의 파편들이 이루어내는 강력한 배합의 콜라주를 통해 현실 세계에서 획일적인 통합의 불가능성을 선언한다. 그는 이질적이고 다양성을 함축하는 시어인 "걸림돌들"을 강제적으로 통합한다는 것에 반대하며, 현대 미국 문화의 "총합"이 "길들여지지 않으며" 또한 아마 "길들일 수 없을" 것이라는 것을 시인한다. 하지만 "고뇌하는 첨탑의 총합"처럼 시인은 혼돈 상태에 처해 있는 현대 세계를 치유함으로써 "평화를 / 짜낸다" 이는 곧 수술하기 위해 환자의 "좌측 심실"에 외과용 메스를 가하고 있는 외과 의사로서의 자신을 암시하고 있는 마지막 연에서 여실히 드러난다. "길고 / 태양에 그을린 / 손가락들"에 비유되는 "다리 기둥들"은 "모든 테크놀로지에 대한 환유이며 동시에 우리에게 윌리엄즈의 손가락들을 상기시키는 것"(Schmidt 163)으로 볼 수 있다. 1연의 "바다의 밀침"에서 암시하는 테크놀로지의 급격한 쇄도는 암울하고 비관적인 현대의 혼돈을 초래하면서도 마지막 연에서처럼 환자의 심장을 "관통하는" 외과 의사의 손가락처럼 적극적으로 현대 사회의 상처를 치유하는 이중적 의미를 함축한다. 그리하여 종결부에서도 "좌측 심실을 / 분명히 / 관통하여/ 놓여 있다"라고 말하며 시인은 인간의 몸을 침범하는 테크놀로지에 대한 공포를 보여주면서 동시에 이것에 의해 어떤 종류의 평화가 성취될 수 있다는 양가성을 드러낸다. 다시 말해 길들여지지 않는 "총합"의 "걸림돌들" 속에서 역설적으로 시인은 마치 의사가 성공적으로 상처를 봉합하듯이 "평화를 / 짜내는" 것이다. 이렇게 시인은 과거와 현대, 예술과 기술과의 병치, 이월 시행 및 비논리적인 구문 등과 같이 공격적이고 도발적이며 풍자적인 다다주의의 주제와 기법을 통해 역동적인 혼돈 속에서 새로운 세계를 창출하고자 했다.

나가며

일평생 그림에 남다른 관심과 조예가 깊었던 윌리엄즈는 여러 화가들과의 친교를 통해 새로운 정신을 지향하는 아방가르드 예술이 자신이 지향하는 고유한 미국적 시학의 목표와 일치함을 간파했다. 그는 입체주의를 비롯하여 미래주의, 다다주의, 정밀주의 등에 깊은 영향을 받았으며 자신의 시에 이런 아방가르드 원리와 방법을 적용시켜 나가기 시작한다. 특히 아방가르드 예술 운동 중에서 가장 혁명적이고 반예술적인 운동으로 제1차 세계대전 중에 등장하여 1920년대에

전 세계적으로 널리 퍼진 다다주의는 윌리엄즈의 시세계에 지대한 영향을 미쳤다. 윌리엄즈는 뉴욕 다다의 중심인물로 간주되는 뒤샹을 포함하여 만 레이, 찰스 디무스 등과 같은 화가들과의 친교를 통해 다다주의가 "어떤 것의 해방"을 지향하며 그에게 끊임없이 "—새로운 어떤 것—미국적인 어떤 것"을 찾을 수 있게 자극한 원천이라는 것을 간파했다.

무엇보다 윌리엄즈의 시와 산문에는 다다주의와 다다주의적 특성이 두드러지게 드러난다. 1920년대 발표한 『지옥의 코라』와 『봄과 만물』과 같은 작품은 그 대표적인 예가 된다. 『지옥의 코라』에서 그는 "해체"와 "자동기술"을 강하게 연상시키는 다다주의적 상상력, 즉 "더욱 유동적이고, 들쭉날쭉한 의지"의 상상력을 강조한다. 특히 뒤샹과 다다주의 정신을 함축하고 있는 중요한 개념인 그의 레디에이드는 윌리엄즈에게 지대한 영향을 끼쳤다. "마르셀 뒤샹에 대한 찬사"로 간주되는 『지옥의 코라』의 「서문」에서 윌리엄즈는 〈샘〉과 〈부러진 팔 앞에〉와 같은 뒤샹의 레디메이드를 직접적으로 언급하며 이 작품들이 자신의 시작(詩作)의 원동력이 되었다고 밝힌다. 나아가 그는 근대적 심미주의 예술경향을 일컫는 "연상적이거나 감상적인 가치관"을 강하게 비판하며, 관습적인 질서위에서 구성되는 것이 아니라 조각으로 해체되어 덧붙이는 식으로 대상을 재배열함으로써 역동성과 직접성 및 실재성을 전달하는 기법인 콜라주와 포토몽타주 형식의 시를 썼다.

『봄과 만물』의 「6월의 수도꼭지에서」와 「고뇌하는 첨탑」은 그의 다른 아방가르드 미학에서 연유한 시에서 볼 수 없는 주제와 기법이 두드러진다. 이 시집에 수록된 많은 시는 입체주의의 콜라주와 몽타주 기법, 미래주의에서 강조하는 속도와 역동성, 기계 문명에 대한 찬양 등과 같은 특징이 나타나지만 다다주의와 뚜렷이 구분되는 차이점을 보여주고 있다. 무엇보다 「6월의 수도꼭지에서」와 「고뇌하는 첨탑」은 입체주의와 미래주의의 시에서는 쉽게 찾을 수 없는 사물의 혼돈성을 전제로 통일된 장소와 시간 그리고 중심 주제의 부재를 선명하게 보여준다. 더욱이 윌리엄즈는 이 시들에서 다다의 특징적인 이미지인 현대의 기계와 도시문명과 더불어 '분리 스타일' 혹은 '이월 시행'을 두드러지게 사용하여 격변과 혼란 그리고 모순의 시대 상황을 보여줌으로써 궁극적으로 반이성적이고, 반예술적인 "새로운 어떤 것—미국적인 어떤 것"을 창출하고자 했다. 이런 점에서 이 시들은 "미래주의의 요소나 입체주의의 명제를 극복한 그 무엇"으로 간주되고 있는 다다주의의 콜라주 혹은 포토몽타주라 할 수 있다. 이렇듯 그는 『봄과 만물』에서 다다주의 기법을 시에 원용하여 시각적이고 관념적으로 새로운 이미지와 의미를 창출하는 시를 쓰게 된다.

윌리엄즈의 시적 실험과 상상력의 근간을 형성한 다다주의는 그의 전기 작품에만 한정되지 않으며, 후기 작품에서도 지속적으로 나타나는데 장시 『패터슨』은 그 대표적 예이다. 이는 "『패터슨』 3권의 도서관 화재 에피소드와 『패터슨』 4권의 그로테스크한 의사-목가(mock pastoral)에서부터 다다의 전복적인 요소가 잠복해 있는 다른 에피소드에 이르기까지 광범위한 다다의 영향력이 고찰된다"는 슈미트의 말(174)을 통해 확인할 수 있다. 따라서 다다주의의 지속적이고 광범위한 영향력은 윌리엄즈가 고유한 시학을 구축하는 데 있어 원천이 되었으며 이후 『패터슨』을 포함한 그의 후기 작품을 연구하는데 큰 단초가 될 것으로 본다.

마르셀 뒤샹과 미국적인 것

1. 미국적인 어떤 것

윌리엄즈는 여러 시와 산문을 통해 아방가르드 예술과 예술가에 대한 관심과 영향력을 자주 언급한다. 아방가르드 예술가로서의 윌리엄즈의 행적을 살펴보면 그는 한때 화가가 되기를 원했고 입체주의(Cubism), 미래주의(Futurism), 정밀주의(Precisionism) 등에 깊은 영향을 받아 자신의 시에 이런 아방가르드 원리와 기법을 적용하기 시작한다. 특히 윌리엄즈는 뒤샹(Marcel Duchamp)으로 대변되는 다다주의가 자신과 미국 예술에 끼친 광범위한 영향력에 대해 자주 언급하고 있다. 사실 아방가르드 예술과 뒤샹은 떼려야 뗄 수 없는 불가분적 연관성을 지니고 있다. "20세기 아방가르드 이야기는 미국에서든 유럽에서든 대개 뒤샹의 이야기인 것처럼 보인다"(18)는 아서 단토(Arthur C. Danto)의 말에서 알 수 있듯이 오늘날에 이르기까지 뒤샹이 아방가르드 예술에 미친 영향력은 아무리 강조해도 지나치지 않다. 이는 나아가 미국 현대미술사에서도 "미국에서 현대 미술의 기원을 이야기 할 때 미국의 토착 예술가인 찰스 실러(Charles Sheeler)나 찰스 디무스(Charles Demuth) 보다는 뒤샹에서 시작한다는 점은 분명하다"(161)라는 돈 애즈(Don Ades)의 말에서 보다 극명하게 드러난다.

1887년 프랑스에서 예술을 사랑했던 뒤샹 가문의 6남매 중에서 셋째 아들로 태어난 마르셀 뒤샹은 다다주의의 대표자이자 또한 현대 예술 분야에 불멸의 신화를 남긴 예술가로 평가되고 있다. 뒤샹은 팝 아트, 미니멀리즘, 개념 미술 등과 같은 도발적이고 혁신적인 현대 미술 운동의 탄생에 영향을 미쳤으며, 그의 영향은 지금까지도 예술 연구에 끊임없이 인용되고 있다. 1915년 미국으로 이주한 후 아렌스버그 서클에 소속되어 활발한 예술 운동을 전개한 뒤샹은 망막에만 호소하는 "물리적 회화(physical paintings)"에서 탈피하여 레디메이드(ready-made)와 같은 "새로운 사유(new thought)"에 근원한 예술 작품을 창시했다. 무엇보다 뒤샹은 이 "새로운 사유"를 미술이 아닌 문학에서 찾을 수 있었다고 강조한다. 이는 제임스 존슨 스위니(James Johnson Sweeny)와의 인터뷰에서 쥘 라포르그(Jules LaForgue)와 스테판 말라르메(Stéphane Mallarmé) 등과 같은 작가들을 언급하여 "다른 어떤 화가에게 받은 영향보다 작가에게 받은 영향이 훨씬 더 강력했다"(Duchamp 126)는 그의 말에서 여실히 드러난다. 라포르그와 말라르메 외에도 뒤샹은 자신에게 지대한 영향을 끼친 레이몽 루셀(Raymond Roussel), 장 피에르 브리세(Jean-Pierre Brisset), 로트레아몽(Comte de Lautréamont) 등과 같은 시인과 작가들에 대한 찬사와 견해를 여러 인터뷰를 통해 피력했다. 실제로 뒤샹은 "문학적", "시적"이란 말을 자주 사용하며 '시인과 같은 화가'의 면모를 여실히 보여주고 있다. 피에르 카반느(Pierre Cabanne)와의 인터뷰에서 뒤샹은 라포르그의 시에 삽화를 그리게 된 연유에 대해 "나는 그 당시 그다지 문학적이지 못했다. 책을 조금 읽었는데, 특히 말라르메를 읽었다 (…중략…) 라포르그를 정말 좋아했다 (…중략…) 내 마음을 강하게 잡아끈 것은 그의 시처럼 시적이었던 『전설적 도덕성 *Moralitiés Légendaires*』에 나오는 산문시였다"(Cabanne 29~30)라고 말하며 "문학적"이고 "시적"인 것에 대한 열정적인 갈망을 피력한다.

뒤샹은 망막에만 호소하는 "물리적 회화"를 극단적으로 거부함으로써 역설적으로 자신의 회화가 즉각적으로 "지적"이고 "문학적"이 되었다고 역설한다(Duchamp 125). 나아가 그는 "마천루를 보십시오! 이것들보다 더 아름다운 것들을 유럽이 보여줄 수 있겠습니까?" 뉴욕 자체가 하나의 미술품이며, 완전한 미술품으로 (…중략…) 우리는 과거를 망각하는 것을 배워야하며, 우리 시대에 우리의 삶을 반드시 살아야 합니다"(Tomkins 152)라는 언급을 통해 미국이 유럽을 대신하여 새로운 미술의 중심지이자 그 스스로도 유럽이 아닌 미국 예술가로서의 삶을 살겠다는 의지를 공개적으로 천명한다. 이런 뒤샹의 예술관은 "접촉"과 "지역성"에서 연유한 "새로운 형식"의 시를 추구하고자 했던 윌리엄즈의 시학적 목표와 밀접한 유사성을 보여준다.

이렇듯 다다주의는 윌리엄즈와 뒤샹을 연결해주는 공통분모이자 불가분적 연관성을 지니고 있다. 딕랜 타시지언(Dickran Tashjian)은 뒤샹의 아이디어가 윌리엄즈의 시적 상상력의 원천이 되었다고 주장한다(*American Scene* 59). 헨리 세이어(Henry M. Sayre)는 윌리엄즈의 유명한 단시 「붉은 손수레 The Red Wheelbarrow」와 뒤샹의 대표적인 레디메이드 〈샘 *Fountain*〉(143쪽 참조)의 연관성을 지적하며 「붉은 손수레」가 레디메이드의 관점에서 이해될 수 있음을 지적한다(14). 비슷한 맥락에서 피터 슈미트(Peter Schmidt)는 "뉴욕 다다와 관련이 있는 뒤샹의 레디메이드, 찰스 디무스의 회화에 삽입된 전복적인 다다이스트 요소들 그리고 다다이스트적 콜라주"와 같은 다다 비평의 세 가지 측면들이 특히 윌리엄즈의 시에 영향을 미쳤다고 말한다(137). 필자는 유럽 예술의 전통에서부터의 자유를 의미하는 다다주의가 윌리엄즈에게 미친 영향을 뒤샹을 중심으로 살펴보고자 한다. 그럼으로써 "새로운 사유"에 기반을 둔 뒤샹의 예술관이 고유한 미국적인 예술, 즉, "새로운 어떤 것—미국적인 어떤 것"(*A* 134)을 추구하고자 했던 윌리엄즈의 시학적 목표에 부합되었음을 규명하고자 한다.

2. 윌리엄즈와 뒤샹

윌리엄즈와 뒤샹은 동시대의 시인이자 재력가로 다수의 아방가르드 예술가들을 후원했던 월터 아렌스버그(Walter Arensberg)의 소개로 서로를 처음 알게 되었다. 뒤샹은 1913년 자신의 그림 4점을 뉴욕에서 열린 '아모리 쇼(Armory Show)'에 출품하면서 처음으로 미국인들에게 알려지게 되었다. 특히 "움직임을 담은 누드"를 묘사한 그의 〈계단을 내려가는 누드 *Nude Descending a Staircase*〉는 '아모리 쇼'에서 일대 스캔들을 불러일으켰다. 이 때문에 뒤샹은 미국에서 가장 이름을 떨친 프랑스 화가가 되었고 몇 년 뒤 프랑스를 떠나 미국으로 이주하게 된다. 1915년 8월에 뉴욕에 도착한 뒤샹은 당시 아방가르드 후원자인 루이스(Louis)와 월터 아렌스 버그 부부의 집에 머무른다. 대개 '아렌스버그 서클'이라고 알려진 이 부부의 집에서 뒤샹은 여러 화가와 시인들과 어울리면서 친분을 맺는다.

1915년 가을 아렌스버그는 뒤샹을 당대 미국 모더니스티 시인들인 에즈라 파운드(Ezra Pound), 윌리스 스티븐스(Wallace Stevens), 매리앤 무어(Marianne Moore), 미나 로이(Mina Loy) 등의 시를 게재했던 잡지 『아더스 *Others*』의 편집자 알프레드 크레임버그(Alfred Kreymborg)에게 소개함으로써 윌리엄즈와 뒤샹을 이어주는 가교 역할을 했다. 그 후 윌리엄즈와 뒤샹은 후일 뉴욕 예술가들이 정기적으로 모여서 교분을 쌓았던 '아렌스버그 서클'에 소속되어 함께 활발한 아방가르드 운동을 전개하였다. 무엇보다 윌리엄즈는 뒤샹의 도발적이고 혁신적인 작품이 자신에게 "창작욕"을 고무시켰다고 강조한다. 그는 『자서전』에서 아렌스버그의 아파트에서 대개 〈큰 유리〉로 불리는 뒤샹의 대표작 〈자신의 독신자들에 의해 발가벗겨진 신부, 조차도 *Bride Stripped Bare by Her Bachelors, Even*〉를 보고 "창작욕이 불타올랐다"고 밝힌다.

마르셀 뒤샹, 〈큰 유리〉, 277.5×175.9cm, 1915~1923, 필라델피아 미술관 소장.

> 뒤샹은 그때 그의 유리 스크린에 관한 작업을 하고 있었지. 그것은 아직 미완성 상태로 그의 스튜디오에 있었고 경이로운 납땜－유리 작품이었지. 나는 스스로 부족함을 느끼면서 편협한 시각을 지닌 시골뜨기처럼 덜컹거리며 이 시기를 지나갔지. 하지만 창작욕이 불타올랐지. (*A* 137)

이 인용문은 뒤샹의 〈큰 유리〉 제작 작업이 윌리엄즈의 시작(詩作)의 원동력이 되었음을 집약적으로 보여주고 있다. "시골뜨기(yokel)", "편협한 시각(narrow- eyed)", "무능함(inadequacies)"이라는 단어에서 드러나듯, 뒤샹의 아방가르드 작품은 윌리엄즈에게 이전에는 경험하지 못했던 새로운 상상력을 고무시켰음을 알 수 있다. 이렇게 윌리엄즈는 뒤샹의 작품에 드러나는 다다주의의 원리와 기법이 자신의 시적 상상력의 원천이 되었다는 사실을 여러 시와 산문을 통해 밝히고 있다.

『즉흥시 *Improvisations*』라는 부제가 있는 『지옥의 코라』는 윌리엄즈가 다다주의의 주요 원리의 하나인 자동기술적 글쓰기(automatic writing) 기법으로 쓴 최초의 작품으로 평가받는다. 여기서 윌리엄즈는 다다주의에 대한 심오한 논의와 더불어 뒤샹의 대표적인 레디메이드인 〈부러진 팔 앞에 *In Advance of the Broken Arm*〉와 〈샘〉 등을 구체적으로 언급하고 있다. 뒤이어 그는 다다이스트들에 의해 본격적으로 차용된 콜라주와 포토몽타주 기법이 두드러진 시집 『봄과 만물』을 발표한다. 이 시집과 관련해 그는 『나는 시를 쓰고 싶었다』에서 "나는 다다주의에서 출발하지 않았지만 그것을 쓰려고 내 영혼 속에 그것을 지니고 있었다. 『봄과 만물』이 그것을 보여준다."(*IWWP* 48)라고 말한다. 윌리엄즈는 1928년에 프랑스 필립 수포(Philippe Soupault)가 쓴 다다이스트 소설 『파리의 마지막 밤 *The Last Nights of Paris*』을 당대의 영·미 작가들 가운데 최초로 영어로 번역했다. 그는 후일 장시 『패터슨』에서도 『파리의 마지막 밤』을 언급하며 이 소설이 "그 자신에게" 지대한 영향을 미쳤음을 밝히고 있다.

수포가 그에게 소설을
　　　　　　　그 다다이스트 소설을 준 이래
　　　　　　　　　　　　무슨 일이 일어났는가

『파리의 마지막 밤』을
　　　　　　　번역하는데—
　　　　　　　　　　　　"파리에서 무슨 일이 일어났는가
그때 이래?
　　　　　그리고 나 자신에게"?

What has happened
　　　　since Soupault gave him the novel
　　　　　　　　　　the Dadaist novel
to translate—
　　　　　The Last Nights of Paris.
　　　　　　　　　"What has happened to Paris
since that time?
　　　　　and to myself"? (*P* 207)

나아가 윌리엄즈는 『지옥의 코라』에서 뒤샹의 〈큰 유리〉를 "유리 표면의 복잡함"이며, 이것이 곧 "시의 요체(*Imag* 81)"라고 말하며 자신이 추구하는 시학과 일치하고 있음을 밝힌다. 이와 관련해 크리스토퍼 맥고완(Christopher MacGowan)은 "유리가 이때 이후 지속적으로 윌리엄즈 작품에서 빈번한 메타포가 되었다"(118)는 언급을 통해 창문을 통해서 본 하나의 광경으로서 액자 속에 들어 있는 그림이라는 서양 미술의 전통을 거부하는 뒤샹의 혁신적인 아이디어가 윌리엄즈의 시적 상상력에 지대한 영향을 미쳤다고 주장한다. 이는 1913년 뉴욕에서 열린 "그 유명한 '아모리 쇼'"로 불리는 국제 현대 미술 전시회에 가서 가장 주목을 끌었던 뒤샹의 〈계단을 내려가는 누드〉를 보고 "내가 그것을 처음 봤을 때 안도감(relief)에 행복해져서 얼마나 크게 웃었는지 생생히 기억한다"(*A* 134)라는 말을 통해 선명하게 드러난다.

슈미트는 '아모리 쇼' 이후 미국 예술에 영향을 미친 여러 아방가르드 운동 중에서 뒤샹을 중심으로 전개된 다다주의와 윌리엄즈의 긴밀한 연관성을 지적한다. 그는 "해체"와 "자동기술"과 같은 급진적 실험을 특징으로 하는 다다주의에서 연유한 윌리엄즈의 시와 산문은 시인의 입체주의와 정밀주의 작품의 미학적 원리와 현저한 차이점을 보여준다고 말한다(90~91). 이렇게 윌리엄즈는 당대의 다른 미국 예술가들보다 두드러지게 "허무주의"와 "비이성주의"와 같은 다다의 "두 가지 관점"을 차용함으로써 "입체주의"와 "정밀주의"와 구분되는 작품을 창작하고자 했다. 다시 말해 입체주의적이고 정밀주의적인 기법을 부분적으로 활용하고 있지만 동시에 "허무주의"와 "비이성주의"에서 연유한 "해체"와 "자동기술"과 같은 다다주의 기법을 윌리엄즈는 적극적으로 차용했다.

트리스탄 차라는 「1918년 다다 선언문」에서 다다 작품들은 "정돈"이 아닌 "해체(decomposition)"처럼 보여야 한다고 강조한다(Schmidt 96). 그는 "목적도 계획도 없이, 또한 기구조차 없는 제어할 수 없는 외설, 즉 해체"(Tzara 12)라고 말한다. 나아가 슈미트는 앙드레 브르통(Andre Breton)의 "자동기술"이 작가의 무의식에서 나온 환각의 나르시시즘(hallucinatory narcissism)을 보여주는 것이라 말한다(105). 여기서 주목할 점은 차라와 브르통과 같은 다다이스트들이 강조하는 "해체"와 "자동기술"은 곧 "새로운 형식"의 시를 추구했던 윌리엄즈의 시학적 목표에 잘 부합된다는 사실이다. 이는 "시는 상상력의 결정화(crystallization), 즉 새로운 형식들(new forms)의 완성과 관련된다"(*Imag* 140)라는 윌리엄즈의 말에서 여실히 드러난다.

윌리엄즈는 1920년 『컨택트』라는 잡지에서 미학적 통일성, 예술적 품위 그리고 지적 과정에 대한 거부를 강조하는 다다이스트 작품들을 가리켜 “해체”라고 역설했다(*RI* 67). 특히 그는 『지옥의 코라』에서 “그의 구성(composition)을 파괴함으로써 시인은 스스로를 어떤 무기의 마스터가 되게 만든다”(*Imag* 16)라고 말함으로써 “새로운 형식”의 시의 창작과 완성은 “해체”를 통해서 가능하다는 점을 부각시키고 있다. 나아가 그는 “자동기술”이 함의하고 있는 비관습적(unconventional)이며 비총칭적(ungeneric)인 특성을 간파한다. 그리하여 『지옥의 코라』의 궁극적인 목표는 “사전 숙고(forethought)나 때늦은 생각(afterthought)없이 사물 그 자체를 보는 것”(*Imag* 6~8)이라고 역설한다. “해체”와 “자동기술”을 강조하는 윌리엄즈의 이런 언급은 학구적인 진부한 표현과 개인적 고뇌에서 스스로를 정화하는 하나의 치유책으로 본 다다이스트들의 주장과 맥을 같이하고 있다. 이렇게 “해체”와 “자동 기술”은 가장 미국적인 현실을 반영하면서 동시에 “새로운 형식”의 시를 추구했던 윌리엄즈의 시적 원리와 기법이 되었다.

3. 『지옥의 코라』와 레디메이드

윌리엄즈의 시와 산문에는 다다주의를 대표하는 뒤샹과 그의 작품에 대한 논의가 광범위하게 전개되고 있다. 『지옥의 코라』의 「서문 Prologue」의 서두부터 윌리엄즈는 아렌스버그의 아파트에서 그와 현대 화가들에 대한 담소를 나누면서 뒤샹과 〈계단을 내려가는 누드〉의 “제작기법”에 관한 “새로움(novelty)”을 부각시킨다.

마르셀 뒤샹, 〈계단을 내려가는 누드〉, 147.5×89.0㎝, 1912,
필라델피아 미술관 소장.

> 그리하여, 그 당시 아렌스버그의 옹호자였던 뒤샹에 의하면, 스테인 글라스 창은 관습적으로 원래의 장소에 구성되어 있을 때 보다 떨어져 나와 [그 조각들이] 바탕 위에 어느 정도 합쳐져서 놓여 있을 때가 훨씬 더 흥미롭다. 우리는 아렌스버그의 화려한 스튜디오로 되돌아갔다. 거기서 그는 뒤샹의 유명한 〈계단을 내려가는 누드〉의 원화(original)로 보이는 것을 내게 보여줌으로써 자신의 의견을 더욱 역설했다. 하지만 이것이야말로 뒤샹이 많은 새로운 기법으로 그린 최초의 실물대의 사진 프린트 그림이며, 그래서 다른 방법에 의해서처럼 그 제작 기법에 의해 그것은 하나의 새로움이 된다고 그는 계속 말을 이어나갔다. (*Imag* 8~9)

여기서 "스테인 글라스 창은 관습적으로 **원래의 장소에** 구성되어 있을 때 보다 떨어져 나와 [그 조각들이] 바탕 위에 어느 정도 합쳐져서 놓여 있을 때가 훨씬 더 흥미롭다"는 말은 관습적인 질서위에서 구성되는 것이 아니라 조각으로 해체되어 덧붙이는 식으로 대상을 재배열함으로써 그 대상은 '진기한 예술품'이 된다는 것을 암시한다. 다시 말해 이 말은 관습적으로 **"원래의 장소에"** 구성된 예술 대상을 **"원래의 장소에서 벗어난**(*ex situ*)" 것으로 변형함으로써 〈계단을 내려가는 누드〉처럼 "새로움"을 지닌 예술 작품으로 승화시킬 수 있다는 것을 의미한다. 이렇게 윌리엄즈는 "예술 대상이 진전되기 위해서는 **'원래의 장소에서 벗어나야'** 한다고 일관되게 주장하고 있다"(Siraganian 124).

〈계단을 내려가는 누드〉는 윌리엄즈 후기 시에 두드러진 특징, 즉 '하강(descent)' 모티프와 삼단 연(triadic stanza)에 지대한 영향을 미쳤다는 사실은 중요하다. 쿠시먼(Stephen Cushman)은 〈계단을 내려가는 누드〉에서 연유한 '하강 모티프'가 초기 시집 『지옥의 코라』에서부터 장시 『패터슨』뿐만 아니라 후기 시집 『메마른 음악』, 『사랑으로의 여행』 등에 이르기까지 지속적으로 나타난다고 주장한다(90~91).

윌리엄즈가 1917~1920년 사이에 쓴 『지옥의 코라』는 다다주의의 주요 기법인 "해체"와 "자동기술"을 두드러지게 차용한 작품으로 평가되고 있다. 그는 유행성 독감의 만연으로 인해 끊임없이 의료서비스로 바빴고, 그의 아버지는 암으로 투병하고 있었으며, 제1차 세계대전이 막바지에 이르던 혼란의 시기에 이 작품을 썼다. 그는 『자서전』에서 이런 암울한 시기를 하데스에 납치된 코라(페르세포네)에 비유하며 동시에 자신과 코라의 연관성을 강조한다. 그는 『나는 시를 쓰고 싶었다』에서 "『지옥의 코라』는 내가 어떤 다른 책들보다 즐겁게 참조해 오고 있는 책이다. 내게 그 책은 나 자신을 드러내게 한다." (*IWWP* 26)라고 언급한다. 대개 산문시(prose-poems)로 간주되는 『지옥의 코라』의 전체 구성을 살펴보면, 이 작품은 24페이지의 긴 「서문」으로 시작하고 뒤이은 52페이지에 27장(chapters)의 『즉흥시』가 수록되어 있다. 아울러 즉흥시와 이탤릭체로 쓰인 그것에 대한 해석으로 구성되어 있다.

무엇보다 『지옥의 코라』에서 가장 두드러진 특징은 시각적이고 언어적으로 다다주의의 원리와 기법이 선명하게 드러난다는 사실이다. 타시지언은 1920년대 전반기에 윌리엄즈의 작품의 시각적 특징은 "다다 실험에 의해 시작된 언어적이며 동시에 시각적인 담론에 의해 고양되었으며 또한 그 작품들 중에서 『지옥의 코라』가 가장 시각적으로 기능적인 텍스트"라고 말한다(60). 아울러 제임스 브레슬린(James Breslin)은 윌리엄즈의 "이전 작품인 『원하는 이에게! *Al Que Quiere!*』의 스타일과 비교해서 『지옥의 코라』에서 스타일의 변화는 급진적이며, 그 언어는 탁하고(thick), 농후하게 은유적이고, 문체, 음조 그리고 감정의 급격한 전환에 있어 현란하게 비문법적이다"(56)라고 말하며 이 작품이 다다적 특징이 깊숙이 투영되어 있음을 암시한다. 윌리엄 말링(William Marling)도 "『지옥의 코라』 자체가 뒤샹이 주장하는 '저장된 우연(canned chance)'이자 동시에 다른 뒤샹적 개념(Duchampian notions)의 실험이다"(61)라고 언급한다.

이렇게 『지옥의 코라』는 뒤샹으로 대표되는 다다주의와 밀접한 관련이 있음은 물론 예술에 대한 고정관념의 타파를 부르짖는 다다이스트들이 추구했던 새로운 예술 형식에 대해 진지한 탐구를 보여주고 있다. 실제로 『지옥의 코라』의 「서문」에서 윌리엄즈는 창조적인 상상력은 "하나의 평면 위에서 너무 엄격하게 유지되고 있는" 것에서 탈피하여 "더욱 유동적이고, 들쭉날쭉한 의지"를 지니고 있어야 "예술의 분야"로 나아갈 수 있다고 말한다.

> 내가 생각하기에 창조적 상상력이 오늘날 가장 풍요로운 발견을 위해 예술의 분야로 나아가야 한다면 그것은 컴퍼스에 의해서 갈 때 가장 잘 나아갈 것이고 어떤 작은 길을 뒤따라가지 않을 것이다 (…중략…) 참된 가치는 그 스스로 하나의 사물에 하나의 특징을 제시하는 독특함이다. 연상적이거나 감상적인 가치는 거짓이다. 그것의 강요는 상상력의 부족과 평이한 측면으로의 이동에 기인한다. 그 거짓된 가치의 주목은 더욱 유동적이고, 들쭉날쭉한 의지를 추구하기보다 하나의 평면 위에서 너무 엄격하게 유지되고 있다 (…중략…) 상상력은 하나의 사물에서 다른 사물로 나아간다. (*Imag* 13~14)

여기서 윌리엄즈는 "상상력의 부족과 평이한 측면으로의 이동"에 기인한 "연상적이거나 감상적인 가치관"의 허구성을 간파하고 있다. 그는 근대적 심미주의 예술경향을 일컫는 "연상적이거나 감상적인 가치관"을 강하게 비판하며 이에 대한 반발로 "더욱 유동적이고, 들쭉날쭉한 의지"를 추구하는 새로운 유형의 예술적 상상력을 제시한다. 여기서 윌리엄즈가 강조하는 "더욱 유동적이고, 들쭉날쭉한 의지"는 예술에서 모든 대조적이고 모순적인 것을 극복해야 할 부정적인 것으로 보지 않고 하나로 통합시켜 새로운 예술의 가능성을 추구하고자 한다 다이스트들의 예술 목표와 상통한다고 볼 수 있다. 특히 기계적인 톱니를 연상시키는 "jagged"라는 단어는 기계적인 모티프를 특징적인 이미지로 강조하는 다다이스트들의 예술 원리를 암시하는 것으로 보인다.

한편 "20세기 전체가 완전히 망막적이다"(Cabanne 43)라는 언급을 통해 뒤샹은 예술과 불가분적 관련이 있는 종교적, 철학적, 도덕적 내용을 배제함으로써 미학적 쾌락만을 강조하는 '망막적 예술'에 대해 극단적인 반감과 거부를 표명하게 된다. 이런 뒤샹의 반망막적 태도는 회화가 아닌 문학에 대한 관심과 애정으로 나타났다. 그리하여 그는 문학에 대한 관심과 더불어 화가가 아닌 작가들이 자신의 작품세계에 미친 지대한 영향력을 자주 표명한다. 그는 스위니와의 인터뷰에서 1912년 루셀의 소설 『아프리카의 인상 *Impression d'Afrique*』을 각색한 연극을 관람하고, 이것이 자신의 예술 세계를 바꾸는 결정적인 경험이 되었다고 말한다.

> 초기에 나는 루셀에게 열광했다. 그 이유는 그가 나로서는 한 번도 본 적 없는 것을 만들어 냈기 때문이다. 유명한 이름이나 영향에 관계없이 완전히 독립적이라는 점이 나의 깊은 내면에서 찬탄을 끌어낸 이유이다 (…중략…) 아폴리네르와 함께 본 그 연극 작품은 나의 표현 방법에 많은 도움을 주었다. 루셀이 내게 영향을 주었다고 말할 수 있겠다. 나는 화가로서 다른 어떤 화가에게 받은 영향보다 작가에게 받은 영향이 훨씬 더 강력했다고 느꼈다. 그리고 루셀은 내게 길을 보여주었다. 나의 정신적인 도서관에는 루셀의 모든 작품을 소장할 것이다. 브리세, 로트레아몽, 말라르메 등. (Duchamp 126)

이 인터뷰는 "문학적" 이고 "시적"인 감수성을 지닌 '시인과 같은 화가'로서의 뒤샹의 면모를 집약적으로 보여주고 있다. 뒤샹은 루셀과 더불어 브리세, 로트레아몽, 말라르메 등을 언급하며 화가들 보다는 작가들이 자신의 작품세계에 지대한 영향을 미쳤음을 밝히고 있다.

뒤샹은 '망막적 예술'에 대한 반감과 거부의 표시로써 기계적 작동과 기계화에 관심을 기울였고, 그것의 재현이 지니는 유용성을 그대로 작품에 적용했다. 회전운동을 하면서 재료를 가루로 분쇄하는 기계의 기어장치를 묘사한 〈초콜릿 분쇄기 1 *Chocolate Grinder No. 1*〉과 〈초콜릿 분쇄기 2 *Chocolate Grinder No. 2*〉는 그 대표적 예이다. 1913~1914년 사이에 제작된 〈초콜릿 분쇄기 1〉과 〈초콜릿 분쇄기 2〉에는 모든 형식적인 서정성에서 벗어나고자 하는 뒤샹의 갈망이 담겨 있다(Ades 92). 하지만 뒤샹이 이런 기계화를 채택한 것은 결코 과학을 찬양하려는 의도가 아니었다. 이런 사실은 과학적 측정에 '우연'을 도입하여 제작한 〈세 개의 표준 정지 *3 Standard Stoppage*〉에서 명백히 드러난다.

〈큰 유리〉에 대한 초기 프로젝트로의 하나인 〈세 개의 표준 정지〉는 뒤샹의 대표적인 아상블라주(assemblage)로 망막적 예술에 대한 비판과 인간중심적 과학을 조합한 것으로 간주되고 있는 작품이다. 이것은 조각도 그림도 아니며, 하나의 아이디어와 그 아이디어의 적용, 그 결과로 생긴 '법칙'을 보여주는 나무 상자에 들어 있는 세 개의 서로 다른 미터 자(meter-sticks)이다. 이것은 캐서린 쿠(Katharine Kuh)와의 인터뷰에서 밝히고 있듯이 뒤샹이 자신의 작품 중에서 "가장 중요한 것"(81)으로 간주한 작품이기도 하다. '정지'(stoppage)라는 말은 원래 프랑스어로 옷을 표시나지 않게 수선하는 것을 의미하는데, 뒤샹은 우연히 힐끗 본 가게 문에 붙은 문구에서 그것이 비개인적인 실 떨어뜨리기를 표현하는데 적절하다고 생각해서 채택했다. 그는 "1미터 길이의 수평선인 실을 1미터 높이에서 수평면 위에 떨어뜨리면, 실은 제멋대로 변형된다. 이것은 거리 측정의 새로운 형태를 만들어 낸다"(Ades 96)라고 말한다. 다시 말해 1미터의 실을 1미터의 높이에서 떨어뜨려서 그 굽어진 결과를 〈큰 유리〉의 한 부분을 구성하기 위한 척도로 이것을 사용했다는 것이다. 나아가 각각 세 개의 실의 곡선을 정확하게 따라가 나무판으로 '자(rulers)'를 만든 후, 그것들을 크로케 상자처럼 보이는 나무 상자 속에 넣었으며, 이런 과정을 "저장된 우연"이라 주장한다. 이 작업을 통해 뒤샹은 인간의 측정 본능과, 측정이 객관적인 것 같지만 그 기준과 규칙 자체가 전적으로 인간의 관점에 근거한다는 점에서 항상 자의적일 수밖에 없다는 점을 조롱했다.

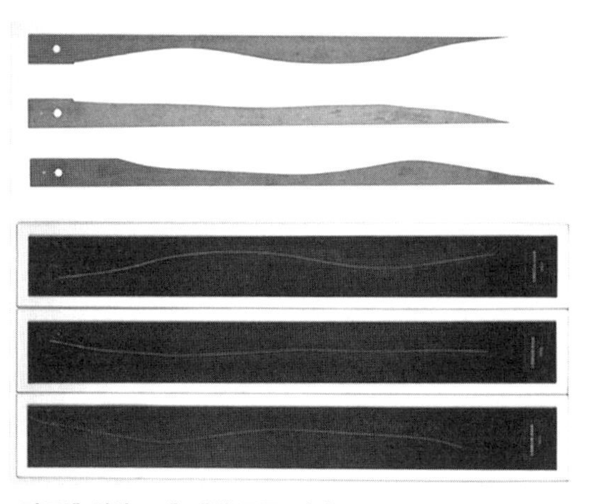

마르셀 뒤샹, 〈세 개의 표준 정지〉, 129.2×28.2×22.7㎝, 1913~1914, 뉴욕 현대미술관 소장.

윌리엄즈는 『지옥의 코라』에서 "자신에게 완벽한 미에 대한 섬세한 리듬을 잊어버릴 것을 요구하는 불운(doom)을 피하는" 효과를 설명하기 위해 〈세 개의 표준 정지〉의 "정지"라는 단어를 차용하였다. 그는 "힘의 평형"이 발생하는 순간 "정지"가 발생함으로써 "두개의 대립하는 힘" 사이에서 어느 한쪽에 치우치는 "불운을 피하게 된다"고 "정지"의 개념을 해석한다(*Imag* 32~33). 이는 미술에 있어서 전통적인 표현방법을 전복시키고자 〈세 개의 표준 정지〉를 "저장된 우연"이라고 정의했던 뒤샹의 "새로운 사유"를 강하게 환기시킨다.

산문뿐 아니라 윌리엄즈의 시에서도 뒤샹은 은연중에 나타난다. 뒤샹은 1911년 프랑스 상징주의 시인 라포르그(Jules Laforgue)의 시 「한 번 더 이 별에게 Encore à cette Astre」에 대한 일러스트레이션인 〈한번 더 이 별에게 *Encore à cette Astre*〉라는 작품을 발표한다. 윌리엄즈는 『리틀 리뷰 *The Little Review*』지를 통해 라포르그와 아폴리네르를 비롯한 많은 당대의 프랑스 시인들을 알게 되었다. 윌리엄즈의 단시 「사람 El Hombre」은 시와 회화 사이의 경계를 초월해서 라포르그와 뒤샹 그리고 시인 자신의 불가분적 연관성을 암시적으로 전달해주는 작품으로 볼 수 있다.

당신은 내게 옛날의 별
바로 이상한 용기를 주었지.

일출에 홀로 빛나면서
내게는 조금도 그 빛을 비춰주지 않았지!

It is a strange courage
you give me ancient star:

Shine alone in the sunrise
toward which you lend no part! (*CP1* 76)

"이상한 용기"는 다름 아닌 "나는 다다주의에서 출발하지 않았지만 그것을 쓰려고 내 영혼 속에 그것을 지니고 있었다"라는 말의 시적 메타포로 볼 수 있다. 이와 관련해 말링은 윌리엄즈의 「사람」과 뒤샹의 〈한번 더 이 별에게〉 사이의 명백한 연관성을 지적한다(61). 뒤샹은 "그것은 한 사람이 층계를 올라가는 그림이었지. 그런데 이 작업을 하는 동안 〈누드〉라는 작품의 아이디어 혹은 제목이 뇌리에 떠올랐어"(Duchamp 124)라고 말하며 〈한번 더 이 별에게〉가 〈계단을 내려가는 누드〉에 아이디어를 제공했음을 강조한다. 여기서 중요한 점은 뒤샹이 라포르그를 통해 배운 것은 바로 "작품의 아이디어 혹은 제목"이라는 사실이다. 이것은 "라포르그의 시보다 제목에 더 끌렸었다"(Duchamp 124)는 그의 말에서 보다 극명하게 드러난다. 1913년 '아모리 쇼'에 출품한 그림 4점 중의 하나인 〈재빠른 누드에 둘러싸인 왕과 왕비 *The King and Queen Surrounded by Swift Nudes*〉가 어떻게 〈신속히 누드에 교차된 왕과 왕비 *The King and Queen Crossed by Nudes at high speed*〉라는 원래의 제목에서 바뀌게 되었는가라는 카반느의 질문에 그는 '재빠른(swift)'이란 말이 '신속히(at high speed)'보다 문학적으로 트인 말이여, 이것이 바로 "문학적 유희(literary play)"(Cabanne 35)라고 말했다. 이런 점에서 "그(뒤샹)를 시인이 아닌 화가로 보는 것은 적절하지 않은데, 어떤 경우에도 그의 활동은 그를 관습적 구분 너머로 이끌었기 때문이다"(Ades 133)라고 브르통은 '시인과 같은 화가'로서의 뒤샹을 예리하게 간파하고 있다.

마르셀 뒤샹, 〈재빠른 누드에 둘러싸인 왕과 왕비〉, 114.6×128.9cm, 1912, 필라델피아 미술관 소장.

〈재빠른 누드에 둘러싸인 왕과 왕비〉에서 알 수 있듯이, 뒤샹은 작품의 제목이 지니는 중요성을 강조했다. 다시 말해 윌리엄즈가 가장 우선적으로 뒤샹의 작품에 대해 주목했었던 것은 바로 작품의 제목이다. 1913년 해리엇 먼로(Harriet Monroe)에게 쓴 편지에서 윌리엄즈는 제목을 정하는 것을 하나의 예술로 간주하면서 "작품의 내용을 직접적으로 드러내는 것"보다는 "상상의 작업"으로 암시적인 제목을 정하는 것이 더 좋다고 역설한다.

> 모든 예술이 그러하듯이 제목을 정하는 예술은 뚜렷한 상상의 그림을 위한 여지를 명확하게 남겨두기 위해 만들어진 구체적인 에두름(indirections)의 문제가 아닌가? 내 생각에 작품의 내용을 직접적으로 드러내는 것은 그림을 그리는 방식에 언어라는 장애물을 집어넣는 것이다. 예를 들어, 노골적으로 "하늘의 전쟁"이라고 말하는 것 보다는 "땅위의 평화"라고 말함으로써 상상의 작업으로 하늘의 전쟁을 암시하는 것이 더 좋지 않은가? (*SL* 24)

"상상의 작업"을 통해 윌리엄즈는 자신의 시 제목을 시적 도구로서 사용하기 시작했다. 즉, 제목이 시를 읽는 독자들을 하나의 새로운 틀(framework)로 고양시킴으로써 시의 문맥을 재구성할 수 있다는 것을 그는 알게 되었다(Marling 59). 「예법 Tract」, 「기관차의 춤에 대한 서곡 Overture to a Dance of Locomotives」, 「외로운 제자에게 To a Solitary Disciple」, 「바다 코끼리 The Sea-Elephant」, 「모든 화려한 것들 All the Fancy Things」, 「욕망하는 다락방 The Attic Which Is Desire」 등과 같은 시는 그 대표적 예로 볼 수 있다.

무엇보다 다다주의와 "미국적인 어떤 것"의 상호관련성을 이해하는데 있어 필수적인 핵심 개념은 바로 레디메이드(ready-made)라 할 수 있다. 뒤샹은 "예술 작품도 아니고 스케치도 아닌, 예술 세계에서 어떤 용어도 적용될 수 없는 것들에 알맞은 단어"(Duchamp 125)로 레디메이드를 정의한다. 옥타비오 파스(Octavio Paz)가 레디메이드를 "말장난의 조형적 등가물(plastic equivalent of a pun)"(84)로 간주한 것처럼 "그 제목이 말장난과 시적 연관성의 네트워크 속에 채워져 있기 때문에 레디메이드는 관람자에게 언어의 창조적 잠재성을 기계적으로 발견하게 해주는 말장난으로, 의미의 릴레이로, 스위치로서 읽을 수 있게 된다"(Judovitz 10~11). 기성품이라는 말을 부각시키는 레디메이드는 1915년 뉴욕의 철물상에서 눈 치우는 삽을 한 자루 구입하고 그것에 〈부러진 팔 앞에 *In Advance of the Broken Arm*〉라는 글씨를 써 넣었을 때 갑자기 생겨났다고 뒤샹은 말한다(Cabanne 48). 아울러 레디메이드의 선택에서 중요한 것은 망막에만 호소하는 "물리적 회화가 주는 만족과 매력"에서 탈피하여 "미학적 감동이 없는 그 어떤 무관심에 다가가야 하며, 시각적 무관심(visual indifference)은 물론 동시에 좋아하거나 싫어하는 취향의 완전한 부재에 항상 토대를 두고 있어야 한다"(Cabanne 48)라고 강조한다.

눈삽, 병걸이, 휴대용 빗, 소변기 등과 같은 대량 생산품을 예술 작품으로 바꾸어 놓았던 레디메이드는 서구회화의 전통을 거부하는 다다의 전형적인 반예술적 요소를 함축하고 있다. 1913년에 만든 최초의 레디메이드인 〈자전거 바퀴 *Bicycle Wheel*〉와 더불어 〈약국 *Pharmacy*〉, 〈부러진 팔 앞에〉 등은 그 대표적 예이다. 중요한 점은 부정과 반항을 근간으로 순수예술의 토대를 무너뜨렸던 레디메이드라는 개념이 윌리엄즈가 주장하는 고유한 미국적인 예술에 대한 탐구와 불가분적 연관성을 지닌다는 사실이다.

윌리엄즈는 『자서전』에서 뒤샹의 대표적 레디메이드 〈샘〉을 언급하며, 이것이 바로 "새로운 어떤 것—미국적인 어떤 것"(*A* 134)이라 주장한다. 피터 홀터(Peter Halter)는 "우연(chance)이 진부한 예술적 개념을 극복하는 창조적인 원리라는 뒤샹의 믿음을 윌리엄즈가 공유했으며" 또한 "칸딘스키의 발견이 유럽에 적절한 것이었다면, 〈샘〉과 같은 뒤샹의 레디메이드는 다른 창조적인 예술 형식들 가운데서 미국에서 중요한 것이었다"(50)는 언급을 통해 미국 예술에서 차지하는 뒤샹의 중요성과 더불어 뒤샹과 아메리카니즘의 불가분적 연관성을 역설한다. 비이성적이고 불합리한 제목으로 보이는 〈부러진 팔 앞에〉라는 말은 뒤샹이 레디메이드에 언어적 색채를 가미하기 위해 취해진 것이다. 주목할 점은 윌리엄즈가 『지옥의 코라』에서 뒤샹의 대표적 레디메이드 〈샘〉과 더불어 〈부러진 팔 앞에〉를 선명하게 언급하고 있다는 사실이다.

> 한편에는 아렌스버그와 뒤샹 사이의, 다른 한편에는 나머지 심사위원회 위원들이 그 자기 소변기가 하나의 대표적인 미국의 조각품으로 1917년의 팰리스 전시회(Palace Exhibition)에 채택될 수 있는지에 대한 그 즐거운 논쟁은 망각되지 않아야 한다. 언젠가 뒤샹은 그날 그의 구성이 첫 철물가게에서 자신의 눈을 사로잡아 착수해야만 했던 최초의 사물이 될 것이라고 결정했다. 그것은 결국 그가 구입해서 스튜디오에 설치한 곡괭이로 드러났다. 이것이 그의 구성이었다. (*Imag* 9~10)

"자기 소변기"인 〈샘〉에 관한 논쟁이 "망각되지 않아야 한다"는 말을 통해 윌리엄즈는 뒤샹과 레디메이드에 대한 지대한 관심과 조예를 보여주고 있다. 곡괭이, 즉 눈 치우는 삽을 구입해서 그의 스튜디오에 설치하고 〈부러진 팔 앞에〉라는 제목을 붙임으로써 평범한 기성품이 예술 작품으로 승화될 수 있다는 레디메이드의 본질을 윌리엄즈는 정확하게 간파하고 있다. 나아가 이것을 "그(뒤샹)의 구성"으로 본다는 말은 레디메이드야 말로 순수예술에 대한 전통적 고정관념을 전복시키는 뒤샹의 "새로운 사유"라는 점을 간파하고 있음을 극명하게 보여주는 언급이다. 이와 관련해 타시지언은 "추상이 아니라 만질 수 있는 하나의 경험의 영역으로서 사물 그 자체가 시인의 관심을 끌었다"는 언급을 통해 "접촉" 개념에 들어맞는 레디메이드라는 뒤샹의 아이디어가 "관념이 아니라 사물에서(no ideas but in things)"를 주장했던 윌리엄즈의 시적 상상력의 원천이 되고 있다는 사실을 부각시킨다.

마르셀 뒤샹, 〈자전거 바퀴〉, 129.5×63.5×41.9cm, 1913,
뉴욕 현대미술관 소장.

마르셀 뒤샹, 〈부러진 팔 앞에〉, 132cm, 1915, 뉴욕 현대미술관 소장.

레디메이드는 접촉 개념에 들어맞는다. 뒤샹의 아이디어는 윌리엄즈의 마음에 오랜 기간 남겨졌다. 그래서 윌리엄즈는 『지옥의 코라』에서 뒤샹이 1915년 철물점에 가서 최초의 미국 레디메이드를 선정했던 것을 상기한다. 윌리엄즈가 실제로 선택한 눈삽(〈부러진 팔 앞에〉)을 곡괭이로 혼동했다고 하더라도, 그것은 시인을 매료시킨 그의 선택 행위에 의한 경우를 제외하고 명백히 예술가에 의해 바뀌지 않는 예술품의 자연 그대로의 가촉성(tangibility)이었다. 즉, "관념이 아니라 사물에서"라는 말은 1927년 『다이얼지 *The Dial*』에 처음 수록된 시 「패터슨 Paterson」에서 최초로 표현된 그의 원리중의 하나가 되었다. (59)

〈샘〉은 뒤샹의 레디메이드 중에서 가장 유명하고 논란이 되고 있는 작품으로 1917년 미국 독립미술가 협회(American Society of Independent Artists)의 연례 전시회를 통해 처음 알려졌다. 1917년 『맹인』 제2호는 R. Mutt이라는 가명으로 뒤집어 놓은 남성용 소변기 〈샘〉의 사진(143쪽 참조)과 함께 「리처드 머트의 사례 Richard Mutt case」라는 짧은 사설을 실었다. 여기서 뒤샹은 「리처드 머트의 사례」에서 레디메이드 〈샘〉의 전시 거부 스캔들에 대해 최초로 구체적인 견해를 피력한다.

머트 씨가 자신의 손으로 직접 〈샘〉을 제작했는지의 여부는 중요하지 않다. 그는 그것을 선택했다. 그는 일상적인 생활용품을 택하여 그것에 새로운 명칭과 새로운 관점을 부여하고, 그것이 원래 지니고 있는 실용적 가치를 상실하는 장소에 그것을 갖다 놓았다. 결국 그는 이 오브제에 새로운 사유를 창조해낸 것이다.
위생용품이라고 안 된다고? 한마디로 웃기는 말이다. 미국이 생산해낸 유일한 예술품은 위생용품과 다리이다. (Lippard 143)

머트 씨가 한 세 가지 일, 즉 오브제를 선택하고, 그것에 새로운 명칭을 부여했으며, 그것에 새로운 관점을 부여했다는 것이 바로 "새로운 사유, 즉 레디메이드이라는 점을 뒤샹은 분명히 밝히고 있다. "미국이 생산해낸 유일한 예술작품은 위생용품과 다리이다"라는 말은 유럽의 영향에서 벗어나 "접촉"과 "지역성"에 기반을 둔 테크놀로지의 산물 또한 미국의 고유한 예술품이 될 수 있다는 뒤샹의 "새로운 사유"를 단적으로 보여주고 있는 주장이다. 이는 "미국이 유럽의 예술이 끝났다는 것을, 즉 죽었다는 것을—그리고 미국이 미래 예술의 국가라는 것을 깨닫기만 하면 (…중략…) 마천루를 보십시오! 이것들보다 더 아름다운 것들을 유럽이 보여줄 수 있겠습니까?"(Tomkins 152)라는 그의 말에서 더욱 선명히 드러난다. 이런 점에서 홀터는 "윌리엄즈의 시가 뒤샹의 미국 테크놀로지의 찬양과 새로운 자기-확신이라는 더욱 광범위한 문맥 속에 속한다는 것은 명백하다"(Halter 99)고 역설한다.

요컨대, 레디메이드는 어떤 다른 예술 작품과 마찬가지로 "시는 어떤 것으로도 만들어질 수 있다(A poem can be made of anything)"(*Imag* 70)는 윌리엄즈의 확신을 구체화시켜주는 "새로운 형식"의 시에 비견될 수 있다. 이를테면 『봄과 만물』에 수록된 윌리엄즈의 단시 「붉은 손수레 The Red Wheelbarrow」는 뒤샹이 말하는 레디메이드의 시적 등가물로 볼 수 있다.

그렇게 많은 것
을 담은

빨간 외바퀴
손수레

빗물로
아롱져

그 곁에 흰
병아리들

so much depends
upon

a red wheel
barrow

glazed with rain
water

beside the white
chickens (*CP1* 224)

전체 16단어로 구성된 이 시는 〈샘〉이 소변기에서 예술품으로 변형되었듯이, 시인에 의해 선택된 평범한 사물들이 특별한 변형을 거쳐서 하나의 "새로운 형식"으로 승화된 것으로 보인다. 특히 뒤샹이 소변기를 예술의 문맥에 위치시킴으로써 우리의 미의식을 새롭게 한 것처럼, 윌리엄즈 또한 그의 재료를 시라는 환경에 위치시킴으로써 이 새로운 문맥에서 손수레라는 물질적 존재는 그것에 새로운 권위를 부여하고 있다. 타이포그래피적 배열과 거의 식별이 불가능한 통사론적 처리로 윌리엄즈는 "결국 그(머트 씨)는 이 오브제에 새로운 사유를 창조해낸 것이다"는 뒤샹의 주장을 「붉은 손수레」에서 텍스트로 구현하고 있다. 다시 말해 "시 속의 디자인과 그림 속의 디자인은 대체로 동일한 것이 되어야 한다"(*Interviews* 53)는 윌리엄즈의 주장에서 알 수 있듯, 비록 이 시는 언어적 서술로 구현되었지만 또한 회화적으로 재현된 "새로운 형식"의 시로 볼 수 있다. 이런 점에서 "「붉은 손수레」가 표면적으로 단순한 사실의 진술로 받아들일 때 누구나 이 시를 사소한 것이라고 말할 수도 있다. 하지만 하나의 시로서—즉, 전체 4연으로 이루어졌고, 한 연에 두 행으로, 각 연의 첫째 행에 두 개의 강세가 주어졌고, 각 두 번째 행에 하나의 강세가 주어진—이런 사소한 진술의 범위는 확장된다"(11)라는 세이어의 지적은 적절해 보인다.

요컨대 "시는 재료의 구성이다. 자동차 혹은 주방 난로는 재료의 구성이다"(*Interviews* 73)라는 그의 말에서 여실히 드러나듯 윌리엄즈는 재료 그 자체가 아니라 그 재료로 만드는 형식에 그렇게 많이 의존하고 있다. 「붉은 손수레」에서 보듯 윌리엄즈는 단순하고 평범한 물질을 진부하거나 없어도 되는 것으로 간주하지 않음은 물론 중요한/중요하지 않은 주제와 모티프 사이의 전통적 방식의 구분을 무너뜨리고 있다. 이와 관련해 세이어는 "예술가로서 윌리엄즈의 위치로부터 선택된 재료인 시를 구성하는 그 재료가 뒤샹의 레디메이드의 아우라(aura)를 취하기 시작한다"라고 언급하면서 「붉은 손수레」가 레디메이드적 시각에서 이해될 수 있음을 지적한다(14). 「붉은 손수레」 직후에 이어지는 산문에서 윌리엄즈는 각각 산문과 시로서의 「붉은 손수레」의 차이점을 지적하며 "시는 상상력의 결정화, 즉 새로운 형식의 완성과 관련이 있다"라고 다음과 같이 말한다.

> 지식의 커리큘럼은 과학적, 철학적 그 외 무수한 데이터 그룹의 과학으로 분리될 수밖에 없다. 서술적인 어휘들은 특정한 사물에 고착되어 있어서 굴이나 따개비와 같은 의미에 영향을 미친다. 이러한 것들은 존재하지만, 상상력의 에너지를 받을 때는 다른 상황에서 (…중략…) 산문은 정확하게 사실적인 해석에 입각하지 않으면, 그 산문은 존재하지 않는다. 시는 상당히 다르다. 시는 상상력의 결정화, 즉 새로운 형식의 완성과 관련이 있다. (*Imag* 138~140)

뒤샹의 페르소나(persona)인 머트 씨가 소변기를 〈샘〉이라는 예술 작품으로 변형시킴으로써 "새로운 사유"를 창조해낸 것처럼, 윌리엄즈는 「붉은 손수레」가 지니는 미학적 중요성은 바로 "새로운 형식"이라고 정의한다. 요컨대 윌리엄즈의 재료는 사소하고 진부하지만 이 재료를 시속에 위치시킴으로, 그 시는 예술 세계와 현실 세계, 또는 상상력을 "결정화하는" 세계와 사실을 단순히 진열해놓은 세계 사이의 급격한 균열을 뚜렷하게 보여준다.

『지옥의 코라』에서 뒤샹의 〈큰 유리〉와 〈부러진 팔 앞에〉를 각각 "시의 요체"(*Imag* 81)와 "그(뒤샹)의 구성"(*Imag* 10)으로 보았듯이 윌리엄즈는 『자서전』에서도 흰색 에나멜로 반짝이는 레디메이드 〈샘〉에 함축된 의미를 탐색한다. 그는 '아모리 쇼'에 가서 뒤샹을 포함한 유럽 아방가르드 화가들의 작품을 보고 완전히 넋을 잃었으며 뒤이어 〈샘〉을 보고 이것이야말로 "새로운 어떤 것－미국적인 어떤 것"이라고 강조한다.

> 회화가 리드했다. 그것은 우리에게 그 유명한 1913년의 '아모리 쇼'(Armory Show)에서 정점에 이르렀다. 나는 거기에 갔었고 나머지 작품들과 마찬가지로 전구가 켜졌다 꺼졌다하는 하나의 '그림'을 그리고 흰색 에나멜로 반짝거리는 멋진 주철(cast-iron) 소변기였던 뒤샹의 조각('Mott와 Co.'에 의해 만들어진)을 넋을 잃고 바라보았다. 그 당시 이 뛰어나고 인기 있던 젊은이의 이야기는 그의 상상력을 자극하는 어떤 가게일지라도 그는 매일 들어가서 그를 기쁘게 하는 무엇인가를—새로운 어떤 것—미국적인 어떤 것을 구입한다는 것이었다. 그것이 무엇이든, 그 소변기는 뒤샹의 그날의 '구성'이었다. (*A* 134)

"회화가 리드했다"는 언급은 윌리엄즈의 작품세계에 미친 시각예술의 중요성을 극명하게 보여주는 말이다. 윌리엄즈는 텍스트로 이루어진 시보다는 평면적인 문자 메시지를 보다 입체적이고 직접적으로 전달해주는 회화가 아방가르드 예술 운동을 주도해 나갔음을 인정하고 있다. 특히 그 대상이 무엇이든 "그의 상상력을 자극하는 어떤 가게일지라도 매일 들어가서 그를 기쁘게 하는 무엇인가를—새로운 어떤 것—미국적인 어떤 것을 구입했던" 뒤샹의 예술 행위가 바로 레디메이드라는 점을 윌리엄즈는 예리하게 간파하고 있다. 즉, 소변기를 구입해서 'R. Mutt 1917'이라는 서명과 연도를 기입하고 〈샘〉이라는 제목을 붙임으로써 그것이 대량 생산된 실용품을 넘어 미술 작품의 지위를 획득할 수 있다는 레디메이드 개념을 윌리엄즈는 '새로운 미국적 표현'으로 간주하며 자신의 시에 적용시키게 된다.

나가며

윌리엄즈와 뒤샹은 문학과 회화의 경계를 넘나들며 "새로운 어떤 것"을 추구하고자 했던 20세기 초기의 아방가르드 운동을 주도한 예술가로 평가받고 있다. 두 예술가는 뉴욕 아방가르드 운동을 이끌었던 아렌스버그 서클에서 함께 활동하면서 유럽 예술의 전통에서부터 자유를 표방했던 다다주의를 새로운 비전으로 받아들이게 된다. 특히 이들은 다다적 상상력을 발현시켜 "새로운 사유"와 "새로운 형식"에 기반을 둔 미국 예술의 정체성 확립에 기여했다는 점에서 지금까지도 미국 예술사에서 중요한 위치를 차지하고 있다.

사실 영미문학사에서 윌리엄즈만큼 다다주의에 대한 논의를 뒤샹과 연계시켜 구체적으로 다루고 있는 시인은 지금까지도 흔치 않는 것처럼 보인다. 무엇보다 윌리엄즈는 다다주의가 서구회화의 전통을 거부하면서 동시에 전통적인 것에서 새로운 의미를 찾는다는 점에서 고유한 미국적인 예술에 가장 잘 부합된다고 예리하게 간파했다. "나는 다다주의에서 출발하지 않았지만 그것을 쓰려고 내 영혼 속에 그것을 지니고 있었다"는 주장에서 여실히 드러나듯 윌리엄즈는 뒤샹과 함께 뉴욕 다다운동을 주도했던 대표적인 다다이스트라고 해도 과언

이 아니다.

요컨대 윌리엄즈의 다다주의에 대한 모든 논의의 중심에는 뒤샹의 영향이 깊숙이 자리 잡고 있다. 윌리엄즈는 『지옥의 코라』, 『봄과 만물』, 『위대한 미국 소설』, 『자서전』 등을 포함하여 여러 시와 산문에서 뒤샹의 작품을 심도 있게 분석하고 있다. 여기서 그는 뒤샹의 대표작인 〈큰 유리〉를 포함하여 〈계단을 내려가는 누드〉, 〈세 개의 표준정지〉, 〈부러진 팔 앞에〉, 〈샘〉과 같은 작품이 자신을 새로운 사유의 세계로 이끌었다고 밝히고 있다. 그는 〈큰 유리〉가 "창작욕"을 자극했으며, 이것이 곧 "시의 요체"라고 말한다. 아울러 그는 1913년 아모리쇼에 가서 본 〈계단을 내려가는 누드〉가 자신에게 "안도감"을 주었다고 밝힌다. 나아가 뒤샹이 "저장된 우연"이라 정의한 〈세 개의 표준정지〉에 대해 "두개의 대립하는 힘" 사이에서 어느 한쪽에 치우치는 "불운을 피하게 된다"는 다다적 상상력을 발현시키고 있다. 특히 윌리엄즈는 평범한 기성품을 예술 작품으로 승화시킨 뒤샹의 레디메이드가 함의하고 있는 본질에 대해 놀라운 통찰력을 보여준다. 그리하여 그는 〈부러진 팔 앞에〉를 "뒤샹의 구성"으로 보았으며, 〈샘〉을 다루면서 "시는 상상력의 결정화, 즉 새로운 형식의 완성과 관련이 있다"고 역설한다. 이런 점에서 「붉은 손수레」는 "뒤샹의 구성"에 기반을 두면서 동시에 "관념이 아니라 사물에서"라는 주장을 구현한 "새로운 형식"의 시로 볼 수 있다.

윌리엄즈는 "새로운 사유"에 기반을 둔 "뒤샹의 구성"이 바로 "미국적인 어떤 것"이라는 점을 예리하게 간파하고 있다. 그러므로 순수예술의 토대를 무너뜨렸으며, 예술과 일상생활 사이의 경계를 지워버리게 했던 〈샘〉과 같은 레디메이드가 바로 "새로운 어떤 것—미국적인 어떤 것"이라고 역설한다. 나아가 "〈샘〉에 관한 논쟁은 망각되지 않아야 한다"는 말은 뒤샹이 전복시켰던 미술의 개념이 당대는 물론 후대에도 계속 진행될 것을 예언한 윌리엄즈의 시대를 앞선 통찰이 아닐 수 없다. 이는 "〈샘〉의 외형은 20세기 초기의 것이지만 작품이 함축하고 있는 의미에 대한 뒤샹의 해석과 그 영향력은 1950년대 이후 가장 중요한 것이 되었다"(290)는 쉬너(Larry Shiner)의 말에서 극명하게 드러난다. 이렇듯 윌리엄즈는 뒤샹으로 대표되는 다다주의에 관한 논의를 "새로운 어떤 것—미국적인 어떤 것"과 연계시킴으로써 궁극적으로 "새로운 형식"에 기반을 둔 고유한 미국적 시학을 구축할 수 있게 되었다.

찰스 디무스와 정밀주의

1. 거울 이미지로서 디무스

예술의 역사에서 시와 그림, 즉 말과 형상이 어우러지는 형태는 예술의 생성단계부터 현대에 이르기까지 여러 모습으로 발견되고 있다. 시와 그림의 관계에 대한 최초의 언급은 그리스 시인 시모니데스(Simonides 556~468 B.C.)의 "그림은 말 없는 시, 시는 말하는 그림이다"라는 말에서 유래한다. 두 예술의 유사성을 언급한 이 문구는 그 후 "시는 그림처럼"이라는 호라티우스(Horatius)의 유명한 모토와 함께 문학과 회화의 친밀성을 대변하는 고전적 전거로 남아 있다. 현대에 이르러 아일랜드 시인 예이츠(W. B. Yeats) 또한 현대시의 흐름은 "수사나 추상"으로부터 "그림이나 심미적 심상"으로 그 중심이 전환되고 있다고 주장한다(Monroe 338 재인용). 이처럼 '자매 예술'이라는 용어까지 탄생시킨 시와 그림의 친밀성은 지금까지도 매체를 초월한 열린 대화의 장을 마련해주고 있다.

세계 예술사를 살펴보면 문학과 미술의 상호 관계성이라는 측면에서 유명한 예술가들이 많다. 대표적인 예로 엘뤼아르(Paul Eluard)와 피카소(Pablo Picasso), 아폴리네르(Guillaume Apollinaire)와 브라크(Georges Braque), 칸딘스키(Wassily Kandinsky)와 트라클(Georg Trakl), 그리고 도스

토예프스키(Fyodor Mikhailovich Dostoevskii)와 홀바인(Hans Holbein) 등이 있다. 20세기 초 전 세계적으로 기계시대와 모더니즘의 본격적인 도래와 더불어 작가와 화가는 새로운 예술적 상상력으로 문학과 미술의 상호 관계성을 발전시켜왔다. 이 시기에 미국에서도 많은 작가와 화가들이 상호텍스트적 대화를 토대로 더욱 풍성한 통합예술을 창출할 수 있었는데, 그중에서 윌리엄즈와 디무스(Charles Demuth)의 경우가 단연 돋보인다.

윌리엄즈는 화가를 꿈꾸었던 푸에르토리코(Puerto Rico) 출신의 어머니 엘레나(Elena)의 영향을 받아 한때 화가가 되려했고 일평생 그림에 남다른 관심과 조예를 가졌다. 이는 일평생 그가 디무스, 실러(Charles Sheeler)와 같은 정밀주의(Precisionism) 화가들과 긴밀한 친교를 유지하였음은 물론 스티글리츠(Alfred Stieglitz)를 비롯한 뒤샹(Marcel Duchamp), 만레이(Man Ray), 크레임버그(Alfred Kreymborg) 등의 예술가들과 더불어 활발한 예술 운동을 주도하였다는 사실에서도 명백히 드러난다.

디무스는 예술에 조예가 깊었던 가계(家系)에서 태어나 일찍이 미술에 몰두할 수 있었다. 디무스의 아버지는 재능 있는 아마추어 사진가였고, 두 명의 종조모들은 수채화가였으며, 그의 어머니 또한 미술에 깊은 안목이 있었다. 디무스는 화가가 되기 이전에 작가가 되려했고, 『타자들 *Others*』, 『맹인 *The Blind Man*』 등과 같은 예술 잡지에 시와 희곡을 발표했다. 더욱이 에밀 졸라(Emile Zola)의 『나나 *Nana*』, 헨리 제임스(Henry James)의 『나사의 회전 *Turn of the Screw*』, 에드가 앨런 포우(Edgar Allan Poe)의 「적사병 가면 The Masque of the Red Death」 등에 책의 삽화(book illustrations)를 그렸던 것 외에도 윌리엄즈를 비롯해 유진 오닐(Eugene O'Neill), 거투르드 스타인(Gertrude Stein) 등 동시대 작가들에 대한 포스터 초상화(poster portraits)를 그렸던 것은 디무스의 문학에 대한 지속적인 애정과 조예의 결과물이라 할 수 있다.

무엇보다 일평생 지속된 윌리엄즈와 디무스의 교분은 작품주제와 형식 양면에서 서로 영향을 주었다는 사실은 두 예술가에게 공존하는 상호텍스트성을 가장 잘 살펴볼 수 있는 근거가 된다. 윌리엄즈와 디무스의 불가분적 연관성은 이 두 예술가가 "서로의 거울 이미지"로 보인다는 딕랜 타시지언(Dickran Tashjian)의 언급(*American Scene* 66)에서 단적으로 드러난다. 필자는 윌리엄즈와 디무스의 작품을 구체적으로 비교·분석함으로써 시와 회화 사이의 긴밀한 상호관련성을 밝히고자 한다. 나아가 이들이 20세기 초 대표적인 유럽 아방가르드 예술로 간주되는 입체주의와 미래주의를 미국적인 주제에 접목시켜 발전시킴으로써 미학적이며 동시에 시학적 의미까지 함축하는 통합예술로 이해 될 수 있는 '정밀주의'를 추구하였음을 살펴본다.

2. 시와 그림의 융합

윌리엄즈와 디무스는 1903년 필라델피아에 소재한 펜실베이니아 대학과 드렉셀 미술학교(Drexel Institute)에 다니면서 처음으로 서로를 알게 되었고 일평생 긴밀한 교우관계를 유지했다. 그들은 진정한 미국적 예술은 유럽의 영향에서 벗어나 "지금, 이곳"에 있는 지역적 소재에서 파생되어야 한다는 견해를 공유하였다. 무엇보다 윌리엄즈와 디무스는 시와 회화라는 서로 상이한 매체를 통합하는 풍성한 예술적 상상력을 발현시켜 창작활동을 하였다.

윌리엄즈는 회화에 대한 깊은 관심과 조예를 바탕으로 시를 썼기 때문에 그의 시에는 회화적 특징이 선명하게 드러난다. 그는 월터 서튼(Walter Sutton)과의 인터뷰에서 "내가 점점 나이가 들어감에 따라 나는 시와 그림을 융합시켜 그것을 동일한 것으로 만들고자 했다 (…중략…) 즉, 하나의 디자인을 제시하고자 했다. 시 속의 디자인과 그림 속의 디자인은 대체로 동일한 것이 되어야 한다"(*Interviews* 53)고 말하며 시와 그림의 불가분적 연관성을 강조한다. 디무스 또한 1929년 『리틀 리뷰 *Little Review*』라는 잡지에 실린 「고백: 앙케트에 대한 응답

Confessions: Replies to a Questionnaire」이란 글에서 "만약 내가 글을 쓸 수 있으며 하나의 대의를 지니고 있음을 믿었다면—명백히 나는 지금 이 순간 내 조국에서 제작되고 있는 그림에 관한 글을 쓸 수 있었을 것이다"(Farnham 18 재인용)고 말하며 그림과 글의 긴밀한 연관성을 역설한다. 타시지언은 윌리엄즈와 디무스의 긴밀한 관계를 "서로의 거울 이미지"에 비유하면서 이들이 서로 간의 작품에 대해 대화를 나누고 발전시킴으로써 진정한 미국적 예술을 창조할 수 있게 되었다고 말한다.

> 하지만 두 예술가는 서로의 거울 이미지로 보일 수 있을 것 같다. 디무스는 1914년까지 작가가 되는 것을 진지하게 고려했는데, 그 때는 윌리엄즈가 시를 쓰기위해 그림을 포기했던 바로 그 시기이다. 다른 매체에 대한 그들의 헌신에도 불구하고 그들은 함께 시각적 예술과 문학 사이의 중간 지점에서 만나게 되었다. 윌리엄즈는 현대회화의 시각에서 시를 쓸 수 있었다. 한편 디무스는 글쓰기라는 측면에서 자신의 그림에 대한 논의를 했다 (…중략…) 그들 대화의 토대는 그들의 모더니즘에 대한 애착으로부터 미국 예술의 창조에 대한 필요성의 공감에 의해 궁극적으로 구체화 되었다. (65~66)

이 인용문에서 드러나듯 윌리엄즈와 디무스가 시와 그림이라는 서로 다른 매체의 경계를 초월한 예술의 통합을 실현코자 했다. 무엇보다 윌리엄즈는 서튼과의 인터뷰에서 "시와 이미지는 나의 마음속에 연결되어 있다"고 언급하며 자신과 화가 친구인 디무스와의 예술적 동질성을 강조한다.

> 시와 이미지는 나의 마음속에 연결되어 있다 (…중략…) 어떤 이미지가 캔버스에 놓이게 되면 그 이미지는 동시에 시와 그림이 되었고 그것은 내게 매우 풍요로운 것이 되었다. 나는 항상 화가들을 존경해 왔지. 나의

가장 친한 친구들도 화가들이다. 찰스 디무스는 가장 초기 친구들 중 하나였다. 그리고 내가 의학을 공부하러 필라델피아에 갔을 때, 나는 그가 지냈던 같은 기숙학교에서 식사를 했다. (*Interviews* 52)

1923년에 출간한 『봄과 만물 *Spring and All*』은 윌리엄즈가 디무스에게 헌정한 시집이다. 『봄과 만물』의 2번째 시 「화분 The Pot of Flowers」은 디무스의 1922년 작품 〈수선화들 *Tuberoses*〉이라는 수채화에 근거하고 있다. 「화분」과 〈수선화들〉이라는 제목에서 알 수 있듯 윌리엄즈와 디무스의 작품에서 공통으로 부각되고 있는 중심 모티프는 '꽃'이라 할 수 있다. 디무스는 일평생 단일주제로 가장 오랜 기간 몰입하고 관심을 가졌던 것은 대부분 수채화로 그려낸 '꽃 정물화'로 그는 1915년부터 꽃을 주제로 한 그림을 그리기 시작했다. 윌리엄 로자이티스(William Anthony Rozaitis)는 꽃과 꽃 이미지가 현대 세계의 타락에 맞서 약속을 잉태한 표상으로 부각되었고 동시에 미국의 '토착' 예술적 표현을 창출하려는 정밀주의자들(Precisionists)에게 중요한 제재가 되었다고 말한다(84).

정밀주의는 대개 1920년대 미국의 경제적 부흥 속에서 기계 문명과 산업화된 이미지, 형상의 단순화와 경계(edge)에 대한 강조, 깨끗한 표면 등을 소재로 담아내는 형식의 미술로 미국 미술의 정체성을 반영하는 미학적 실험이자 동시에 문화적 결과물로 간주되고 있다. 주목할 점은 미국의 정체성을 다루는 미학적 소재와 실험에 있어서, 미국의 정밀주의자들은 유럽의 아방가르드 화가들과는 다른 방식의 표현을 시도했다는 사실이다. 요컨대 뒤샹과 피카비아(Francis Picabia)와 같은 유럽의 화가들이 기계나 산업사회의 풍경을 미국성을 나타내는 이미지로 다루었다면 디무스, 실러, 오키프(Georgia O'Keeffe)와 같은 미국의 화가들은 르네상스의 회화처럼 초월적이고 고전적인 이미지로 표현하려 했다. 그리하여 그들의 작품에는 기계와 산업 이미지뿐만 아니라 꽃, 나무, 시내, 산 등과 같은 자연의 대상도 정밀주의 회화의 소재가 되는 이중성(doubleness)이 드러난다. 일견 꽃을 중심 모티프로 다룬 디무스와 윌리엄즈의 작품들은 정밀주의에서 강조하는 '산업주의와 기계문명에 대한 찬양'과 상충하는 듯 보인다. 하지만 꽃은 새로움과 향수, 가벼움과 무거움, 개별성과 보편성, 현실과 상상 등과 같은 이중성을 함축하고 있기 때문에 정밀주의자들이 그들의 미학적 특징을 표현하는 데 가장 보편적인 대상으로 활용되었다(Rozaitis 149).

여기서 정밀주의라는 명칭이 최초로 사용된 것은 1927년인데, 웰슬리(Wellesley) 대학의 교수였던 알프레드 바(Alfred H. Barr)는 보도인(Bowdoin) 대학에서의 강연을 통해 "미국적인 회화의 가장 뚜렷한 특징"이 무엇이냐는 질문에 실러와 디무스의 그림을 보여주며 '정밀주의'라 말했다(Stavitsky 21~22). 이후 밀턴 브라운(Milton Brown)은 정밀주의를 "입체적 사실주의"(Cubist-Realism)로 호칭하며, 이것이 "뒤샹과 피카비아의 입체적-메커니즘(Cubist-mechanism)"에서 연유한다고 말한다(52). 특히 로자이티스는 정밀주의자들이 주제에 대한 기본적인 이해, 즉 리얼리즘을 유지하면서 외적인 형태에 입체주의 원리를 적용시켰다고 말하며 정밀주의와 입체주의의 불가분적 관계를 지적한다.

> 정밀주의 예술은 형상의 단순화, 즉 사물에 대한 투명감, 부피감, 정밀함을 전달하려는 것으로 특징지어진다. 입체주의는 정밀주의 예술가들에게 그들의 기본 구조와 구조적 관계에 대한 대상의 축소를 통해 이런 단순화를 달성하는 방법을 제공한다 (…중략…) 그리하여 정밀주의 예술가들은 주제의 기본적인 이해력 혹은 "사실주의"를 유지하면서 입체주의의 원리를 외적 형상에 적용시킨다. 정밀주의 작품들은 아방가르드와 전통, 즉 파편화된 표면을 특징으로 하는 모더니스트 스타일과 전통적인 재현의 사실주의를 균형 잡히게 한다. (Rozaitis 145)

브라운은 정밀주의가 입체주의의 지대한 영향을 받았을 뿐만 아니라 이탈리아의 미래주의(Futurism), 영국의 보티시즘(Vorticism), 러시아의 구축주의(Constructivism), 프랑스의 순수주의(Purism) 등이 모두 정밀주의와 상통한다고 주장한다. 나아가 패트릭 스튜어트(Patrick Stewart)는 "윌리엄즈가 주창한 객관주의(Objectivism)는 정밀주의로 정의되는 것이 더 적절하다"(iii)라고 강조하며 정밀주의를 미술과 문학을 아우르는 예술로 규정한다. 한마디로 정밀주의는 "입체적 사실주의"라는 명칭에서 알 수 있듯이, 두 개의 상충되는 개념인 '추상과 구상'의 중간지점에 위치하고 있는 미술이면서 동시에 미술이라는 장르에만 국한되지 않고 문학 장르까지 아우르는 가장 미국적인 예술로 이해될 수 있다.

1916년부터 1917년 사이에 디무스는 지대한 입체주의의 영향 하에 버뮤다(Bermuda)에서 풍경화를 그리게 된 이래 자신의 정밀주의 기법을 발전시켜 나간다. 게일 스타빗스키(Gail Stavitsky)는 종합적 입체주의(Syntactic Cubism)의 평평한 하드에지적 면들(hard-edged planes)이 디무스의 초기 정밀주의 스타일에 기여했다고 말한다(14). 디무스는 1917년 이후 각을 이룬(angular) 스타일, 뚜렷한 윤곽 그리고 그의 정밀주의를 특징짓는 조심스럽게 통제된 색채를 통합한 입체주의를 실험하기 시작했는데, 이는 그의 '꽃 정물화'에서 두드러지게 나타난다. 이와 관련해 로자이티스는 디무스가 그의 초기 꽃 그림과 달리 "중심 대상을 둘러싼 공간을 남겨두면서 배경을 채우는 것을 중지했는데, 그가 1918~1919년에 그렸던 〈데이지 *Daisies*〉와 〈꽃들 *Flowers*〉과 같은 그림은 그 대표적

찰스 디무스, 〈데이지〉, 43.8×28.9cm, 1918, 뉴욕 휘트니 미술관 소장.

예이다"라고 말한다(263). 아울러 디무스는 대부분의 꽃 정물화를 수채화로 그렸는데, 이것은 유화(oil painting) 그림의 남성적 특징과 대조되는 여성적 특징이며 동시에 전통적인 사회적·예술적 관행에 도전하려는 디무스의 의지로 보인다. 디무스는 자신의 정밀주의 스타일을 지속적으로 개발하고 이것을 그의 꽃 정물화에 적용함으로써 시각적 유희, 즉 깊이와 부피의 일루젼을 창출할 수 있게 되었다(Rozaitis 267).

디무스는 1922년에 발표한 〈수선화들〉에서 정밀주의 스타일을 더욱 발전시킴으로써 전통적인 회화의 공간 개념을 붕괴시키고 있다. 이는 입체주의와 미래주의 회화에서 두드러진 특징으로 전통 회화에서 제재 배경 사이에 그어졌던 절대적 공간 개념에 대한 디무스의 명백한 비판을 보여주는 것이라 할 수 있다. 미술 비평가들은 회화의 제재를 긍정적 공간, 배경을 부정적 공간이라 정의한다. 〈수선화들〉은 이 제재와 배경 사이의 절대적 경계를 넘나들며 상호작용을 하고 있기 때문에 스티븐 컨(Stephen Kern)이 언급하는 '긍정적 부정 공간(Positive negative space)'(153)이라는 개념에 적용될 수 있다. 이런 맥락에서 〈수선화들〉에서의 빈 공간은 그 속에서 상상력이 자유롭게 활보하는 하나의 추상적 영역인 것이다. 그러므로 "화분의 '실제' 꽃은 두 개의 면들로 나누어지고 그런 다음 겹쳐진다(overlapped). 즉, 동시적인 병치가 공간을 통해 선형적 움직임을 대체한다"(Breslin 254).

실제로 디무스는 중심 모티프를 채색하지 않고 남겨둠으로써 수채화의 표면을 전경화시키고 있다. 이는 섬세한 꽃 이미지를 캔버스의 중심에 위치시키는 전통적 꽃 정물화의 단순한 재현을 거부하고 정밀주의의 원리를 적용시켜 새로운 '미국적 표현'을 창출하고자 한 디무스의 예술적 목표인 것이다. 이렇게 수선화의 윤곽은 꽃들의 '경계'와 그들을 둘러싼 대상들과의 관계를 강조함으로써 극단적으로 날카로워진다. 형상의 단순화와 경계에 대한 강조는 1916년 이후 그의 꽃 정물화에 적용된 디무스의 정밀주의 기법이라 할 수 있다. 즉, 윌리엄즈에게 있어 그러한 것처럼, 디무스에게 있어 경계는 잉여의 형식적(extra-formal) 에너지가 사용되는 무한한 공간이고 구성(composition) 그 자체의 진행에 대한 하나의 은유가 된다. 즉, 화가(관람자)가 그림을 완성시키기 위한 과정에서 메워야 하는 흰색의 공간(Rozaitis 278)인 것이다.

디무스가 그러했던 것처럼, 윌리엄즈 또한 미국 시인들 가운데 가장 빈번하게 꽃과 꽃 이미지를 작품의 중심 모티프로 사용했다. 마리아니(Paul Mariani)는 윌리엄즈가 일평생 200여 편에 달하는 꽃을 모티프로 다룬 시를 썼다고 말한다(697).

찰스 디무스, 〈수선화들〉, 34.2×29.2cm, 1922, 필라델피아 미술관 소장.

흔히 「화분」은 디무스의 〈수선화들〉을 윌리엄즈가 시적 언어로 재현한 시로 간주되지만, 디무스의 그림을 단순히 그대로 재현하기 보다는 시적 기능과 역할을 강조하는 재창조물이라 할 수 있다. 이것은 「화분」이 디무스의 그림의 단순한 축어적인 복사(literal transcription)가 아니며, 이 시가 제시하려고 한 것은 수채화의 인상을 언어로 재창조하려 한 것"이라고 강조하는 브레슬린의 언급에서 명백히 드러난다(251). 윌리엄즈는 불완전한 리듬, 독특한 시행배열(lineation), 그리고 디무스의 그림에 제시되지 않은 램프의 사용 등을 통해 새로운 시각적 조형성 창조와 더불어 해석의 다양성을 열어 놓고 있다.

분홍색이 뒤섞인다 흰색
꽃들과 뒤집힌 꽃들이
어스름한 불꽃을 피우고 흘린다
불꽃을 되돌려 던진다
램프 갓 안으로

엷은 자줏빛으로 비스듬히 그늘져

붉게 물든 꽃잎들이 있는 곳에 나선형의
꽃잎이 둥글게 불타오르는 초록빛 줄기의
꽃잎 위로 빛나고 있다

꿰뚫는 빛으로 눈부신 꽃잎들은
서로 위로 올라가려고
다툰다

잎사귀들 위로
화분의 테두리에서

차분한 초록빛으로 피어난

그리고 그곳, 완전히 어두운, 화분은
거친 이끼로 즐거워한다

Pink confused with white
flowers and flowers reversed
take and spill the shaded flame
darting it back
into the lamp's horn

petals aslant darkened with mauve

red where in whorls
petals lays its glow upon petal
round flamegreen throats

petals radiant with transpiercing light
contending
above

the leaves
reaching up their modest green
from the pot's rim

and there, wholly dark, the pot
gay with rough moss. (*CP1* 184)

전체적으로 「화분」은 선형적이고 매끄러운 진행을 끊임없이 방해하는 파편화된 구문으로 구성되는데, 이것은 파편화, 다중성, 그리고 추상적 디자인을 중첩하는 것을 특징으로 하는 입체주의 회화의 시적 적용으로 보인다. 시의 전반부에 나타난 "confused", "reversed", "shaded"라는 시어는 독자로 하여금 불분명하고 혼란스러운 감정을 느끼게 만든다. 즉, 시인은 "분홍색"과 "흰색" 꽃들의 대조, "붉게 물든" 꽃잎들과 "초록" 잎사귀들의 대조, 그리고 빛과 어두움의 대조를 통해 시의 리듬과 분위기를 혼란스럽게 뒤섞어 놓았다. 여기서 주목할 점은 윌리엄즈가 디무스의 그림에서는 나타나지 않는 램프를 등장시켜 화분을 비추고 나아가 색과 형상의 인상적인 교차(interplay)를 강화하고 있다는 사실이다. 램프는 확장되어가는 밝음과 축소되어가는 어두움이 교차하는 영역의 한 부분이 되고 불타오르는 램프의 흰색은 그것이 생겨난 갓(horn) 안으로 다시 되돌려 던져진다. 윌리엄즈는 자신의 꽃들을 그 꽃들 내부에서 발산되는 것처럼 보이는 광휘로 가득 채우기 위해 램프를 추가한 것처럼 보인다. 시인은 빛 이미지를 3번이나 언급하면서 정지해 있는 듯이 보이는 꽃들의 표면 아래에 존재하는 깊이감을 강조함은 물론 그 꽃들에 불멸의 생명력을 부여하고 있다.

『봄과 만물』의 대부분의 시에서 그러하듯이, 윌리엄즈는 「화분」에서 사물 각각의 개체성이 강조될 수 있고 동시에 힘찬 리듬감이 부여되도록 이월시행(run-on lines)을 두드러지게 사용하고 있다. 이것은 단일 시어가 하나의 의미론적 혹은 구문론적인 효과 이상으로 작용하게 의도한 것으로, 입체주의에서 연유한 윌리엄즈의 시작(詩作) 특징이다. 1행의 "white"는 처음에는 명사로 보이지만 다음 행을 읽게 되면 "flower"를 수식해 주는 형용사로 간주될 수 있다. 마찬가지로 6행과 9행의 "mauve"와 "round"도 각각 명사와 전치사로 보이지만 다시 읽게 되면 "red"와 "throat"를 수식하는 형용사로 간주된다. 그래서 이 시를 감상하는 독자는 지속적으로 방해받으며 앞으로 나아가는 것과 동시에 뒤로 물러나게 된다. 다시 말해 독자의 눈은 위와 아래로 선택적으로 이동하며 전위(dislocation)의 느낌과 더불어 서로 충돌하는 정적인 요소들의 강렬한 느낌, 즉 시의 불완전한 리듬과 자유로운 시행배열에 의해 시각적 특질이 강조된 느낌을 창출한다(Rozaitis 280). 이렇듯 윌리엄즈는 의도적으로 이월시행을 사용하여 언어 그 자체에 초점을 두게 만듦으로서 독자로 하여금 해석의 다양성을 열어 놓고 있다. 나아가 12행의 "above"를 빈 공간에 격리시킴으로써 시인은 이 시를 두 개의 면들로 분리되게끔 보이게 하며, 그럼으로써 궁극적으로 동시적인 병치로 인식되게 만든다(Breslin 257). 결론에 이르러 시인은 "modest", "gay"과 같은 시어를 사용하여 초록빛으로 피어난 잎사귀들과 이끼를 가진 화분에 안정감과 유쾌함을 부여하고 있다. 마지막 행의 "gay"는 앞서 언급된 "radiant"이라는 시어를 상기시키는데, 이것은 이 시가 비선형적이고 병치적인 구조로 되어 있음을 암시하고 있다.

「화분」은 『봄과 만물』의 다른 시들에서처럼 다원적 기호, 병치된 이미지, 변화하는 구문으로 충만하며, 그 언어는 〈수선화들〉처럼 농밀하고, 다각적(multidirectional)이고, 입체적이다(Breslin 254). 아울러 〈수선화들〉은 대상과 대상, 대상과 배경 사이의 상호작용을 강조함으로써 이들 사이에 그어졌던 절대적 경계를 붕괴시키고 있다. 입체주의 화가들은, 존 버거(John Berger)가 말한 것처럼, 서로 상이한 대상들이 "맞물려 있는 현상(the interlocking of phenomena)을 시각적으로 표현해낼 수 있는 하나의 시스템"을 창조함으로써 하나의 다이너미즘(dynamism)을 얻으려고 했다. 버거는 입체주의를 "전적으로 상호작용에 관련된 예술"(60)로 간주하는데, 〈수선화들〉에서도 채색되거나 완성된 면들과 채색되지 않거나 남겨진 면들 사이의 상호작용을 볼 수 있다. 윌리엄 말링(William Marling)은 디무스가 캔버스 위에서 꽃들과 잎사귀들 사이의 흰색 공간을 인상적으로 사용한 것처럼 윌리엄즈 또한 대상들이 서로 뒤섞이지만 그 배경에서 해방되어 종이 위를 자유롭게 떠도는 것처럼 보이는 시를 쓰려했다고 말한다(192). 나아가 피터 홀터(Peter Halter)는 관람자가 처음에는 단순한 집적(accumulation)처럼 보이는 세부 사항의 증가를 보지만 점차 충돌 혹은 병치에 근거한 몽타주로 변화하는 것을 감지한다고 말하며, 이 시의 서두는 디무스의 '미완성(non-finito)' 회화 기법이 적용되어 있다고 주장한다(86). 여기서 홀터가 말하는 '미완성' 기법은 그림에서 채색되거나 완성된 부분들과 채색되지 않거나 완성되지 않은 부분들의 대조를 통해 전체 구성에 있어서의 불가분적 상호작용을 역설하는 것으로, 2행의 "flowers and flowers reversed"과 같은 구절이 그 대표적 예이다. 이렇듯 윌리엄즈와 디무스에게 있어서 '경계'와 채색되지 않은 '빈 공간'은 그들이 추구하고자 한 예술의 중심에 자리 잡고 있다. 다시 말해 전통 예술에서 중심이 아닌 주변으로 간주되었던 '경계'와 '빈 공간'은 윌리엄즈와 디무스 사이에 이루어지는 상호텍스트성을 실현시켜준 필수적 구성요소가 되었다. 따라서 "꽃 정물화가 윌리엄즈와 디무스의 주제와 그 재현에 대한 그들의 공유된 태도를 드러내면서 또한 그들 사이의 공통분모를 나타낸다"는 로자이티스의 주장(270)은 적절하다 할 수 있다.

3. 디무스와 정밀주의

1928년 디무스는 윌리엄즈가 쓴 「거대한 숫자 The Great Figure」라는 시의 회화적 등가물인 〈황금빛 5란 숫자를 나는 보았다 *I Saw the Figure Five in Gold*〉라는 포스터 초상화를 완성했다. 포스터 초상화는 흔히 '포스터'라고도 불렸는데, 포스터라는 용어는 대개 1920년대 광고용 간판 혹은 빌보드(billboard)를 설명하는데 사용되었다. 완다 콘(Wanda Corn)은 디무스가 자신의 포스터 초상화를 좀 더 빌보드처럼 보이게 하려고 캔버스가 아닌 보드에 포스터 물감으로 그렸고 자신의 작품들을 포스터라고 명명했다(203)고 말한다. 디무스는 1923년부터 1929년까지 대략 8편의 포스터 초상 시리즈를 완성했다. 디무스는 이 기간에 자신과 친교를 맺었던 여러 예술가들의 포스터 초상화를 그렸는데, 그중에서 〈황금빛 5란 숫자를 나는 보았다〉는 그의 최고 걸작으로 평가받고 있다.

홀터는 〈황금빛 5란 숫자를 나는 보았다〉를 평하는 글에서 "디무스의 그림의 근본 목표는 윌리엄즈의 시의 목표와 동일하다—즉, 그것들은 당대의 미국적 풍경을 반영하도록 고안되었다"(103)라고 주장한다.

찰스 디무스, 〈황금빛 5란 숫자를 나는 보았다〉, 90.2×76.2cm, 1928, 뉴욕 메트로폴리탄 미술관 소장.

브레슬린은 디무스가 단순히 시에 의해 재현된 그림을 재창조하려 하지 않았고 또한 그 시의 스타일에 대한 시각적 등가물을 찾으려 하지도 않았으며, 대신 윌리엄즈와 그의 작품의 특징을 정의하려는 것과 동시에 그 시의 효과를 자신의 매체로 재창조하려 했다고 말한다(258). 이렇듯 디무스는 〈황금빛 5란 숫자를 나는 보았다〉를 구상하면서 윌리엄즈의 정체성과 더불어 미국적인 무엇을 표현하려 했다.

〈수선화들〉과 「화분」이 정밀주의 미학에서 강조되는 입체파적 특징이 두드러지게 드러나는 시와 그림이라면 「거대한 숫자」와 〈황금빛 5란 숫자를 나는 보았다〉는 미래파적 특징이 두드러지게 반영되어 있는 작품들이라 할 수 있다. 입체파 회화가 정물화, 초상화, 인물화, 풍경화를 선호하는데 비해, 미래파 회화는 빠른 속도로 달리는 자동차, 기차, 무희들, 움직이는 동물 등과 같은 대상을 선호하면서 역동성과 혁명성을 강조했다. 미래주의 운동은 1909년 미래주의(Futurism) 창시자인 필리포 마리네티(Filippo Marinetti)가 파리의 『르 피가로 *Le Figaro*』지에 미래주의 선언을 발표하면서 전세계적으로 전파되었다. "자신을 '유럽의 카페인'이라고 부른 마리네티는 전시회, 공연, 이벤트, 소논문, 광고성 행사, 그리고 빈틈없는 언론 조작을 통해 미래주의에 관한 이야기를 유럽 대륙 전체에 유포했다. 일차대전이 발발할 때까지 미래주의는 전 유럽을 통해 귀에 익은 이름이 되었으며, 미국과 브라질, 멕시코에서는 근거지를 확보하기까지 했다. 미래주의는 분노, 폭력, 진기함 그리고 흥분과 동의어로서 단연코 가장 눈에 띄는 국제적인 아방가르드 예술의 모습이었다"(Humphreys 49). 미국에서 미래주의는 "이탈리아 미래주의에 직접적인 영향을 받은 예술가로 간주되는 프란시스 심슨 스티븐스(Frances Simpson Stevens), 미나 로이(Mina Roy), 조셉 스텔라(Joseph Stella)를 비롯하여 간접적인 영향을 받은 존 마린(John Marin), 막스 웨버(Max Weber), 찰스 디무스 등과 같은 화가들을 통해 확고한 기반을 구축하게 되었다"(심진호 198). 에드워드 아이켄(Edward Aiken)은 디무스가 1917년부터 미래주의와 관련된 형식적 장치를 사용하기 시작했으며, 〈황금빛 5란 숫자를 나는 보았다〉는 미래주의 형식과 내용을 가장 완전하게 적용시킨 작품이라고 말한다(180).

1921년 출간된 시집 『신 포도 *Sour Grapes*』에 수록된 「거대한 숫자」라는 시에서 윌리엄즈는 움직임, 빛, 소리가 빚어내는 공간의 역동성을 정밀하게 표현하고 있는데, 이것은 "새로운 속도의 미"를 강조하는 미래주의 미학과 상통한다. 1909년 이탈리아 시인 마리네티(Filippo Marinetti)는 「미래주의 기초선언 The Founding Manifesto of Futurism」을 통해 새로운 과학기술에 기반을 둔 "새로운 속도의 미학"을 포고한다. 그는 "우리는 선언하노라, 새로운 미, 즉 속도라는 미가 세계의 장려함을 더욱 풍부하게 해주었다고. 보닛에 탄환처럼 질주하는 거대한 배기관을 장식한 경주용 자동차는 〈사모트라스의 승리의 여신상 *Victory of Samothrace*〉 보다 아름답다 (…중략…) 우리는 기계와 협력하려 한다. 그리하여 거리감과 황량한 고독, 그리고 이별의 격렬한 노스탤지어를 읊은 고색창연한 고전시를 파괴할 것이며 그 자리에 편재하는 속도의 비극적 서정성을 세우리라"(20). 윌리엄즈는 『자서전』에서 무더운 7월 어느 날 화가 친구인 마스던 하틀리(Marsden Hartley)의 화실로 향하던 중 요란한 소리를 내며 지나가는 붉은 소방차에서 번쩍이던 황금빛 숫자 5를 보고 "너무나 갑작스럽고 강렬한 인상"을 받아 「거대한 숫자」를 썼다고 말한다.

비와
빛이 교차하는
어두운 거리에서
붉은 소방차에 부착된
황금빛
5란 숫자를 나는 보았다
팽팽하게 긴장하여
주목하는 이 없이

폭음과
난폭한 사이렌 소리
덜컹거리는 바퀴 소리 내지르며
어두운 도시 속으로
사라져 간다.

Among the rain
and lights
I saw the figure 5
in gold
on a red
firetruck
moving
tense
unheeded
to gong clangs
siren howls
and wheels rumbling
through the dark city. (*CP1* 174)

전체적으로 수직으로 우뚝 솟아 있는 도시의 마천루 형상을 연상시키는 거대한 숫자는 윌리엄즈가 자신의 시에서 상징적 이미저리와 과도한 은유적 언어를 제거하고자 했던 기간에 쓰였다. 어두운 도시, 소방차, 거리의 조명 등과 더불어 붉은색과 황금색 그리고 폭음, 사이렌 소리, 바퀴 소리 등과 같은 1920년대 미국 대도시에서 발견되는 이미지들을 빠르고 역동적으로 전달하고 있다. 이처럼 이 시는 정밀주의 회화에서 많이 발견되는 기계와 산업화된 이미지들이 미국 문화의 중심으로 자리잡아가고 있음을 명백히 보여준다. 마치 한 컷의 스냅사진을 연상시키는 「거대한 숫자」의 주제는 요란한 소리를 내는 소방차가 아니라 시인의 의식 속으로 갑자기 뛰어들어 도시의 밤 속으로 빠르게 사라져간 소방차의 광경을 목격한 시인의 경험이다. 즉, 대도시에서 흔한 다소 진부한 경험을 정밀한 디자인으로, 또한 예술로 변형시킨 사람이 바로 이 시의 주제가 되는데, 이는 다름 아닌 시적 화자이자 목격자인 시인이다.

「거대한 숫자」의 각 행은 한 단어에서 다섯 단어로 구성되어 있고 독자로 하여금 시인 옆을 빠르게 지나가는 소방차처럼 속도감을 느끼게 하며 단일 대상, 감각, 혹은 소리를 정밀하고 구체적으로 묘사하고 있다. 시를 감상하는 독자는 첫 3행까지 빠른 속도로 진행되다가 4행의 "in gold"에 이르러 더 이상 앞으로 나아가지 못하고 멈춘다. 즉, "gold"는 시에 생명을 불어넣고 우리에게 달려와서 집중을 요구하는 것처럼 보이는데, 특히 "gold"가 다음 행의 붉은 배경에서 극적으로 위치할 때 더욱 그러하다. 6행의 "firetruck"에 이르러 독자는 5라는 숫자가 붉은 소방차 위에 번쩍이는 황금빛 숫자라는 것을 인식하고 전체 그림이 완성되었다고 생각한다. 하지만 바로 다음 순간 7행의 "moving"이란 단어로 인해 정적인 스냅사진은 갑자기 동적으로 바뀐다. 아이켄은 시에서 핵심적 역할을 하는 단어는 "moving"이며, 이 강렬한 단어가 〈황금빛 5란 숫자를 나는 보았다〉의 공간 안과 밖을 파도치면서 4번이나 겹쳐진(telescoped) "5"란 숫자로 디무스에 의해 극적으로 표현되었다(179)고 주장한다.

8행의 "tense"는 이 시에서 유일하게 은유적으로 사용된 시어로 긴장하고 있는 소방관과 전체 상황에 대한 시인의 감정적 동일시를 보여준다. 후일 디무스는 한 단어로 농축된 "tense"의 느낌을 추상적 방식으로 디자인함으로써 우리에게 더욱 효과적으로 전달한다. 윌리엄즈는 "through the dark city"라는 시구로 도시의 공간 속으로 멀어져가는 소방차를 묘사하면서 시를 끝내는데, 마지막 2행의 길이와 주변을 둘러싼 도시의 이미지는 독자로 하여금 색깔, 소리, 움직임의 순간적 번쩍거림이 가득한 시의 서두를 상기시킨다. 그리하여 거대한 숫자가 공간과 시간 속으로 사라지는 바로 그 순간 그 숫자는 정지되고 궁극적으로 하나의 예술 작품이 된다(Breslin 260).

〈황금빛 5란 숫자를 나는 보았다〉는 앞서 언급된 정물화 〈수선화들〉에서는 볼 수 없는 속도감과 역동성이 두드러지는데, 주목할 점은 디무스가 화폭을 대각선으로 가로지르는 "광선선"을 두드러지게 사용했다는 사실이다. "광선선"은 빠르게 변하는 운동을 반복된 선의 형태로 표현하는 기법으로 흔히 미래주의 회화의 대표적인 특징인 "역선(force line)"의 파생물로 간주되고 있다. 이런 "광선선"을 사용함으로써 디무스는 "비와 빛이 교차하는 어두운 거리"를 더욱 역동적으로 표현하고 있다. 더욱이 그는 윌리엄즈의 시 속에 묘사된 "폭음", "난폭한 사이렌 소리", "덜컹거리는 바퀴 소리"를 내며 빠르게 지나가는 소방차를 그림 중앙에 붉은색으로 처리했고, 소방차의 헤드라이트는 두 개의 흰색 동그라미로, 그리고 차의 차축(axle)과 바퀴는 그림 하부를 가로질러 길게 펼쳐져 바깥쪽 경계들에 걸쳐있게끔 창의적으로 표현했다.

무엇보다 이 그림에서 디무스는 「거대한 숫자」에 제시되지 않은 미국의 상업적 시각 문화를 암시적으로 표현하려 했다. 디무스는 윌리엄즈의 시를 시각적으로 그대로 재현하기보다는 자신의 그림에 빌보드, 광고, 네온사인 등과 같은 당대의 대중적이고 상업적인 문화를 반영하려 했다. 즉, 그는 자신의 그림에 숫자와 더불어 문자 및 단어와 같은 언어적 요소를 차용함으로써 당대의 상업적인 시각 문화를 반영하려 했다. 이런 점에서 〈황금빛 5란 숫자를 나는 보았다〉는 당대 미국 미술가들 사이에서 널리 그려졌던 상업적인 풍경의 회화적 기록이 아니라 상업적 활자 자체의 시각적 특성에 대한 화가의 관심을 반영하고 있는 작품으로 볼 수 있다. 주목할 점은 마천루, 공장 굴뚝, 철교 등과 같이 당대의 기계 문명을 반영하는 이미지들과 더불어 이런 상업적 시각 문화를 의미하는 문자와 숫자도 정밀주의 회화에서 광범위하게 차용했던 이미지들이라는 사실이다. 콘은 이 그림에 나타난 모든 숫자와 단어들은 대중적이고 상업적인 광고판에 흔한 활자체(typeface)로 되어 있으며, 나아가 이 단어들은 빌보드 혹은 스카이사인, 극장의 대형 천막(marquee) 그리고 가게 창문의 광고표지(signage)와 같은 세 가지 예로서 도시의 광고를 재현하고 있다고 말한다(Corn 206). 황금빛으로 번쩍이며 네 번이나 다른 크기로 나타나는 숫자 5는 고정된 이미지를 제공하는 회화적 재현이 아니라 움직이는 이미지를 제공하는 영화적인(cinematic) 재현처럼 보인다. 더욱이 5는 당대의 소방차뿐만 아니라 베이커리 가게의 광고에서 볼 수 있는 그래픽 스타일과 매우 유사하다. 5와 같은 숫자들은 당시 광고간판 전문 화가들이 자유롭게 묘사한 스텐실(stencil)과 같이 정밀하게 표현되었다.

아울러 그림에 등장하는 문자들은 1920년대 타이포그래피 디자인에 혁명을 일으킨 바우하우스(Bauhaus) 디자이너들에 의해 시도된 새로운 기계시대를 대변하는 활자체인 산세리프체(sans serif letters)이다. 그림의 하단에 나타난 디무스와 윌리엄즈의 이니셜(initials)인 C.D. 와 W.C.W. 또한 상업용 광고판의 언어, 즉 산세리프체로 되어 있다. 산세리프체의 단순하고 반듯한 글자체로 적힌 이 문자들은 장식성을 거부하고 단순성을 자랑하는 모더니즘 미술의 미학을 반영하고 있다(신채기 134). 그림의 좌측 상단에 등장하는 시인의 닉네임 "BILL"은 새롭고 대중적인 빌보드 형태인 "스카이사인"처럼 밤하늘 높이 위치해 있다. 이것은 또한 포스터와 동의어인 "bill poster"를 의미하는 디무스의 말장난(pun)으로도 보인다. 디무스는 시인의 중간이름 "CARLO"를 마치 시인을 브로드웨이 스타로 만드는 극장의 네온사인처럼 반짝거리게 표현했다. 특히 그림의 우측 하단의 환하게 불 켜진 가게 윈도우에 나타난 "Art Co."는 주식회사를 일컫는 'Inc.' 혹은 'Co.'의 약어이다. 이것은 디무스와 윌리엄즈가 공동으로 운영하는 "예술 주식회사(Art Company of two)"를 의미하는 것으로 이들의 불가분적 관계를 가장 함축적으로 보여주는 말이다. "예술 주식회사"가 암시하듯 디무스와 윌리엄즈는 긴밀한 상호텍스트적 대화를 통해 시와 그림 사이의 경계를 넘어선 통합예술을 창출하려 했다. 1928년 윌리엄즈가 디무스에게 보낸 서신을 살펴보면 〈황금빛 5란 숫자를 나는 보았다〉는 이들의 진정한 공동산물이었음을 여실히 증명해준다.

> 우선 나는 내가 이전에 구상했던 것 보다 그 5에 관한 그림을 좋아해. 하지만 중간에 있는 붉은색의 공백이 나를 성가시게 해 (…중략…) 하지만 네게 전화로 말한 대로 나 자신의 느낌은 그림 그 자체로부터 암시를 얻어야 한다는 것이야. 다시 말해 하나의 윤곽선이 부분적으로 다음 윤곽선으로 넘어가는 면들의 오버랩을 사용하는 것이지. 만약 그것이 그 견고한 붉은색 중심을 관통해 더 많이 사용된다면 (그것이 견고한 붉은색 중심을 둘러싼 5라는 숫자들 속에서 사용될 때) 전체 그림은 그것에 통일감을 부여하는 하나의 통합적 처리로 돋보일 텐데. 사실 너는 그림의 바로 그 중심에 어떤 처리를 했지만 그것으론 불충분해. (*SL* 97~98)

이렇듯 〈황금빛 5란 숫자를 나는 보았다〉는 두 예술가의 상호텍스트적 대화의 공동산물이며, 나아가 광고적이고 메시지 전달적인 면모를 강조한다는 점에서 정밀주의와 불가분적 연관성을 지닌다. 콘(Wanda Corn)은 디무스의 〈황금빛 5란 숫자를 나는 보았다〉를 모더니즘의 상위 원리와 저속한 거리 광고표지의 실천을 자의식적으로(self-consciously) 융합한 "빌보드 입체주의(billboard cubism)"라 칭한다.

> 대개 학자들이 디무스의 회화 스타일을 미래주의 혹은 입체-미래주의로 언급하지만, 이것과 다른 포스터 초상화들은 내가 빌보드 입체주의로 부르는 스타일로 그려졌다. 그것은 이 경우 입체-미래주의 구성 장치와 1920년대 포스터의 직설적 표현(bluntness), 비율, 현대적 타이포그래피, 그리고 가독성을 아우르는 스타일이다. 빌보드 입체주의는 모더니즘의 상위 원리와 저속한 거리 광고표지의 실천을 자의식적으로 융합하였다. (209)

여기서 콘이 말하는 "빌보드 입체주의"는 당대의 미국 대중문화를 가장 잘 보여주는 미술이자 동시에 입체주의의 지대한 영향아래 사실주의적 특성을 고수하려 했다는 점에서 "입체적 사실주의", 즉 "정밀주의"를 일컫는 또 다른 호칭이라 할 수 있다. 비슷한 맥락에서 브레슬린은 "디무스 그림의 양식은 예술정신에 있어 윌리엄즈의 시와 많은 공통점을 지니며, 이런 점에서 이들의 작품은 입체적 사실주의로 간주될 수 있다고 주장한다"(262). 따라서 〈황금빛 5란 숫자를 나는 보았다〉는 윌리엄즈와 디무스 사이의 "상호텍스트적 대화"를 가장 잘 실현시킨 작품이며 동시에 그들이 공통적으로 추구했던 정밀주의 미학의 결정체라 할 수 있다.

나가며

유럽에서 파생된 아방가르드 예술에 대한 맹목적 숭배가 만연했던 20세기 초 미국에서 윌리엄즈와 디무스는 시와 그림 사이의 경계를 넘나들며 가장 미국적인 통합예술을 실현해 나가고자 했다. 한때 화가와 작가를 꿈꾸었던 윌리엄즈와 디무스는 시와 그림이라는 서로 이질적인 매체에 지속적인 관심과 조예를 지니고 예술적 영감을 주고받음으로써 더욱 풍성한 예술적 상상력을 발현시킬 수 있었다. 한마디로 윌리엄즈와 디무스는 서로의 예술적 분신(alter ego)이라 할 수 있는데, 이 두 예술가의 관계를 "서로의 거울 이미지"라 언급한 타시지언의 말은 이를 여실히 증명해준다. 한 인터뷰에서 윌리엄즈는 "나는 시와 그림을 융합시켜 그것을 동일한 것으로 만들고자 하였다"(*Interviews* 53)라고 역설했는데, 이는 자신과 디무스의 불가분적 관계를 가장 함축적으로 표현한 말로 보인다. 디무스 또한 윌리엄즈와의 예술적 목표의 유사성을 간파하고 이것을 자신의 그림에 반영하려 했다. 이는 디무스가 〈황금빛 5란 숫자를 나는 보았다〉에서 윌리엄즈와 공동으로 운영하는 예술 주식회사를 일컫는 "Art Co."란 말에 극명하게 드러난다.

무엇보다 두 예술가의 공통점은 유럽이 아닌 "지금, 이곳"을 강조하는 정밀주의에 근거하여 새로운 미국적 표현을 창출하려 했다는 사실이다. 정밀주의는 입체주의와 미래주의에 지대한 영향을 받았기 때문에 그들의 작품에는 이런 특징들이 뚜렷이 드러나 있다. 디무스의 〈수선화들〉과 이 그림에 근거하고 있는 시 「화분」은 정밀주의에서 강조되는 입체주의적 특징이 두드러지는 작품이라면, 윌리엄즈의 「거대한 숫자」와 이 시에 근거한 그림 〈황금빛 5란 숫자를 나는 보았다〉는 미래주의적 특징이 두드러지는 작품이다. 즉, 이 작품들은 형상의 단순화, 경계에 대한 강조, 파편화, 다중성, 추상적 디자인의 중첩, 그리고 속도와 역동성의 강조, 미국 산업주의와 기계문명에 대한 찬양 등과 같은 정밀주의에서 역설하는 입체주의적·미래주의적 특징을 포괄적으로 반영하고 있다.

이처럼 정밀주의는 두 예술가들을 하나로 묶어 주는 중요한 고리 역할을 한다. 주목할 점은 이 두 예술가가 서로의 시와 그림을 단순히 있는 그대로 재현하기 보다는 언어와 형상 매체가 지니는 각각의 한계를 상보함으로써 새로운 통합예술을 창출할 수 있었다는 사실이다. 즉, 윌리엄즈가 자신의 시에 회화적 요소를 도입하여 새로운 시각적 조형 언어를 창출할 수 있었다면, 디무스는 문자와 단어와 같은 언어적 요소를 자신의 그림에 과감히 도입함으로써 새로운 시각 문화를 반영하는 작품을 창조할 수 있었다. 이런 맥락에서 그들의 작품은 상호텍스트적 대화의 공동산물이라 할 수 있다. 따라서 윌리엄즈와 디무스의 작품은 그들의 통합예술에 대한 열망을 반영할 뿐만 아니라 우리에게 통합예술을 지향하는 정밀주의에 대한 이해와 수용의 폭을 넓혀준다 할 수 있다.

제3부

Williams' New Historical View
The Ecofeminist Vision
Charles Sheeler and Photographic Images
Walker Evans and Documentary Style

A big young bareheaded woman
in an apron

Her hair slicked back standing
on the street

One stockinged foot toeing
the sidewalk

Her shoe in her hand. Looking
intently into it

She pulls out the paper insole
to find the nail

That has been hurting her

Williams' New Historical View

1. Rewriting American History

Williams claims "all 'colonial imitation' must be swept away" in *In the American Grain*(*IAG* 219). For Williams, America is a conquered land, colonized by Spaniards and other Europeans, and he writes of the horrors of conquest and imperial hegemony demanding that we, white males, have to reinterprete American history that has reflected typically Western perspective. Williams points out "History, History! We fools, what do we know or care? History begins for us with murder and enslavement, not with discovery"(*IAG* 30). In fact, Williams intentionally shows the chapters fraught with violence, murder, enslavement through the first half of *In the American Grain*. He displays how New World conquerors and the Puritans with greed and fear destroy native Americans and their cultures. He denounces that both the conquerors and the Puritans make the futile effort of trying to transplant false social structures upon a new soil. He argues that the Spanish conquerors such as Cortez and Ponce de Leon failed because they did not attempt to build from the ground upwards, with the materials on hand. He also shows the Puritan's fear of contact for the wilderness, Indians, and women. Much worse, this fear of contact brings violent battle in the name of Christianity and Civilization.

For Williams, writing history is reinterpreting the texts and interpretations that have solidified into accepted truths. In writing *In the American Grain*, Williams eschews the standards practices by which historians create the illusion of a well-ordered past. He argues that the origins of American literature should not be found in the nineteenth century and certainly not in the works of those classic American writers whom he denounced as products of "a field of unrelated culture stuccoed upon the New World landscape"(*IAG* 212). Cannonized American literature to Williams is a "dead layer" that covers "the ground" and smothers the growth of authentic New World writing(*IAG* 213).

Considering the above statements, Williams' historical view is consistent with postcolonial critics' heading for the new position of marginality, difference, and otherness with de-centered consciousness. In addition to de-centered consciousness, many postcolonial critics argue that hybridity represents the best hope for the future society which recognizes its own multiplicities and relates to wider, extra-national culture connections to do with language, gender, race, religion and sexuality. Williams also argues that "hybridization" and "crosspollenization"(*IAG* 121) give us the way to obliterate the drawbacks of white male-centered consciousness. He regards Père Sebastian Rasles and Aaron Burr as the forerunners embodying hybridization and crosspollenization in *In the American Grain*. Rasles and Burr are not dispossessed by their respective communities. Rather, they themselves seek to move beyond the social confines, to enter the New World communicatively, and thus to touch, descend and become a part of it. In this regard, I believe that Williams' assertion is consistent with that of postcolonial critics and writers reflecting marginalized others' perspectives in the typical Western literary tradition. In short, rewriting American history, Williams could open a fascinating new way for the critique of all American literature. I shall argue that Williams is a forerunner overthrowing the Western colonial view of history and predicting the future belongs to the hybridity and crosspollenization.

2. De-Centered View on History

Williams argues that "history must stay open, it is all humanity. Are lives to be twisted forcibly about events, the mere accidents of geography and climate?"(*IAG* 188). He describes that white males must discard the inherited colonial consciousness in *The Embodiment of Knowledge*:

> Each age wishes to enslaves the others. Each wishes to succeed. It is very human and completely understandable. It is not even a wish. It is an inevitability. If we read alone we are somehow convinced that we are not quite alive, that we are less than they—who lived before us. It grows and obsesses us. It becomes a philosophy, a cynicism. We feel that something has died but we are not quite sure what. Finally it seems to be the world, the civilization in which we live. Actually we are enslaved. It is necessary to overcome that. (107)

The above statement clearly shows that Williams equates the immediacy of the now with the here of America against the then and there of a distant Europe. He emphasizes that the way to build is to write while remaining rooted in the immediacy of the present, to write so that "WE are the center of the writing, each man for himself but at the same time each man for his own age first" (*Embodiment of Knowledge* 107).

For Williams, an authentic American Literature would not be far from the historical circumstances of the nation. There are lots of Williams' works commenting on the historical circumstances of America, but it is in *In the American Grain* that he highlights his revisioning of the ideological frames that have come to define the nation. As an inspired experiment in historical writing, *In the American Grain*, composed of twenty-one essays on American history, was first published in 1925 and is today recognized as one of Williams' major literary achievements. Through Williams' reconsideration of American history, the country's past is granted both a voice and a textual gathering that is varied in its approach, narrative structure, and discourse. The diverse voices of the past—Red Eric, Christopher Columbus, and others—must be reinterpreted because of their close and intimate juxtaposition with each other and with the present.

History itself loses its linear, objective appearance as Williams opens up the texts of the past to contemporary questions concerning the roles of subjectivity, circularity, and perspectivism. *In the American Grain*, Williams wouldn't regard history as an encompassing frame defined by one specific ideology. Williams claims that history is rendered in fragments and is the product of isolate minds, thus the individual voice must be heard first and considered with greater importance before one can comprehend the outward products of that individual. In this book, Williams' voice, the voice of the new myth-maker, the poet-historian, mingles with his other narrators and results in the creation of mutually enlightening dialogues. Calling *In the American Grain* "the Ur-text of American modernism's preoccupation with history as a recuperative tool"(20), Paul Jay comments that "Because it is a history for America, rather than a history of America, the past emerges *In the American Grain* as its product, not its topic. It is for this reason that Williams's book is, in the final analysis, ideologically skewed. Its historical analysis lapses into the creation of an over-determined (and over-determining) sexual myth, but its metahistorical premises demystify the relationship between history and its discursive origins"(25).

It is noteworthy that Williams tried to deconstruct American history by rewriting it from the perspective of the marginalized others such as Indians, women, and minorities of that time in *In the American Grain*. In choosing the Icelandic saga of Red Eric as a beginning of *In the American Grain*, Williams opens history to the deep level of violence and oppression that marks the first entry of Western patriarchy in the Americas. Linda Kinnahan maintains that this initial essay sets up a pattern of patriarchal lineage and power that prefigures the European and English colonization of the New World(87).

For Williams the authentic American literature should not represent Anglo tradition. He stresses touching the ground of the local to enter the New World communicatively. He argues that in order to achieve a poetic knowledge of that ground, we must first sink into the soil of the local, so that we can have the American self. In Williams' analysis, the American self is more closely linked to the perceptions of the native spirit. In "The Destruction of Tenochtitlan" chapter, Williams regards Montezeuma as the purest and best ideals of the New World. As with their religion and city, Montezeuma's people created sculpture and art that were intimately a part of their living landscape. By harmonizing and seeking to integrate with it, the Aztecs stand far removed from the Puritans who would debase instinctual responses and who would live in fear of the wilderness. The vital life of the city withered almost as soon as Cortez arrived. Kinnahan argues that Cortez's destruction of Tenochtitlan, performed with malicious intent, displays a more horrific sacrifice of humanity based not on a "continuous identity with the ground" but upon an adversarial relationship with it, a desire to possess and deplete it(92).

Similar to Cortez, Ponce de Leon encounters the New World with little comprehension of its beauty. Ghazala Hashimi maintains that "The Fountain of Eternal Youth" chapter on Ponce de Leon is significant for here Williams creates a new American self, one that is now divided between its primal urges: native and European(151). Williams reveals that the nation's history is more closely related to the destruction of the land rather than with its discovery for the poetic American self:

> History, History! We fools, what do we know or care? History begins for us with murder and enslavement, not with discovery. No, we are not Indians but we are men of their world. The blood means nothing; the spirit, the ghost of the land moves in the blood, moves the blood. It is we who ran to the shore naked, we who cried, "Heavenly Man!" These are the inhabitants of our souls, over murdered souls that lie (……) agh. Listen! (*IAG* 39)

Recovery of these native Americans, a recognition of non-Westernized and unmasculine contact, motivates Williams' revisionary project as he asks: "Do these things die? Men do not know what lives, are themselves dead. In the heart there are living Indians once slaughtered and defrauded"(*IAG* 42). As Americans, Williams implies, white males live with the internalized struggle between Indian and European, contact and conquest, life affirmation and slaughter:

> If men inherit souls this is the color of mine. We are, too, the others. Think of them! The main islands were thickly populated with a peaceful folk when Christ-over found them. But the orgy of blood which followed, no man has written. We are the slaughterers. (*IAG* 41)

Regarding we, white males, are both "the others" and "the slaughters," Williams embodies paradoxical tension between identity and difference with an equally complicated tension between the present and the past. Brian Bremen maintains that "'We are, too, the others' and this 'recognition' of both the self in the other and the other in the self may be the most vital part of Williams's notion of self-creation"(144).

Ponce de Leon embodies the transparent values of a fully material life. There is little of poetry and beauty in this chapter. Whereas Cortez is balanced by the ephemeral grace of Montezeuma, Ponce de Leon's path is a chronical of pure destruction and of greed that knows no bounds in its ambitions.

In "Voyage of the Mayflower" chapter, Williams strongly criticizes the Puritans' enclosed and narrow-minded perspectives. He argues that "they were condemned to be without flower, to sow themselves basely that after them others might know the end. Each shrank from an imagination that would sever him from the rest"(*IAG* 65). In severing the flesh from the spirit, in making one the antagonist of the other, the Puritans sever the interconnectedness of life. For Williams, the puritans absorbed the fiercest and most unnatural strains of the world about them and expressed that which was unreal and grotesque. With fear of contact, the puritans turned inward and reproduced themselves, which means a process that breeds only sterility:

> The result of that brave setting out of the Pilgrims has been an atavism that thwarts and destroys. The agonized spirit, that has followed like an idiot with undeveloped brain, governs with its great muscles, babbling in a text of the dead years (……) One had not expected that this seed of England would come to impersonate, and to marry, the very primitive settlers and turn them against themselves, to befoul the New World. (*IAG* 68)

Williams' indictment of the Puritans extends throughout *In the American Grain*, emerging not only in the Mayflower chapter but also in his discussions of Thomas Morton, Cotton Mather, George Washinton, and Benjamin Franklin. In his consideration of Morton, Mather, Franklin, and Washington, Williams seeks to illuminate the Puritan impact upon the New World through the men who confronted the Puritan mind, ascribed to its values.

Traditional discussions of Morton merely present him as a libertine bold enough to oppose the more staid members of the Puritan community. However, in Williams' historic and poetic perspectives, Morton's greater value as a historical figure resides "elsewhere, upon the more general scene of the New World, in his relationship with its natives —to which the Puritans so violently objected"(*IAG* 76). Ghazala Hashimi maintains that Morton's reputation as one who took liberties with Indian women serves as a vehicle for Williams, allowing him to progress into a larger consideration of the role of sexuality among native Americans and its contrasting evocation among the Puritans(159). Through misogynist Westernized images, many early American writers constructed familiar stereotypes of Indian women, operating under the assumption of universal morals regulating woman's sexuality and the family unit. Moreover, the Puritans equated Indian eroticism with a demonic power. In this regard, Morton's relationship with Indian women inspired Puritan fear as much as disgust and eventually triggered a violent reaction. Morton, in contrast, believed the Indians were descended from the heroic Greeks, and he foresaw a renewal of Christianity in its merger with native cultures. Williams advocates Morton's sexuality points up to the true nature of the Puritan.

Along with the blaming on the Puritans, Williams' most emphatic utterance come in his consideration of Père Sebastian Rasles, the French Jesuit missionary. It is important to know the "Père Sebastin Rasles" chapter is the only chapter in the history to make significant use of a non-English text in *In the American Grain*. Williams had a chance to meet a French writer, Valery Larbaud(1881~1957), and discussed the history of America during his sojourn of Europe in 1924. In a letter to Marianne Moore, Williams wrote as follows: "I had a fine afternoon alone with Valery Larbaud, who talked to me of Spanish literature. We also talked of Bolivar and the grand manner in which Spanish undertook its new world colonization as contrasted with England's niggardliness" (*SL* 60). But discussing the works of Cotton Mather and the letters of Sebastian Rasles in *Lettres edifantes*, Williams becomes more and more exacerbated by Larbaud's scholarly detachment from the books they discuss. Larbaud, heading for more traditional academic orientated way of reading history, avoided to remark on Mather's book and *Lettres edifantes* Williams wanted to discuss. Considering this background, Bryce Conrad maintains that what Williams has done in "Père Sebastina Rasles" is essentially to shape Larbaud as a symbolic mask representing the limited vision of the conventional intellectual's way of seeing history (21).

Williams displays Rasles in detail as follows: "A Catholic, a Jesuit, Rasles lived thirty-four years, October 13, 1689 to October 12, 1723, with his beloved savages, drawing their sweet like honey, TOUCHING them every day"(*IAG* 120). Like Morton, Rasles too stands in opposition to the Puritans, the ones "afraid to touch" the New World(129). Williams strongly argues that "All that will be new in America will be anti-Puritan"(*IAG* 120). Rasles's importance for Williams stems from the fact that he lived with the Indians, not within a community that kept them far removed. Living with his beloved savages and touching them every day, Rasles opens up the very Church itself to an acclimatization with the New World. An alternative to the Puritan's violent battle against the wilderness, Rasles' interaction with the native Indians and land provides an ethical model and moral base within American history. Williams argues that it is the "quality of this impact upon the native phase that is the moral source I speak of, one of the sources that has shaped America and must be recognized"(*IAG* 122).

In Williams' historical configuration, both the Indians and women suffered from the denigration of earthly contact. Fearful of the corruption of their civilized and Christian purity, the Puritans could not afford to allow their senses to wander, and the rigidity of their social definitions assumes the purposes of preserving this claim of purity:

> The Puritan, finding one thing like another in the world destined for blossom only in 'Eternity,' all soul, all emptiness, then here, was precluded from SEEING the Indian. They never realized the Indian in the least save as an unformed PURITAN. The *immortality* of such a concept, the inhumanity, the brutalizing effect upon their own minds, on their SPIRITS—they never suspected. (*IAG* 113)

The Indian is defined by that sect in the mold of the savage, "men lost in the devil's woods, miserable in their abandonment and more especially damned"(*IAG* 110). Commenting on Williams' rewriting American history from the Indian's perspective, Lola Ridge maintains that "In him the Indian lives. I say the Indian, advisedly, for the race looms as one man, an over life-sized figure, ruthless, vivid, stark, moving swiftly. It is the Indian who really dominate this book. To Williams he is as much a part of the New World as are her prairies and great rivers; a being never to be exterminated, a red power passing silent, subtle, into the white bodies, in and under the white skins"(149). Believing that white Americans are very similar to the Indians because white Americans have inherited the soul and blood of "red power", Williams argues that "I do believe the average American to be an Indian, but an Indian robbed of his world"(*IAG* 128).

In addition to the Indians, women are defined within a mold that seeks to contain their otherness and to separate them from their bodies. Williams criticizes the Puritan tradition in which women's social roles are suppressed:

> Is there another place than America (which inherits this tradition) where a husband, after twenty years, knows of his wife's body not more than neck and ankles, and four children to attest to his fidelity; where books are written and read counselling women that upon marriage, should they allow themselves for one moment to enjoy their state, they lower themselves to the level of the whore? (*IAG* 112)

Williams perceives this molding force ideologically embedded within "books," and goes on to focus upon the genre of the captivity narrative.

Presenting Hannh Swarton's narrative, Williams has further extracted it from the form in which it is lodged, freeing it up for his own purpose. Conrad maintains that this technique of dislodgement is also to be found in Williams' treatment of other source texts for *In the American Grain* (68).

The restoration and reinterpretation of marginalized others such as Indians, women and minorities are postcolonial writers' ultimate goal. Prominent postcolonial critic Edward Said maintains that the task for postcolonial writers was to "reclaim, rename, and reinhabit the land" both literally and metaphorically(273). Regarding Western History as a site of struggle and resistance, conquest and death, and contention and confusion, Neil Campbell and Alasdair Kean maintain that the exclusiveness under white superiority is linked through the metaphors of violation: "women, Indians and Mexicans and the land are all tied to an identity and history that revisionism has sought to reassert"(130). In this regard, Williams' desire to retrieve marginalazied others under white superiority is consistent with postcolonial writers' assertion.

In postcolonial discourse, women's sexuality functions as an important mechanism to overthrow dominant Western perspectives. Many postcolonial critics denounce that colonialism erodes matrilineal or woman-friendly cultures and practices, or intensifies women's subordination in colonized lands. Ronald Hyam maintains that "the expansion of Europe was not only a matter of 'Christianity and Commerce' but also of copulation and concubinage"(2). Relating women's sexuality as a negative influence on Imperial structure, Anne McClintock also maintains that "controlling women's sexuality, exalting maternity, and breeding a virile race of empire-builders were widely perceived as the paramount means for controlling the health and wealth of male imperial body politic"(47).

Colonial frontiers offered Europeans the possibility of transgressing their rigid sexual mores. Sexual relations in non-European cultures were certainly different and sometimes less repressive than in Christian Europe. For most European colonialists, however, the promise of sexual pleasure rested on the assumption that the darker races or non-Europeans were immoral, promiscuous, libidinous, and always desired white people. Ania Loomba points out that while cross-cultural sexual contact was certainly transgressive, we should not forget that colonial sexual encounters, both heterosexual and homosexual, often exploited inequities of class, age, gender, race and power(158). Evoking what Loomba calls "the fear of cultural and racial pollution prompts the most hysterical dogmas about racial difference and sexual behaviors" (159), Williams wants to embody the hyrbridized and crosspollenized New World retrieving women's sexuality condemned by the Puritan fathers.

It is noteworthy that Williams closely connects women's sexuality with "the fecundating principle," claiming in his *Autobiography* "sex is at the bottom of all art"(*A* 373). Williams praises the fertility dance of the Chippewas, outlawed by the Puritans because it celebrated an eroticized fecundity that, to their minds, illicitly and publicly condoned the sexual dimension of the generative process:

> Addressed to the wrong head, the tenacity with which the fear still inspires laws, customs,—the suppression of the superb corn dance of the Chippewas, since it symbolizes the generative processes—as if morals have but one character, and, that,—SEX: while morals are deformed in the name of PURITY; till, in the confusion, almost nothing remains of the great American New World but a memory of the Indian. (*IAG* 157)

The above statement shows that the Puritans regarded customarily open sexuality of Indian women as threatening to corrupt Christian goodness. Williams' assertion, in this respect, is consistent with McClintock's comments: "the idea of racial 'purity' depends on the rigorous policing of women's sexuality"(61). Williams accordingly complains that modern America is a culture of "Men weaving women, women spouting men,"(*IAG* 178) a culture that associates procreation with its women and creation with its men. However, the most important thing on women's sexuality is that Williams' view of American history argues against the division within the feminine of the sexual and the maternal. Against historical division between the maternal and the sexual under patriarchal values, Williams wants to draw the retrieval of the authentic feminine integrating both the maternal and the sexual.

Williams' most detailed discussions on women and sexuality can be found in "Jacataqua" and "The Virtue of History" chapters in *In the American Grain*. In these two essays, Williams regards Jacataqua, a mixed of French and Indian blood, as the New World woman embodying both the maternal and the sexual. "Jacataqua" is a curious chapter dealing with the barren, stifled quality of American women and their sexuality. Not until the last two pages does Williams reach Jacataqua. Williams believes that American history is largely the story of the destruction of the female body. For this reason, Jacataqua is invented to fill the absence that is the actual subject of "Jacataqua"—the absence of a female flowering in America. Despite this significance, "Jacataqua", the only chapter of *In the American Grain* to name a woman as its subject, virtually remains as the ignored chapters of the book. Conrad points out that only Lola Ridge briefly alluded to signs of "sex antagnism" in "Jacataqua"(208). Arguing against the destructive process of female acculturation, Williams urges that "a woman must see with her whole body to be benevolent," or must learn "touch"(*IAG* 179):

> NEVER to allow touch. What are we but poor doomed carcasses, any one of us? (……) It is the women above all—there are never have been women, save pioneer Katies; not one in flower save some moonflower Poe may have seen, or an unripe child. Poets? Where? They are the test. But a true woman in flower, never. Emily Dickinson, starving of passion in her father's garden, is the very nearest we have ever been—starving. (*IAG* 178~179)

The poet depicts the representative American woman poet Emily Dickinson as a figure "starving of passion in her father's garden." He continues to create a grim picture of a sexually crippled America, which means, a ghastly landscape of desperate people "bursting for lack of sexual satisfaction"(*IAG* 182).

Remarkably, Williams argues that women's freedom to enjoy their sexual natures will lead to an unfettering of the minds of both men and women and the possibility of a return to natural, true moral values. Because women have been denied the proper expression of their sexuality, Williams contends, their natural role as purveyors of the wholeness of life has been subverted. Contact with earth and nature has somehow been broken, and this is reflected particularly in the art that this country has produced: The "discouraging" American aesthetic is "the annunciation of the spiritual barrenness of the American woman"(*IAG* 181). Williams further identifies Jacataqua with a poet of the feminine saying "Jacataqua gave to womanhood in her time, the form which bitterness of pioneer character had denied it"(*IAG* 186). Singularly embodying the continual overlay of Indian and feminine, Jacataqua is a figure of challenge and resistance to the patriarchal order, a resistance enabled by a clear assertion of her sexuality. For Williams, Jacataqua's relationship with Aaron Burr provides another link to the achievement of proper marriage.

Speaking of Aaron Burr, in "The Virtue of History," Williams measures his findings in terms of Burr's relationship to women. Though admitting Burr's drawbacks, Williams ranks him much higher than his contemporaries, Thomas Jefferson and Alexander Hamilton. Williams especially makes Hamilton a villain in many ways. Secretary of the Treasury from 1789 until his death in 1804, Hamilton had a deep distrust of democracy. Hamilton raped and pillaged the very place that would become the site of Williams' attempts to marry the ground. Burr killed Hamilton. It is noteworthy that Williams reaches out to Burr as the passionate defender not just of liberty, but of the New World as a woman. Most of all, Williams concentrates on Burr's relationship to the female sex. Burr's alleged sexual freedom was the primary point upon which his detractors dwelt. Burr had openly dared to touch the forbidden female body, and for that he was attacked, just as the Puritans had attacked Morton. Burr did pursue women, yet Burr is no profligate demon in Williams' view, and to the charge that Burr was immoral, Williams replies as follows:

> He was, safely so, the flesh. He found safety in that flesh and among its sturdy guardians—women. Were they too idle in recognizing him? They loved him. Frivolous? He was perhaps the only one of the time who saw women, in the flesh, as serious, and they hailed and welcomed with deep gratitude and profound joy his serious knowledge and regard and liberating force—for them. Freedom? Then for women also—but such a freedom that

the one defense must be—immoral. He laughed at that and dug in deeper. (*IAG* 204~205)

Williams asserts that Burr was branded as "immoral" simply because he sought to release those powers "in the flesh." Burr recognizes the essential bond between the native powers of the New World and the native powers of the body, that is, the female body. Commenting "perhaps the only one of the time who saw women, in the flesh, as serious," Williams locates the generative source of American cultural vitality. Burr, Williams emphasizes, is depicted as worthy of Jacataqua attention, for he is alert to the feminine spirit when compared to the other men of his time who didn't take women seriously enough to cultivate their feminine strength:

> The rest were frivolous with women. The rest denied them, condoned the female flesh, found them to be helpmates at the best and at the worst, horses, cattle, provincial accessories, useful workers to make coffee and doughnuts—and to be left to go crazy on the farms for five generations after—that's New England, or they'd hide the bull behind the barn, so that the women would not think it knew the cows were—Bah, feudal dolls gone wrong, that's Virginia. Women? necessary but not noble, not the highest, not deliciously a free thing, apart, *feminine*, a heaven (……) Burr found the spirit living there, free and equal, independent, springing with life. (*IAG* 205)

This statement shows that the critical quality of Burr that made him a forerunner within the arena of early American politics was his devotion to women and womanhood. Especially, "the spirit living there" in both the Indian and the feminine informs Burr's speech. Kinnahan maintains that "Burr's speech is distinctly New World speech, an inclusive oratory intermingling multiple cultures"(118). Burr's role as liberator of the female sexuality is consistent with Williams' assertion. Williams finds an inherent connection with Burr, so that Burr becomes for Williams a poetic forebear: "He's in myself and so I dig through lies to resurrect him"(*IAG* 197). In this respect, I think that Williams urges us to regenerate female sexuality in order to embody the hybridized and crosspollenized New World. Denouncing "morals are deformed in the name of PURITY"(*IA*G 157), Williams defines "to be moral" relating hybridity and crosspollenization as follows:

> It is this to be moral: to be positive, to be peculiar, to be sure, generous, brave—TO MARRY, to touch—to give because one HAS, not because one has nothing. And to give to him who HAS, who will join, who will make, who will fertilize, who will be like you yourself: to create, to hybridize, to crosspollenize—not to sterilize, to draw back, to fear, to dry up, to rot. (*IAG* 121)

Hybridity and crosspollenization, Williams here mentioned, are closely related with the postcolonial critics' assertion that hybridity, a strategic reversal of the process of domination, breaks down the symmetry and duality of self/other, inside/outside. Homi Bhabha defines that "hybridity is a problematic of colonial representation and individuation that reverses the effects of the colonialist disavowal, so that other 'denied' knowledge enter upon the dominant discourse and estrange the basis of its authority"(114). Bhabha further argues that hybridity allows the voice of the other, the marginalized, and the dominated to exist within the language of the dominant group whose voice is never totally in control (114~116). Robert Young also argues that "hybridity becomes a third term which can never, in fact, be third because, as a monstrous inversion, a miscreated perversion of its progenitors, it exhausts the differences them"(23).

Williams believes that the future belongs to the hybridity and crosspollenization obliterating the differences of race, gender, religion and sexuality. In writing *Yes, Mrs. Williams*, the memoir on his mother Elena, Williams shows his desire for a hybridized and crosspollenized New World:

> In the West Indies, in Martinique, St. Thomas, Puerto Rico, Santo Domingo, in those days the races of the world mingled and intermarried—imparting their traits one to another and forgetting the orthodox of their ancient and medieval views. It was a good thing. It is in the best spirit of the New World. (*YMW* 30)

Regarding "mingled and intermarried" as "the best spirit of the New World," Williams emphasizes that "the orthodox of their ancient and medieval views," symbolizing colonial values, should be forgotten. In this regard, I believe that the true heroic figures of Williams' history like Père Sebastian Rasles, and Aaron Burr, inevitably turn hybridity and crosspollenization by touching, contacting and marrying.

3. The History of Here and Now

Williams' view of American history aims toward opening history and tradition beyond the limits of history's authorial voice, suggesting a process of reinterpretation and revision from the perspectives of the marginalized others such as Native Americans and women. He begins *In the American Grain* by explaining that "In these studies I have sought to re-name the things seen, now lost in chaos of borrowed titles, many of them inappropriate, under which the true character lies hid"(*IAG* V). This statement points out the way beyond the fixed history recording only accepted truths toward postcolonial perspective.

In rewriting the story of American conquest and colonization, Williams inverts conventional praise of civilizing forces as heroic or divinely manifestation, stressing instead that this inheritance disastrously represses the others. He constantly denounces the Puritans along with Spanish conquerors like Cortez and Ponce de Leon. He believes that they bring violence, murder, enslavement, infertility and suppression in the name of Civilization and Christianity. He praises the individuals like Père Sebastian Rasles and Aaron Burr who try to touch, contact, and marry the native ground. Williams believes that women's sexuality is the generative source of American society, and retrieving and regenerating it can also obliterate the drawbacks of white male-centered consciousness. Moreover, he believes that women's sexuality leads to embody the hybridized and crosspollenized New World.

As is shown in this paper, Williams' rewriting history task is to expose what history is by revealing colonial values inherited by the Spanish conquerors and the Puritans, and to suggest what history should be by including those voices that tradition has marginalized and repressed. In conclusion, for Williams, history is not the remote realm of that which was, but rather that which melds with the here and now by means of the perceiver.

The Ecofeminist Vision

1. Williams and Ecofeminism

William Carlos Williams as a young boy hoped to be a forester. He was born in Rutherford, New Jersey, which was a country town of one square mile with a population of less than three thousand at that time. Vast green meadowlands stretched all around Rutherford impassioned his poetic imagination. This was initial circumstance that has greatly influenced the subjects of his poetic writing, such as flowers, trees, and plants throughout his entire life. Williams frequently asserts that the artist is cocreator with nature. He says that "He holds no mirror up to nature but with his imagination rivals nature's composition with his own" and "he himself becomes nature"(*Imag* 121) and "I have always had a feeling of identity with nature (……) When I spoke of flowers, I was a flower"(*IWWP* 21). In addition to nature, nearly all of Williams' works seem to spring from his "female" side, that is woman's beauty and tenderness. He connects his poetic direction to the feminine: "Somehow poetry and the female sex were allied in my mind. The beauty of girls seemed the same to me as the beauty of a poem"(*IWWP* 14). In

"Transitional" he suggests that the female is the creative force within the poet. He says that "It is the woman in us / That makes us write— / Let us acknowledge it— / Men would be silent"(*CP1* 40).

Considering the above statements, there is no argument that Williams is interested in the world of 'the others.' However, it is noteworthy that Williams not only shows interesting on the subjects of nature and women regarded as the others under patriarchy and white supremacy values but also points out profound insights that white males' fixed values ruin this society. In "The Fountain of Eternal Youth" chapter *In the American Grain*, consisting of twenty-one essays published in 1925, Williams says "we are the slaughterers"(41). In his poem "Raleigh Was Right", Williams also stresses that "we cannot go to the country"(*CP2* 88). Moreover, Williams equates nature's traits with feminine traits saying "Green is a solace / a promise of peace"(*CP2* 64) in his poem "Burning the Christmas Greens" and "we need badly to discover woman in her intimate (unmasculine) nature" in an essay titled "Woman as Operator." In these statements Williams clearly perceives that accepting the traits of nature-as-female we, white males, can overcome the drawbacks of legacy of masculine traits such as violence, destruction, conquest, and war etc.

Williams' sharp condemnation of masculine traits points the way toward the authentic biocentric egalitarian society in which all kinds of suppression and domination on the others do not exist anymore. In this regard, I believe that Williams' assertion can intimately be a linked ecofeminist perspective resisting men-centered hierarchical ideology, in which nature and women have been separated and exploited by men. Many ecofeminists argue that androcentrism and patriarchy have systematically suppressed nature and women. They maintain that a world that makes it possible for men to dominate, oppress, exploit and kill should change into a biospheric egalitarianism.

Like many ecofeminists today, Williams constantly challenges the dominant white, male-centered worldview of the 20th century and emphasizes the return of a nonhuman, anti-patriarchal viewpoint. I shall argue that Williams' perspective on nature and woman is ahead of his time in the early 20th century dominated by patriarchy and white supremacy and gives us a vision to pursue.

2. The Nonhuman and Anti-Patriarchal View

Williams' poetry engages ecological issues with an intensity and breadth of vision that is largely unprecedented among his contemporary poets of nature writing. In a sense, Williams' unique accomplishment in combining a deep sensitivity for natural phenomena with forceful environmental advocacy clearly entitles him to be regarded as an authentic ecopoet in the American literary tradition. Jerome Rothenberg and Pierre Joris argue that ecopoets, more specifically, work from the conviction "that poetry is a part of a struggle to save the wild places—in the world and in the mind—and the view of the poem as a wild thing and of poetry and the poet as endangered species"(12). Mark Long also maintains that "the distinctive modernist project of William Carlos Williams provides an exemplary occasion for reflecting on contemporary American poets with ecological and environmental concerns"(60).

Williams' poetry provides a powerful and suggestive model of environmental advocacy, while it is closely connected with feminine traits such as caring, peacekeeping, reconciliation and nonviolence etc.

Williams' interest in nature and woman, of which this mountain-top vision provides perhaps the most comprehensive expression, quite literally spanned his entire writing career. Despite the world dominating men-centered dualism, however, Williams' achievement as a poet of ecofeminist perspective has been largely overlooked. As perhaps one of the twentieth century's representative poets of imagism, objectivism, and various experimental techniques, his obvious interest in nature and woman is usually dismissed. I think this Willaims' claims aim for the harmony with 'the others' so that his perspective is quite similar to the ecofeminist perspective founded on virtue-based concepts such as friendship, love, respect, care, concern, gratitude etc. today.

Williams emphasizes poetry as a condition for changing the way we think and act as human beings, especially white males. Mark Long argues that "Williams is a poet not a philosopher, yet he is confident that the world lies beyond our conceptualizations"(64). Williams shows that nature is an uncomfortable and dangerous world for us, white males, in his poem "Raleigh Was Right":

> We cannot go to the country
> for the country will bring us
> no peace
> what can the small violets tell us
> that grow on furry stems in
> the long grass among lance shaped
> leaves? (*CP2* 88)

In this passage, Williams emphasizes that we, white males, who are living in the city derived from industrialization and materialism, now cannot feel the peace that the small violets and lance shaped leaves offer. Even though we look at the violets and leaves, we don't have a feeling of identity with the objects of nature. Rather, we regard the leaves as dangerous, barbarous objects like a lance. For this reason, Williams laments that nature has been degraded into becoming a hated and conquered object, that is, an other in opposition with civilization. In this regard, I think that Williams keenly recognizes that inevitably linked androcentrism and patriarchy in men's consciousness have resulted in ecological crisis.

As Americans under patriarchy and white supremacy, Williams implies, we live with the internalized struggle between Indian and European, contact and conquest, life affirmation and slaughter. Of this heritage, he writes in "The Fountain of Eternal Youth" chapter in *In the American Grain*:

> If men inherit souls this is the color of mine. We are, too, the others. Think of them! The main islands were thickly populated with a peaceful folk when Christ-over found them. But the orgy of blood which followed, no man has written. We are the slaughterers. It is the tortured soul of our world. Indians have no souls; that was it. That was what they said. But they knew they lied—the blood—smell proof. (*IAG* 41)

William clearly reveals the conquest and brutality of white, male-centered American history in that he wants to approach and rebuild the history and culture of America within new viewpoints. Bryce Conrad argues that "'We are the slaughterers,' he says, but at the same time, 'we are, too, the others.' We are double"(128). Linda Kinnahan also mentions that "representing the Old World ethos as it invades the

New World, the values and consequent actions of these men draw upon and perpetuate a masculinized heritage of conquest, possession, and mastery that Williams continually associates with Phallic imagery and a patrilineal ideology"(90).

As is shown in the above statement, a characteristic of Williams' poetry and prose is dealing with 'the others' that have been overlooked by the patriarchal world. In his poem "Apology," Williams stresses that his composition is motivated by "colored women" and "day workers" who are regarded as the others who have become situated in the edges of mainstream society:

Why do I write today?

The beauty of
the terrible faces
of our nonentities
stirs me to it:

colored women
day workers—
old and experienced—
returning home at dusk
in cast off clothing
faces like
old Florentine oak. (*CP1* 70)

The phrase of "The beauty of / the terrible faces / of our nonentities / stirs me to it" positively accepts the other and the otherness. It furthermore concisely shows the poet's de-racial and de-bounded viewpoint regarding the other, and the otherness, as poetic inspiration. As is shown in "Apology," Williams communicates the others' hardship, sacrifice, and their silenced speech in his many poems and proses. In this regard, I would say that Williams has the "female principle" not only including reconciliation, embrace, and partnership, but also accepting differences and dissimilarity of the others who are in his imagination. Thus Williams' female principle is of the same position with ecofeminism. Ecofeminist philosopher Ynestra King defines ecofeminism as follows:

> The task of an ecological feminism is the organic forging of a genuinely antidualistic, or dialectical, theory and practice. No previous feminism has addressed this problem adequately, hence the necessity of ecofeminism. Rather than succumb to nihilism, pessimism, and an end to reason and history, we seek to enter into history to reason from the "is" to the "ought" and to reconcile humanity with nature, within and without. This is the starting point for ecofeminism. (116)

In this statement, King keenly indicates the limitation of traditional feminism. She suggests ecofeminism as an alternative to reconcile humanity with nature. King's definition on ecofeminism also points the way toward the authentic biocentric egalitarian society beyond deep ecology showing the drawbacks of androcentrism.

In "The Gaia tradition and the partnership future," Riane Eisler maintains that reclaiming our partnership traditions, which means return to the prehistoric societies worshipped the Goddess of nature and spirituality, our great Mother, the giver of life and creator of all(23).

This is the reason that, Eisler says, the prehistoric societies had what we today call an ecological consciousness: the awareness that the Earth must be treated with reverence and respect. Val Plumwood also maintains that human–nature relationship should be viewed as the "relational self," which includes the goal of the flourishing of earth others and the earth community among its own primary ends, and hence respects or cares for these others for their own sake(154). She also regards the "ecological self," a movement beyond self/other dualism, as a type of "relational self." Plumwood's viewpoint for the relational self is consistent with what Williams called "a despair" meaning nonself-oriented values.

Williams demolishes the dualism of human beings and nature, subject and object, of self and other, which have long been central in Western philosophy and literature. He replies in a letter to Marianne Moore and praises her for recognizing the "inner security" which is the basis of his work:

> The security is something which occurred once when I was about twenty, a sudden resignation to existence, a despair—if you wish to call it that, but a despair which made everything a unit and at the same time a part of myself. I suppose it might be called a sort of nameless religious experience. I resigned, I gave up. (*SL* 147)

Williams abandons his private consciousness, with its hollow bubble in the midst of the solidity of the world. Abandoning private consciousness, Williams ultimately has "a despair" which made everything a unit and at the same time a part of myself, so that Williams' despair is intimately connected with the ecofeminists' nonself-oriented values. Plumwood maintains that self-oriented 'kindness' is not genuine care or respect for 'the other.' Therefore she suggests more applicable alternative virtue-based concepts such as care, respect, gratitude, sensitivity, reverence, and friendship(163). For Williams, after his resignation to existence there is always and everywhere only one realm. Thus "a despair", which is "nameless religious experience", permeates the world, and the world has entered into the mind. It is "an identity—it can't be / otherwise—an / interpretation, both ways"(*P* 12).

Williams often uses plants and flowers as primary subjects in his poetry and prose. He says in *I Wanted to Write a Poem* that "I have always had a feeling of identity with nature (……) When I spoke of flowers, I was a flower, with all the prerogatives of flowers, especially the right to come alive in the Spring"(*IWWP* 21). This kind of unity with objects of nature is frequent in Williams' poems. In "Winter Quiet," he says:

> Limb to limb, mouth to mouth
> with the bleached grass
> silver mist lies upon the back yards
> among the outhouses.
> The dwarf trees
> pirouette awkwardly to it—
> whirling round on one toe;
> the big tree smiles and glances
> upward!
> Tense with suppressed excitement
> the fences watch where the ground
> has humped an aching shoulder for
> the ecstasy. (*CP1* 84~85)

This sense of fusion with nature is not "unusual," because man and nature are part of each other through the common ground they share. Williams describes the mist making love to the earth: "limb to limb, mouth to mouth" The ground, an emblem of the female, "has humped / an aching shoulder for / the ecstasy." Donald Markos argues that "the bizarre sexual imagery of this poem expresses an exhilaration of contact and unity with nature"(40).

As is shown in "Winter Quiet", it is not difficult to see the immersion, sympathy, and unity with an object of nature such as trees and flowers in the poems of Williams. What is the important thing is that Williams frequently communicates ecofeminist visions in his poems, especially in *Paterson*, a long poem consisting of five books. He uses a term called "flickering green" in Book One of *Paterson*:

> And the myth
> that holds up the rock,
> that holds up the water thrives there—
> in that cavern, that profound cleft,
> a flickering green
> inspiring terror, watching …
>
> And standing, shrouded there, in that din,
> Earth, the chatter, father of all
> speech … (*P* 39)

In this passage, the images of "inspiring terror", "shrouded" represent the male, while the images of "that profound cleft", "a flickering green" represent the female. The female speaks to Williams of power, an ability to control the external forces that threaten to terminate his ecological consciousness. Lee Rozelle maintains that, from the context of the current ecological crisis, the "flickering green" of our independent ecology finds itself fading, sparking, and blowing out like old light bulbs across the ecosystem(8).

The image of nature-as-female, as with the term "a flickering green", abound in Williams' poetry. This nature-as-female image reminds him of the "female principle" that poetry has on his imagination. He suggests that female principle is an alternative to return nonhuman, anti-patriarchal world. He defines "female principle" in his poem "For Eleanor and Bill Monahan" as follows:

Mother of God
        I have seen you stoop
                to a merest flower
and raise it
        and press it to your cheek.
                I could have called out
joyfully
        but you were too far off.
                You are a woman and
it was
        a woman's gesture …

The female principle of the world
        is my appeal
                in the extremity
to which I have come. (*CP2* 254~255)

Counting on the Virgin Mary instead of the God, an emblem of masculine authority, Williams here stresses that he is working through "the extremity to which he has come" by "female principle." Kerry Driscoll maintains that "by emphasizing the womanly qualities of the Virgin Mary's character, Williams suggests that the archetypal feminine is in itself divine"(4). Thus, the generosity of the Virgin Mary and her capacity for forgiveness become, for him, synonymous with emotional salvation.

Williams' female principle is closely connected with the ecofeminist recognition of nature's harmony and action to maintain it. Many ecofeminists strongly oppose the maldevelopment—development deprived of the feminine, the conserving, the ecological principle. In "Development as a New Project of Western Patriarchy" Vandana Shiva regards maldevelopment as all work that does not produce profits and capital as nonwork or unproductive work(190~191). She maintains that the violence to nature, as symptomized by the ecological crisis, and the violence to women, as symptomized by women's subjugation and exploitation, arise from this subjugation of the "feminine principle":

> Maldevelopment is thus development deprived of the creative life force and power of the feminine principle. In maldevelopment, nature and women are viewed as the "other," as the passive nonself. Activity, productivity, and creativity are removed as qualities of nature and women and turned into exclusive qualities of men. Nature and women are transformed into passive objects to be used and exploited. (194)

Here, Shiva discusses the concept of "development" from the perspective of Western patriarchy. She concludes that this so-called "development" actually breeds poverty in the areas that are "developed," and therefore is properly called "maldevelopment."

Throughout his writings, Williams has always tried to revive this female(feminine) principle excluded, oppressed and silenced in the patriarchal world, yet the source of healing power within a masculinist containment. Unlike the images of flowers, trees, and women in his poems, the city reveals some of the deep conflicts he felt about urban life. Williams is certainly aware of the problems of the modern city, and regards the modern city as a threat to human individuality. He shows us how American cities are the product of Puritanism divorced from contact of local conditions. In the opening pages of *Paterson*, Williams shifted his focus from a masculine representation of the city to a feminine one when he introduces nature and female personae like Cress and Phyllis in the poem. Mentioning "A man like a city and a woman like a flower," Williams intentionally exposes the man-city representing shortage, divorce, violence, and the woman-flower representing fecundity, harmony, and peace:

> A man like a city and a woman like a flower
> —who are in love. Two women. Three women.
> Innumerable women, each like a flower.
>
> But
>
> only one man—like a city. (*P* 7)

From this text we assume that since all cities are essentially replicants, the man-city is thus an agent of mechanical synthesis. Women, then, function neatly as agents of biospheric diversity and germination(Rozelle

89).

In *Paterson* Williams needs, more and more frequently, the healing power of nature and woman as an alternative against man and city. He constantly deals with the problem of city founded on the remains of destruction, violence of its environments.

> —flowers uprooted, columbine, yellow and red,
> strewn upon the path; dogwoods in full flower,
> the trees dismembered; its women
> shallow, its men steadfastly refusing—at
> the best (*P* 81)

In this passage, Williams emphasizes that the people, living in the city derived from the maldevelopment that Shiva mentioned above, cannot have an authentic contact one another.

Williams discloses many examples of nature and women under patriarchal values in his works. The city, Paterson, like waste land, contains other examples of men's apparent cruelty towards women. One example of this is the report of the death of Mrs. Sarah Cummings in *Paterson*. Many critics interpret her death as a suicide, the young bride hurling herself into the falls because of some unhappiness, but Williams stresses that her death comes from divorce rather than contact(marry) with words:

> Marry us! Marry us!
> Or! be dragged down, dragged
> under and lost

She was married with empty words:
better to
stumble at
the edge
to fall
fall
and be

—divorced (*P* 83)

In this passage, in this corrupted city, Williams laments that words become polluted and lose their meanings, saying "She was married with empty words." He emphasizes that Mrs. Sarah Cummings passed away because she lost real words established on her contact with human beings and nature.

The city, representing modern civilization, neglects close connection between human beings and nature, and also regards nature as the other. Lawrence Blasco mentions that "the city represents is not the power that the poet seeks. It is, in a sense, an illusory power, not the power of the stars and nature, but as Williams wrote in "The Wanderer" a place where there is 'Nowhere / The subtle! Everywhere the electric!'"(52). However, Williams doesn't limit the city as a place where there are divorce, violence, destruction and death. He presents that, as an alternative, this city can be transferred into the place where creative and harmonious life is possible. He suggests that an authentic city like Tenochtitlan, the ancient capital of the Aztecs, is in contrast to the Puritan cities, a place of artificial order and organization. In Tenochtitlan the male and the city itself are associated with the nature-as-female, so that they can be unified with the nature. Williams describes the city as a green garden.

In "The Destruction of Tenochtitlan" chapter in *In the American Grain*, Williams praises that the city can possess some of the "orchidean beauty of the new world"(27) and has the Spanish conqueror Cortez observe of one of the smaller, outlying cities:

> The houses were so excellently put together, so well decorated with cloths and carven wood, so embellished with metalwork and other marks of a beautiful civilization; the people were so gracious; there were such gardens, such trees, such conservatories of flowers that nothing like it had ever been seen or imagined. (*IAG* 30)

Cortez has entered a fantastic land far superior to the civilizations of Europe, thus Williams shows that the New World outdoes the Old World in harmonizing with the nature. Unlike the cities constructed by the Puritans, this city is a rooted place, one in touch with the ground, and it is a place of great beauty, not merely a utilitarian means to shut out the fearful wilderness. For Williams, the destruction of Tenochtitlan stands as an important symbol for the general imposition of an ungrounded culture upon a grounded one(Blasco 43). It also stands as an example of the way that a city might come to represent the full fruition of a distinctly American culture.

According to ecofeminists, modern technology is simply the culmination of the male quest to conquer death and limitation by dominating his environment, his own body, his women, and all other "subhuman" types. This viewpoint of ecofeminists is in accord with Williams'. In the "Jacataqua" chapter of *In the American Grain*, machinery is disparaged according to the principles of contact:

> Deanimated, that's the world; something the sound of "metronome," a mechanical means; Yankee inventions. Machines were not so much to save time as to save dignity that fears the animate touch. It is miraculous the energy that goes into inventions here. Do you know that it now takes just ten minutes to put a bushel of wheat on the market from planting to selling, whereas it took three hours in our colonial days? That's striking. It must have been a tremendous force that would do that. That force is fear that robs the emotions; a mechanism to increase the gap between touch and thing, not to have a contact. (*IAG* 177)

This statement clearly illustrates that contact is the only thing that can stand up to the dehumanizing, centralizing forces of abstraction. Thus, Williams' life-long assertion on contact is based on ecofeminist thought.

In "Chanson," Williams displays an unusually explicit description of a woman who is his earthly ideal. "This woman" obviously seems to be the Goddess symbolizing female principle.

> This woman has no need to play the market
> or to do anything more than watch
>
> the moon. For to her, thoughts are not
> like those of the philosopher
> or scientist, or clever playwright.
> Her thoughts are to her

like fruit to the tree, the apple, pear.
She thinks and thinks well, but
to different purpose than a man, and I
discover there a novel territory.

It is a world to make the world
little worth travelling by ship or air.
Moscow, Zanzibar, the AEgean
Islands, the Crimea she surpasses

by that which by her very being she
would infer, a New World
welcome as to a sailor and habitable
so that I am willing to stay there. (*CP2* 128)

Watching the moon, "This woman" is attuned to the natural cycles, her fine mind uncluttered by stock market quotations, rationalist arguments, scientific analysis, a playwright's detail of character. Her thoughts are the outgrowth of organic necessity for, "wealthy in the riches / of her sex," she is exempt from the male requirement of toiling in worlds of commerce, invention and discovery, or public art. Eisler discusses societies that worshipped the Goddess, and she argues that they were more like the kind of society we need today to solve the ecological crisis. Eisler reclaims our partnership traditions by saying "a just and egalitarian society is impossible without full and equal partnership of women and men"(34). In this respect, I think that, through the world of "This woman," Williams can help us to reflect on the New World in which masculine traits such as violence, destruction, conquest, and war, etc. do not exist anymore.

In many poems and prose works, Williams identifies nature with feminine traits such as caring, peacekeeping, reconciliation and nonviolence. Bringing peace and obliterating violence and war, Williams' care and affection for nature and nature's objects are worthy of notice today. "Burning the Christmas Greens" is a good example.

> Green is a solace
> a promise of peace, a fort
> against the cold (though we
>
> did not say so) a challenge
> above the snow's
> hard shell. Green (we might
> have said) that, where
>
> small birds hide and dodge
> and lift their plaintive
> rallying cries, blocks for them
> and knocks down … (*CP2* 64)

The Green, an emblem of trees and woods, protects human beings and animals from snow and coldness. Bringing "a solace and peace", green can be said to represent nature-as-female like the "flickering green" in *Paterson*. Williams stresses that green is "a promise of peace," so that the closer we approach green, the greater the closure in the relationship between subject and object, self and other. For Williams, green is consistent with the "female principle" containing his appeal in the extremity to which he has come.

3. A Vision of Mutual Coexistence

Williams' view of nature departs definitively from the ecofeminist view of the natural world that was overlooked among many of his contemporaries. The inseparable connection between women and nature becomes the source of Williams' ecofeminist perspective. In his autobiography, Williams says "women have always supplied the energy" (*Auto* 55). This mention points the way beyond androcentrism or man-centeredness toward "female principle." Williams clearly shows in an essay entitled "Woman as Operator" that searching for female principle within women brings no more wars, namely, peace:

> With women there's something under the surface which we've been blind to, something profound. We need, perhaps more than anything else today. to discover woman: we need badly to discover woman in her intimate (unmasculine) nature—maybe when we do we'll have no more wars, incidentally, but no more wars. (n.p.)

Williams stresses that we, patriarchal men, should recognize the intimate, unmasculine nature in women, so that our world can overcome the war. The establishment of a peaceful and egalitarian society without war is ecofeminists' ultimate goal. A prominent ecofeminist Petra Kelly argues that "to eliminate war and its tools, to eliminate racism and repression, we must eliminate its causes. Our call to action, our call for nonviolent transformation of society is based on the belief that the struggle for disarmament, peace, social justice, protection of the planet Earth, and fulfillment of basic human needs and human rights are one and indivisible"(ix~x). Karen Warren also suggests the movement of an ecofeminist peace politics. She maintains that "first and foremost an ecofeminist peace politics opposes all 'isms of domination,' e.g. sexism, racism, classism, ageism, ableism, anti-Semitism, hetero-sexism, ethnocentrism, naturism, and militarism"(187). In this regard, I maintain that Williams' claim for "with women there's something profound that we (white males) don't recognize" can be regarded as ecofeminist perspective beyond deep ecology.

As is shown in this paper, Williams' writings are subversive in their representation of Western/American values based on androcentrism and patriarchy. Williams' consciousness of nature-as-female is originated from his insights on the drawbacks of androcentrism or man-centeredness in which humanity cannot graft peace and ecological balance. In short, Williams' ecofeminist perspective provides us with a vision of mutual coexistence to modern human beings who live in the 21st century.

Charles Sheeler and Photographic Images

1. Williams, Sheeler, and Photography

In the history of American art from the 1910s to the 1930s, lots of American avant-garde artists including William Carlos Williams and Charles Sheeler developed new aesthetic movements in order to express the potent symbolism of machinery and mechanization. As machinery and mechanization signified the modern world in this period, the avant-garde artists in America were faced with a new environment of the urban and industrial age. Through machinery or mechanical metaphors, they frequently referred to contemporary science and technology. It is important to note that in the early twentieth century, the widespread drive to mechanize the entire American society was so obvious given the fact that the contemporaries spoke of their times as the "machine age" and their society as the "machine civilization."

In the 1920s, an attitude and an artistic style inspired by machinery and mechanization spread in America. Both Williams and Sheeler were of the same generation and first met each other at the apartment of wealthy art patrons, the Walter and Louise Arensberg in 1923. The

Arensberg's apartment was often known as the Arensberg circle and in the apartment some of European artists such as Marcel Duchamp and Francis Picabia mingled with American artists including Sheeler and Williams. Obviously, both Williams and Sheeler were much influenced by machinery and mechanization reflecting the superiority of American technology, so they could construct an aesthetic of the "machine age." Williams' statement that "A poem is a small (or large) machine made of words"(*CP2* 54) in *The Wedge* succinctly proves his enthusiasm for the machine.

Given the fact that photography as a product of scientific and technological achievements reflects mechanical precision, it can be said that photography is the most representative visual art reflecting the "machine age." In this period, Cubist-Realism or Precisionism, which has been regarded as a distinctly American avant-garde art movement, remarkably played an important role to reconcile the boundaries between art and technology. Precisionists, such as Charles Demuth, Georgia O'Keeffe, Louis Lozowick, Elsie Drigg, etc. including Williams and Sheeler, contributed to the construction of a unique American style of art. As Williams considered Sheeler "the machine itself"(*RI* 146) in an essay entitled "Charles Sheeler—Postscript" of 1954, both Williams and Sheeler celebrated the machine aesthetics and imagined America as an industrial Arcadia. In short, Precisionism can be the most synthetic art movement in America blurring the boundaries between literature and visual arts. The aesthetic pursuit of Precisionism is to adapt scientific and technological methods to visual perception.

Above all, Williams' and Sheeler's interest and knowledge in the Precisionist aesthetics are indivisibly related to a new technology of seeing, photography. The two artists have been much influenced by visually precise and objective representation of photography. For them, the camera is a unique "machine" of sight for expressing an indigenous American art. Photography as a new visual technology not only represents more vivid, realistic, and objective things but also functions as a mechanism incorporating science and art. Particularly, Ellen Handy's statement that "it does not make sense to speak of Precisionism without considering photography"(50) best shows the indispensable connection between Precisionism and photography.

Throughout his life, Williams markedly refers to the importance of photography as "the immediate and the actual" medium. He shows his invariable interest in photographers and photography in his writings. In the important essay "The American Background," referring to the famous photographer Alfred Stieglitz, Williams writes "The photographic camera and what it could do were particularly well suited to a place where the immediate and the actual were under official neglect"(*SE* 160). In addition, in the 1938 "In Sermon with a Camera," he reviewed his contemporary American photographer Walker Evans's photobook *American Photographs*. In this review, Williams emphasizes the precision, the specificity, and the matter-of-factness of Evans's images. Most importantly, in "Charles Sheeler—Postscript," Williams' insightful statement that "Charles Sheeler has lived in a mechanical age (……) Therefore his interest in photography"(*RI* 146) best shows the indivisible connection between Sheeler and photography in the "machine age." Like this statement, Sheeler's photography mirroring "the machine itself" in Williams' poetry contributes to the concept of Precisionism.

Sheeler, both a distinguished painter and photographer, wants his painting to be "a continuous objective pursuit"(Friedman, Hayes, and Millard 95) like photography. Because of his paintings' clear, sharp, cold beauty arising from the machine aesthetic, Sheeler has been regarded as a synonym of Precisionism. As early as 1914 he realized that photography was to be for him a useful expressive medium. In "Autobiographical Note," he mentioned that "Among other qualities peculiar to it, photography has the capacity for accounting for things seen in the visual world with an exactitude for differences which no other medium can approximate"(Friedman, Hayes, Millard 81). The famous photographer Edward Steichen stated that "Sheeler was objective before the rest of us were"(Rourke 67). Moreover, at a symposium on photography in 1950, Sheeler found photography could be linked to other fields such as literature and advertising, by mentioning "Those of us who have been intrigued by acquaintance with a camera are happy to see the application of photography in constantly extended fields" (Friedman, Hayes, and Millard 95).

Of the Precisionist artists, I think, Williams and Sheeler are most influenced by photography representing the machine age aesthetics. Through the medium of photography, the two artists could learn to transform the subjects and values of the machine technology into an distinctly American art. In this regard, I argue that Williams' poetry, pursuing Precisionism, has much in common with the paintings and photography of Sheeler. Particularly, I will note that photography plays an important role in the development of both artists' aesthetic and also in the later formation of the Precisionist vision reconciling the concrete with the abstract.

2. The Aesthetics of Precisionism

Sheeler represents for Williams the successful merger of art and technology by becoming a model of "the machine itself." As Williams' statement that "he[Sheeler] was not impressed by the romantic aspects of what the machine represents but the machine itself (……) Therefore his interest in photography"(*RI* 146) clearly shows, the images of Williams' and Sheeler's works remarkably share the characteristics of the machinelike objectivity of an art in relation to photography. For them, photography as a new technology of seeing provides a new and important environment for the development of an indigenous American art. Significantly, as Ellen Handy's statement that "it does not make sense to speak of Precisionism without considering photography"(50) strongly suggests, photography is a perfect example of Precisionism. Thus, extreme simplification of form, unwavering sharp delineation, and carefully reasoned abstract organization as well as the mechanical, technological, and industrial subject matter mirror a basic feature of Precisionist art. According to Milton Brown, Precisionist art is represented by a form which is intended to convey a sense of "mass, clarity, and precision" to matter.

> The Precisionists, also labelled Immaculates, Sterilists, and Cubist-Realists, were not a school; they never exhibited as a group, published manifestos, or articulated a shared aesthetic, but they comprise a recognizable movement with a coherent and definable style. Iconographically, the major emphasis was on the industrial landscape and the machine, though there are obvious exceptions, such as Georgia O'Keeffe's interest in organic forms, Sheeler's in still-life, Demuth's in Colonial architecture. Stylistically, it is imparted to

all matter a sense of fundamental mass, clarity and precision. (52)

As this passage clearly shows, Precisionists' "major emphasis was on the industrial landscape and the machine." In addition, "modern, technical, objective, hard-edged" characteristics of Precisionism can be subsumed in a term "*precise*"(Handy 50). Moreover, Objectivism in poetry, progressed by Williams and Louis Zukofsky, can be subsumed under a much broader "ism," that is, Precisionism. Many scholars including Mike Weaver and Dickran Tashjian agreed that Precisionism was like Objectivism, which can be applied to only poetry(Stewart 11). Regarding Sheeler as "the machine itself"(*RI* 146), Williams could develop his own Precisionist aesthetic engendered by Sheeler's "*precise*" vision like photography.

Throughout his life, Williams constantly shows his invariable interest in photography through his close friendship with Sheeler. He considers the photographer as the best-equipped artist for expressing the burgeoning process of American industrialization. This fact is proven by his statement, "Sheeler had especially not to be afraid to use the photographic camera in making up a picture. It could perform a function unduplicatable by other means"(*RI* 145). It is important to note that anyone exploring the role of photography in Williams poetry must consider the influence of Alfred Stieglitz who is generally called the father of modern photography. Undoubtedly, photography's acceptance as a fine art in America originates from Stieglitz. In fact, according to Bram Dijkstra, "Some of Stieglitz's photographs reappear in Williams works, translated into language"(82). For example, Williams' poem "Young Sycamore" of 1927 is believed to be based on a photograph by Stieglitz entitled *Spring Showers*. Dijkstra praises "Young Sycamore" as a literal record of the eye's "linear movement" (189) as revealed in the photograph. Stieglitz's photographic technique called "straight photography" is related to machine function and the aesthetic of Precisionism. The technique seemingly can be associated with "objectivity" which Williams emphasized. In "The American Background," Williams stated the particular achievement of Stieglitz:

> The photographic camera and what it could do were particularly well suited to a place where the immediate and the actual were under official neglect. Stieglitz inaugurated an era based solidly on a correct understanding of the cultural relationships (……) The effect of his life and work has been to bend together and fuse, against whatever resistance, the split forces of the two necessary cultural groups: (1) the local effort, well understood in defined detail and (2) the forces from the outside. (*SE* 160~161)

Here, Williams sharply recognizes that Stieglitz's photography contains the concept of "a place where the immediate and the actual were under official neglect." His insight into the interrelationship between literature and photography strongly evokes the art historian Clement Greenberg's statement as "And in more than one way photography is closer today to literature than it is to the other graphic arts (……) The final moral is: let photography be 'literary'."(296). Significantly, like Precisionists, Williams tries to find a model for the avant-garde artist in modernized America as a potential industrial Arcadia. In a magazine *Contact*, he defines the locality by emphasizing American artists' responsibility to be in touch with the history of the place in which they live, stating "If Americans are to be blessed with [similarly] important work, it will be through intelligent, informed contact with the locality which alone can infuse it with reality"(Schmidt 21). In this regard, Peter Halter argues "Both Williams' search for a synthetic form and the reception of his work can thus be related to analogous concerns and developments in the realm of photography"(166).

Sheeler's interest in photography started from a desire to find a profession that would provide him with some income. He performed lots of photographic works from the time of the Armory Show to the 1930s. Though he stood in the shadow of contemporary photographers Alfred Stieglitz and Paul Strand, his devotion to photography "made him the pioneer of a Neue Sachlichkeit-related camera art in America"(Stremmel 86). Like Stieglitz, Sheeler, a proponent of straight photography, printed uniquely clear images with a sharp focus. Most of all, his photograph entitled *Criss-Crossed Conveyors* of the Ford Motor Company's gigantic criss-cross conveyor belts in River Rouge has been a landmark in his career. The photograph was also selected as the cover of the catalogue of the exhibition "The New Vision" in the New York Museum of Modern Art in 1989. In 1920, Sheeler with the collaboration of Strand, made a short film entitled *Manhatta* about New York City. In photography and film, the defining marks of Sheeler such as precision, detachment, and a lack of sentimentality, which become the characteristics of Precisionism, are markedly revealed. In this regard, Miles Orvell maintains that "It is in Sheeler that Precisionism find its most powerful and in some ways it most enigmatic figure"(14). In a paper read at a Symposium on Photography of 1950, Sheeler reveals the profound influence of photography as a mechanism for "converging roads" in his art.

The marked progress in optical correction, as well as increased speed, of

> lenses has in these recent years greatly enlarged our acquaintance with the visual world. Man has produced an eye which in this respect is better than his own (……) There is a tendency to think that painting and photography are converging roads. That photography is an equivalent to a shortcut to painting. (Friedman, Hayes, and Millard 95)

As the phrase "painting and photography are converging roads" indicates, Sheeler increasingly could carry on creative photography and painting in conjunction with one another. In the 1939 "Charles Sheeler," Williams keenly captures the traits of Precisionist photography ingrained in Sheeler's art, stating "I think Sheeler is particularly valuable because of the bewildering directness of his vision, without blur, through the fantastic overlay with which our lives so vastly are concerned, 'the real,' as we say, contrasted with the artist's fabrication"(*RI* 140). Particularly, Williams has an insight into the essence of Sheeler's art, that is, photography representing "the machine itself."

> Charles Sheeler has lived in a mechanical age. To deny that was to lose your life. That, the artist early recognized. In the world which immediately surrounded him it was more apparent than anywhere else on earth. What was he to do about it? He accepted it as the source of material for his compositions. Sheeler made a clean sweep of it. The man found himself impressed by the contours of the machine; he was not impressed by the romantic aspects of what the machine represents but the machine itself (……) Sheeler was too hardhead for that. Therefore his interest in photography. (*RI* 146)

As Williams recognizes Sheeler as "the machine itself", the

predominant use of machinery or mechanical metaphors in describing Williams' poetry and Sheeler's photography contributes to the concept of Precisionism. Interestingly, the two artists' Precisionist vision is closely related to Henry Ford, a representative figure of the "machine age."

3. Images of Precisionist Photography

In their writings, photographs, and paintings, both Williams and Sheeler often adopted their contemporary industrialist Ford and his automobile plants as a subject matter. Ford shared with his contemporary avant-garde artists a similarly gigantic conception of industry's potential. Ford's automobile plants at Highland Park and River Rouge represented for the press and the public the essence of mechanized America. In 1927, Ford transferred his operations from the outdated Highland Park plant to River Rouge site about ten miles from Detroit.

Designed by a renowned American industrial architect, Albert Kahn, the River Rouge buildings expressed the rational, technological values of order and efficiency. In this respect, Thomas P. Hughes states "The factory complex, like medieval cathedrals earlier, expressed the essential spirit of an age"(47). Undoubtedly, Sheeler has been best remembered for his paintings and photographs of America's preeminent production complex, which was Ford's River Rouge plant. In 1927, Sheeler spent six weeks at River Rouge and took 32 photographs, using a large view camera and a wide-angle lens, commissioned by the advertising firm of N. W. Ayer of Philadelphia. Rather than automobiles, he photographed the buildings and the machinery inside. Sheeler wrote to Walter Arensberg "My program as mapped out now will consist of photographs of details of the plants and portraits of machinery as well as the new Ford and also the Lincoln"(Stebbins and Keyes 26).

Above all, in her 1938 biography of the artist, Constance Rourke captures "a striking clarity" that characterizes Sheeler's Rouge photographs, stating "All the photographs have a striking clarity, not only because nothing seems the observer and the scene but because clarity seems the substance of the subject as the photographer saw it, in the clear-cut solid outline of buildings, in iron bridges against the sky, the open spaces let into more than one of the pictures to reveal an inherent amplitude"(124). Interestingly, in most of the Rouge photographs Sheeler took, workers rarely appear. However, Sheeler sometimes includes some of workers in his photographs like in *Stamping Press*, where a solitary operator is overwhelmed and threatened by the immensity of the machine above him. The stamping press represented as a towering machine seems to be a testament to the immense power and scale of industrialized America captured in Ford's characterization of machinery as "the new Messiah."

Remarkably, *Stamping Press* seems to inspire Williams to write a poem "Sketch for a Portrait of Henry Ford," which has been read as the synthesis of Ford, of Sheeler, and of American mechanization:

A tin bucket
full of small used parts
nuts and short bolts
slowly draining onto
the dented bottom—
forming a heavy sludge
of oil—depositing

in its turn steel grit—

Hangs on an arm
that whirls it at increasing
velocity around
a central pivot—
suddenly the handle gives
way and the bucket
is propelled through
space … (*CP2* 12~13)

Charles Sheeler, *Stamping Press-Ford Plant*, 1927,
Gelatin Silver Print, Courtesy of the Museum of Fine Arts, Boston.

In the poem, Williams precisely analyzes the separate components of Ford's massive automobile factory known as the River Rouge by making Ford "the machine itself." Depicting Ford as "a tin bucket" full of "heavy sludge" and "steel grit," Williams precisely describes the intricate mechanism of Ford's factory like a straight photography. As for this poem in 1927, Williams revealed that he admired Ford and Sheeler for the same reason because they both possessed "a local dignity and force" that linked them to the American past and still remained "a seed for the future"(Stewart 58). Like "Sketch for a Portrait of Henry Ford," the huge, complicated machine parts, consisted of "nuts" and "short bolts" in *Stamping Press*, appear to operate "at increasing velocity" and overwhelm workers.

In the photograph, the giant *Stamping Press* dominates the workman who is likely to clean the die. The die press operator in the photograph is threatened by the dangers of the machine. *Stamping Press* strongly suggests the image of "the machine itself" in which human beings are transformed into a machine part. In the poem and photography, both Williams and Sheeler distinctly suggest Ford's mechanistic attitude towards humanity. Thus, they could create a new aesthetic of "the machine itself" while Ford refines an autonomous method of mass production based on the principles of efficiency.

As revealed in *Stamping Press*, the buildings shown from the Rouge photographs are represented as the symbols reflecting the aesthetics of American technology because "the buildings had clean lines and geometric proportions found in the modern style. Their steel-framed, glass facades expressed the aesthetics of the machine age"(Hughes 130). Sharon Corwin argues that "Through Sheeler's photographic style of 'straight photography,' in which all details are finely focused and free from the soft focus and atmospheric effects of the Pictorialists, the viewer of the Rouge photographs is given the illusion of omniscient vision—the gaze of Ford"(64). Another important photograph at River Rouge, *Criss-Crossed Conveyors* seems to best represent the power and promise of the Ford factory. Rising above the viewer in the brilliant sunlight, the eight all smoke stacks of Ford's powerhouse No. 1 suggest something transcending sheer realism to many viewers. In a sense, it symbolizes the myth of industry as the new religion of the machine age by focusing on the monumental grandeur of the factory buildings.

Charles Sheeler, *Criss-Crossed Conveyors-Ford Plant*, 1927, Gelatin Silver Print, Courtesy of the Metropolitan Museum of Art, New York.

The industrial elements, such as elevated conveyor shafts, cylindrical water towers, the eight huge columnar stacks of the power plant, are fused into an integrated whole. Across a yard filled with train wheels, two conveyors carrying coke and coal loom assertively above the viewer, forming a dynamic X-shape in the center of the composition. In short, "Sheeler's vision of American industry in this photograph transforms the factory complex into an icon of omnipotence"(Lucic 95). As revealed in *Criss-Crossed Conveyors*, I agree to the fact that "Sheeler's images set new standards for the representation of such highly-charged iconography" (Stebbins and Keyes 34).

Undoubtedly, *Criss-Crossed Conveyors* can be considered the most outstanding Precisionist photography because of the "precise" adoption of industrial subject and the "precise" description of criss-crossed conveyors literally. For this photograph, Ellen Handy's statement which clearly proves the indivisible connection between "Precisionism" and "photography" is noticeable:

> Nevertheless, it does not make sense to speak of Precisionism without considering photography (……) The term "Immaculate" and "Precisionist" in some cases are even more descriptive of photography than of painting—how well both apply to Strand's *Akeley* and Sheeler's *Criss-Crossed Conveyors*! Many of Precisionism's traits are shared to some extent with most photography. The analogies between Precisionism and photography lie not so much in the adoption of the characteristic look of photographs as in popular ideas about photography: that it is modern, technical, objective, hard-edged—in short, *precise*. (50)

Referring to *Criss-Crossed Conveyors*, Handy clearly argues "the analogies between Precisionism and photography." She defines Precisionist photography as a word "*precise*," which subsumes the characteristics of "modern, technical, objective, hard-edged." Through the eye of the camera's "*precise*" representation for *Criss-Crossed Conveyors*, Sheeler successfully could acquire a new photographic vision. In this way, for Sheeler, photography adds "to our knowledge of which we would have remained ignorant if we were dependent on the eye" (Rourke 65). In this regard, I believe, *Stamping Press* and *Criss-Crossed Conveyors* embody Williams' statement that "The photographic camera and what it could do were particularly well suited to a place where the immediate and the actual were under official neglect"(*SE* 160).

Charles Sheeler, *Upper Deck*, 25.3×20.2cm, 1929, Courtesy of the Metropolitan Museum of Art, New York.

Throughout the 1920s, Sheeler increasingly depersonalized the associational aspects of his works and also gradually moved toward greater realism and objectivity in his paintings. He developed a more austere, realist idiom, and "his paintings became increasingly dependent on his photographic practice"(Lucic 66). His decisive move to introduce a photographic element into his aesthetic was radical because at the time photography was not seen as a legitimate art from. However, after completing a watershed painting entitled *Upper Deck* of 1929, Sheeler slowly discovered that "pictures realistically conceived might have an underlying abstract structure"(Friedman 10). Thus, his work becomes a complex amalgam of the concrete and the abstract to overcome extreme realism of photography. In this regard, Mark Rawlinson claims "Caught between photography's capacity for resemblance and the gravitational pull of non-representational modernism, Sheeler develops hybridized aesthetic: combining the technology of photography, classical notions of painting and drawing, and theoretical modernism"(55). As Precisionism is often called Cubist-Realism, it is not difficult to find that Sheeler could construct the Precisionist aesthetic by combining the concrete and the abstract.

Williams' writings on Sheeler express his conviction that the artist is among the few American artists who achieved an exemplary fusion of the concrete and the abstract, the local and the universal. The poet wrote in the 1939 "Charles Sheeler" at the Museum of Modern Art that "He sees the universal in our midst with his eyes, and makes it up for us in detail from those things we know, with paint on a piece of stretched cloth"(*RI* 142). In this essay, he clearly recognizes "Later Sheeler turned (……) to a subtler particularization, the abstract":

> But the world is always seeking meanings! breaking down everything to its 'component parts,' not always without a loss. The arts have not escaped this tendency, nor did Sheeler whose early work leaned toward abstraction, in the drawing and composition, the familiar ironing out of planes. Something of it still lingers in his color. Later Sheeler turned, where his growth was to lie, to a subtler particularization, the abstract if you will but left by the artist integral with its native detail. (*RI* 142~143).

Charles Sheeler, *Classic Landscape*, 63.5×81.9cm, 1931, Courtesy of the National Gallery of Art, Washington DC.

After completing *Upper Deck*, Sheeler undertakes a series of paintings derived from his River Rouge experience. In fact, the paintings and drawings of 1930 to 1932 such as *American Landscape*(1930) and *River Rouge Plant*(1932) are Sheeler's most compelling views of American industrial landscape. Perhaps the most accomplished work in this period has been *Classic Landscape* of 1931. This painting, much influenced by the Rouge photographs, seems to summarize Sheeler's aesthetic pursuit and represents the attainment of the Precisionist vision. During his trip to Europe, Sheeler realizes the need to declare himself more fully committed to American subject matter and turned increasingly toward the fusion of the concrete and the abstract. Wolfgang Born argues that *Classic Landscape*, a landscape of the Ford Motor Company's River Rouge Plant, was an American masterwork in Precisionism. For the same reason, "it appealed to Williams: the local was given universal validity by means of an indigenous style"(Guimond 54). Moreover, it is important to note that the impact of photography and the photographic image on the form of representation in landscape paintings like *Classic Landscape* arose because "photography showed that it was capable of producing true visual documents of the industrialized world"(Tashjian "Engineering" 206).

In *Classic Landscape*, Sheeler describes the grandeur and beauty of the Ford plant through its precisely executed forms, mechanized composition like a photograph by highlighting colors of pinks, grays, and ochers. Significantly, inspired by Sheeler's *Classic Landscape*, Williams wrote a poem "Classic Scene" in 1937:

A power-house
in the shape of
a red brick chair
90 feet high

on the seat of which
sit the figures
of two metal
stacks—aluminum—

commanding an area
of squalid shacks

side by side—
from one of which

buff smoke
streams while under
a grey sky
the other remains

passive today— (*CP1* 444~445)

In the seventeen-line poem, Williams seems to adopt words that can be taken to transcribe Sheeler's *Classic Landscape* literally. He tries to describe "precisely" a somber atmosphere of American industrial landscape "under / a grey sky." The powerhouse dominates the landscape with an elemental quality because it becomes a mysterious icon of the twentieth century, an "occult mechanism"(381) according to Henry Adams. The landscape of "red," "buff," and "gray" is metamorphosed into an image of two smokestacks, one active and the other "passive today," sitting together on a chair. The smokestacks, represented only one smokestack in the painting, seem to become commanding anthromorphic figures and the powerhouse becomes a giant "chair."

Like "Classic Scene," *Classic Landscape* well represents an image of the alienation of the human figure from the forms of industrial America. The impersonal, smooth surfaces devoid of brushstrokes seem to assert an image parallel to the precision of mechanical reproduction through photography. More importantly, Sheeler seems to transpose his vision in a methodical way from his photographs to a more abstract conception. Unlike his earlier watercolor, *Classic Landscape* abstracts the actual view to a greater extent, through a strong compression of depth. For example, "the slag screening plant is in the right background on a plane with the cement plant, when in fact the building is nearly one-half mile further south"(Stewart 63). In fact, everywhere in the painting, Sheeler tries to eliminate details through an essentially abstract composition to convey a much greater sense of geometric form.

More and More, Sheeler's paintings go toward "converging road" between photography and painting through reconciling the concrete with the abstract. His *Classic Landscape* appears to transcend sheer realism by combining photography and painting in rendering the abstract elements of mechanical forms. Thus, the planes and structure of the painting possess "the elisions, the finality, the wholeness which belong to poetry"(Rourke 153). Particularly, it is said that Williams was long attracted by the beauty of *Classic Landscape* and commented upon it from time to time. In 1958, Williams wrote a letter to Sheeler that Classic Landscape was meaningful in abstracting its sheer mechanized form and structure, stating "That is what I look to find in your pictures, the art of the thing triumphing over the mechanics"(Stewart 149). In this regard, I think, "Classic Scene" and *Classic Landscape* summarize the two artists' identical aesthetic quest and represent the peak of their Precisionist vision transcending sheer realism of photography.

Conclusion

Williams and Sheeler share the belief that America needs to have the potential for a distinctive form of artistic expression in the "machine age." Obviously, their works inspired from the urbanization and industrialization of America call to mind a visually reproduced American style of art which is often called Cubist-Realism or Precisionism. Most of all, in order to acquire remarkably 'precise' images, both Williams and Sheeler adopt photography as an art form produced by a flawlessly calibrated machine. Given the fact that there is a "machine aesthetic" at the heart of Precisionism, it is evident that their new vision derived from machinery and mechanization is essentially associated with Precisionism.

Among the Precisionist artists, Williams sharply recognizes that photography is the most appropriate medium to reflect the technological progress of industrialized America. In prose and poetry, Williams reveals that he was strongly affected by the Precisionist aesthetic in relation to Sheeler's photography. Particularly, regarding Sheeler as "the machine itself," Williams recognizes that his aesthetic pursuit is indivisibly associated with Sheeler's art. Furthermore, the images in the poetry, photography, and painting of Williams and Sheeler are markedly represented in relation to their contemporary industrialist Henry Ford.

For Williams and Sheeler, Ford signifies a machine-age creator and functions as a mechanism which could unite art and technology. The images of Ford and his Motor Company in both artists' works strongly evoke their pursuit of an indigenous American art, that is, Precisionism. Williams' poems such as "Sketch for a Portrait of Henry Ford" and "Classic Scene" as well as Sheeler's photographs and painting such as *Stamping Press*, *Criss-Crossed Conveyors*, and *Classic Landscape* obviously share the same themes as Ford and his Motor Company at River Rouge.

Creating his works, Sheeler remarkably uses photography more than any other avant-garde artist. In addition, he aspires to create a complex amalgam of the representational and the abstract by reconciling extreme realism and experimental abstraction in his paintings. Above all, *Classic Landscape* transcending sheer realism can be the most representative masterpiece for "converging roads" between painting and photography. Like Sheeler, Williams sharply recognizes the indispensable adoption of the abstract to overcome extreme realism of photography, stating "Later Sheeler turned (······) to a subtler particularization, the abstract"(*RI* 143). Thus, Williams considers *Classic Landscape* "the art of the thing triumphing over the mechanics"(Stewart 149). Both Williams and Sheeler ultimately could go more and more toward the essence of Precisionism by adding the abstract to the "*precise*" art which photography creates. Accordingly, it is evident that the new photographic vision of Williams and Sheeler going beyond the eye of the camera plays a vital role going toward Precisionism.

Walker Evans and Documentary Style

1. Sermon With a Camera

As a poet who realizes the power of photography, Williams tries to write poetry and prose corresponding to American modernism. Fascinated by photography's immediacy and realism, Williams stresses photography acting as an authentic American artistic tool in his writings. Claiming that a poet should take inspiration from the other arts, Williams frequently visited Alfred Stieglitz's gallery in the 1910s and 1920s. Through his intimate relationships with many artists in Stieglitz's circle, Williams could expand his views on paintings and photography. From the early days of his career, Williams tries to visualize his poetry corresponding to photography. Bram Dijkstra notes that some early poems of Williams' *Al Que Quiere!* published in 1917 remarkably feature "essentially a suite of photographic images"(165).

Williams notices the importance of a photographic medium in developing his distinctly American poetics distinguished from the artistic tradition of Europe. In a 1934 essay "The American Background," referring to the father of American photography Alfred Stieglitz, Williams argues that "The photographic camera and what it could do were particularly well suited to a place where the immediate and the actual were under official neglect"(*SE* 160). It is not surprising that Williams reveals sharp insights for photography by commenting his contemporary American photographers such as Charles Sheeler and Walker Evans as well as Stieglitz. Williams' essays entitled "Sermon With a Camera"(1938), "Charles Sheeler"(1939) and "What of Alfred Stieglitz" (1946) manifest his profound insight for the photographers and photography. The discussions of Williams' poems have frequently compared the visual movements of the perceiving subject with photography. His camera eye plays an important role to construct his poetics moving toward Objectivism led by Louis Zukofsky. It is well known that Williams has been regarded as a representative Objectivist poet influenced by various Avant-garde artistic movements such as Cubism, Futurism, Dadaism, etc. in the 1920s. In this period, a variety of his poems feature "the thing itself" pursuing "exclusion of sentimentalisms, similes, overweening autobiographies of the heart (……) of all but the full sight of the immediate"(Zukofsky 149).

However, Williams' works of the 1930s during the Depression manifest emotional and subjective aspects distinguished from his Objectivist poetry. His seemingly paradoxical stance to combine objective eyes like a photographer with emotional and subjective "I" is definitely inspired by the "social upheaval." In fact, in an essay entitled "Sermon With a Camera" in 1938, Williams used the term "social upheaval" reviewing Walker Evans's photographs, arguing "The total effect is of a social upheaval, not a photographic picnic"(310). Significantly, the poet regards the "social upheaval" as documentary because it reflects the rapid economic, cultural, and environmental change of the period. It is Williams' short stories of the 1930s that record most realistically the aspects of the ethnic and racial Others including the working class and the poor. For example, a short story entitled "Jean Beicke" of *Life Along the Passaic River* in 1938 well represents the gritty realism of Depression America, stating "It's the Depression, they say, nobody has any money so they stay home nights. But one bad result of this is that in the children's ward, another floor up, you see a lot of unwanted children"(*CS* 158). More importantly, Williams defines the concept of documentary associated with poetry by claiming "I used documentary prose to break up the poetry, to help shape the form of the poem"(*IWWP* 73). In terms of "documentary work" transcending the bounds of genres and media, Robert Coles defines that "documentary work becomes documentary writing, documentary photographs, a film, a taped series of folk songs, a collection of children's drawings and paintings: reports of what was encountered for the ears and eyes of others"(99).

Lots of Williams' poetry and prose in this period can be considered as the human and medical documents reflecting the "social upheaval." His desire to get out of sheer Objectivism can be well explained in the images of Evans's unique photography. As one of Evans's admirers, Williams personally knew Evans who was known for establishing the "documentary style" as art in photography. In particular, Williams was fascinated by the precise, specific, factual and poetic images featuring Evans's photography. The "documentary style" photography is remarkably distinguished from ordinary documentary photography which faithfully registers documents by excluding artistic values. Consequently, in "Sermon With a Camera," Williams regards Evans as an artist lest ordinary viewers should mistake Evans's photographs for random snapshots or mere documentary photographs.

For Williams, Evans's photographs act as not a literal documentary but as lyrical documentary filled with the poetic voices of everyday America. Williams' insight into Evans's photographs as the lyrical documentary is best explained in Monique Vescia's statement that "The American documentary movement was also distinguished from documentary efforts in other countries by virtue of its fundamentally poetic character"(3). It is no wonder that in "Sermon With a Camera," Williams describes Evans's photographs in the manner of poems by regarding them as "eloquent" and "fluent" images(311). He realizes the unique power of Evans's photographs distinguished from his contemporary photographers. Thus, he emphasizes that "we" suggesting his contemporary writers "go about blind and deaf" and "the artist must save us"(310). In short, the gritty realism of the working class and the poor in Williams' prose and poetry of the 1930s feature strong lyrical documentary. Evans's photographs of the "social upheaval" during the Depression have much in common with Williams' pursuit for a distinctly American poetics. I try to investigate how Williams' non-Objectivist vision of Depression America is closely related to Evans's "documentary style" photography.

2. Documentary of the 1930s

Some American writers and photographers in the 1930s see themselves not merely as artists but as documentarians of rapid economic, cultural, and environmental change in America. In the history of American art, most of the linguistic and visual arts in the 1930s are closely related to the emergence of documentary or documentary photography. According to a dictionary definition, a photograph which gives us special value as evidence can be called documentary: "an original and official paper relied upon as basis, proof, or support of anything else;—in its most extended sense, including any writing, book, or other instrument conveying information"(Webster 244). The term "documentary" was first used by the British filmmaker John Grierson in 1926. Fundamentally, the word "document" suggests the realistic representation "to construct or produce with authentic situations or events" and "to portray realistically"(Coles 19). Williams uses documentary bits such as letters, historical prose, newspaper accounts, and other materials in his poetry. This is definitely exemplified in his epic *Paterson* which Williams began work on as early as 1926. In *I Wanted to Write a Poem*, Williams demonstrates the inevitability of "fascinating documentary evidence" in his preparation of *Paterson*:

> I read everything I could gather, finding fascinating documentary evidence in a volume published by the Historical Society of Paterson. Here were all the facts I could ask for, details exploited by no one (······) The documentary notations were chosen for their live interest, their verisimilitude. Each part of the poem was planned as a unit complete in itself, reporting the progress of the river. (*IWWP* 72~73)

Here, his emphasis on "verisimilitude" in terms of using "documentary notations" strongly evokes the photographic realism. The images of Williams' works can be considered an exquisite combination of the "documentary work" which subsumes all kinds of documentary transcending the bounds of genres and media.

Poetry and photography of the 1930s share similar themes and images derived from the effects of the Depression. It is noteworthy that modern poetry and documentary photography were "intriguingly symbiotic forms of expression, and at no time in American history was this so apparent as during the 1930s"(Vescia 7). Alfred Kazin points out the situations of American literature in the period: "The Thirties in literature were the age of the plebs—of writers from the working class, the lower class, the immigrant class, the non-literate class, from Western mills and farms—those whose struggle was to survive"(12). Indeed, most American literature and visual arts in the Depression share the identical themes and images reflecting poverty-stricken people and their predicament.

The Depression America of 1930s can be summarized as the record of the "age of the plebs." It is noteworthy that Williams was most productive as a writer in prose as well as in poetry through the thirties. In the period, he published four books of prose entitled *A Novelette and Other Prose*(1932), two volumes of short stories entitled *The Knife of the Times*(1932) and *Life Along the Passaic River*(1938) as well as the novel *White Mule*(1937). Among these works, Williams' short stories in *Life Along the Passaic River* remarkably contain the social aspects of Depression America associated with human and medical documents. For example, the physician-narrator keenly diagnoses the aftermath of the Depression, which was "unwanted children" in a story entitled "Jean Beicke": "During a Time like this, they kid a lot among the doctors and nurses on the obstetrical floor because of the rushing business in new babies that's pretty nearly always going on up there"(*CS* 158). As this passages indicates, it becomes evident that most of the short stories *Life Along the Passaic River* "concentrates more direct social concern than any of his poetry"(Doyle 70).

Moreover, Williams' contemporary photographer Walker Evans captures the images reflecting the "age of the plebs" in a photobook entitled *American Photographs* in 1938. Fascinated by the gritty realism of *American Photographs*, Williams views the photographs as the "social upheaval." As the phrase "social upheaval" indicates, Williams' prose and poetry in this period offer the quotidian portraits of Depression America. He focuses on the diverse ethnic and racial others including Polacks, Jews, Russians, and Italians in America. Like a photographer, he realistically captures various portraits of Depression America documenting the daily lives of the poor, immigrants and African Americans.

Interestingly enough, lots of Williams' short stories dealing with Depression America offer outstanding medical documents of the Passaic River in Paterson, New Jersey. Through these stories in *Life Along the Passaic River*, Williams provides a visual survey of the working-class immigrants and African Americans who inhabit the banks of the Passaic River. Similar to viewing a series of documentary photographs, we glide through the city, observing the poor and homeless as he strolls around the Passaic River and captures the place and its people. In the title story "Life Along the Passaic River," Williams realistically describes the disorderly social aspects of America:

> All the streets of the Dundee section of Passaic have men idling in them this summer. Polacks mostly, walking around—collars open, skinny, pot-bellied—or sitting on the steps and porches of the old-time wooden house, looking out of place, fathers of families with their women folk around them. You see a few niggers, but they're smiling. Jews, of course, trying to undersell somebody else or each other and so out of the picture. (*CS* 111)

As this passage shows, the diverse stories in *Life Along the Passaic River* impartially document the aspects of multi–ethnic Americans and their daily lives. As a physician and documentarian, Williams empathizes with these people and their predicament. In the next scene of "Life Along the Passaic River," he takes us to the hospital by mentioning "Look at this one lying on the autopsy slab at the hospital; you can see the whole thing"(*CS* 113). The words "look" and "see" indicate, Williams' urban sketches aim to visualize the unpretentious, unpolished and unadorned reality of the daily lives.

Most of all, his medical documents as a physician in *Life Along the Passaic River* provide remarkable distinctions which cannot be easily found in his contemporary writers. In his *Autobiography*, Williams also tries to diagnose his patients from a different perspective: "My business, aside from the mere physical diagnosis, is to make a different sort of diagnosis concerning them as individuals, quite apart from anything for which they seek my advice"(358). The experiences of a physician–narrator are manifested in his most popular story "The Use of Force." Like many doctor stories, "The Use of Force" describes a house visit to an immigrant working–class family:

> When I arrived I was met by the mother, a big startled looking woman, very clean and apologetic who merely said, Is this the doctor? and let me in (……) The child was fully dressed and sitting on her father's lap near the kitchen table (……) I could see that they were all very nervous, eyeing me up and down distrustfully. As often, in such cases, they weren't telling me more than they had to, it was up to me to tell them; that's why they were spending three dollars on me. (*CS* 131)

This passage apparently provides a medical document full of unadorned reality derived from his cold, harsh and surgical perspective. Williams takes us to the working-class homes but also shows the relatively poor working conditions which the majority of physicians faced. In Williams' time, the physician-narrator was prone to be treated "distrustfully" by the working-class people. Observing the young girl named Mathilda, Williams explicitly shows his photographic depictions of physician-narrator's objects, namely, patients. His statement that "One of those picture children often reproduced in advertising leaflets and the photogravure sections of the Sunday papers"(*CS* 131) indicates, Williams' portrait of "picture" child Mathilda obviously goes beyond a mere painting. The terms such as "advertising leaflets" and "the photogravure" manifest his camera vision for the object. For the photographic images of *Life Along the Passaic River*, Eda Lou Walton claims that Williams' art is "realism intensified with a skill as of X-ray in penetration and analysis"(73). Williams' penetrating gaze is well suited to that of a "cameraman," which is strongly reminiscent of Walter Benjamin's statement that "The painter maintains in his work a natural distance from reality, the cameraman penetrates deeply into its web"(49). In the next scene of "The Use of Force," however, the narrator breaks out his fury to the "picture" child resisting to the doctor's examination into her throat. At this very moment, Williams is obliged to reveal his emotional "I" getting out of his objective stance, stating "It was pleasure to attack her. My face was burning with it (……) But a blind fury, a feeling of adult shame, bred of a longing for muscular release are the operatives"(*CS* 135). Indeed, Williams' description in *Life Along the Passaic River* strongly evokes photographic images which portray realistically the medical documents for the poor and immigrants. This fact is well understood in Robert Gish's statement that "The resultant effect is that of a large canvas done is in hasty but impassioned brush strokes"(67). His cold, harsh and surgical vision is compared with that of a documentarian who desires to portray realistically Depression America. It becomes evident that *Life Along the Passaic River* is seen as a "documentary feel, a gritty realism"(Entin 152). However, it is important that Williams' documentary work reflecting "gritty realism" complements his emotional perspective on the socially disadvantaged people. In "Jean Beicke," the physician-narrator reveals his sympathy for the dying infant considered one of the "miserable specimens":

> I often kid the girls. Why not? I look at some miserable specimens they've dolled up for me when I make the rounds in the morning and I tell them: Give it an enema, maybe it will get well (……) Poor kids! You really wonder sometimes if medicine isn't all wrong to try to do anything for them at all. You actually want to see them pass out, especially when they're deformed or—they're awful sometimes. (*CS* 160)

As seen in "The Use of Force" and "Jean Beicke," most of his short stories acting as the medical documents are based on his real experience as a physician. It is no wonder that his stories strongly evoke the "verisimilitude" effect like a series of photographs. The "verisimilitude" effect which Williams engrosses is manifested in depicting the socially disadvantaged including the working class, the poor, the ignorant and the diseased. In short, his stories are realistic and sociological but also imaginative and aesthetically innovative. Accordingly, his pursuit for distinctly American poetics corresponding to documentary photography is not completely fit into Objectivist perspective devoid of emotion and subjectivity. In this respect, Henry Sayre points out Williams' "more emotionally convoluted poems" in the 1930s: "Almost without exception poems of this more loosely structured variety are profoundly subjective (……) They tend, in short, toward what Zukofsky damned as 'the personally lyric'"("American Vernacular" 326~327). Undoubtedly, his desire to find distinctly American poetry is a "question of discovering a poetic form which could accommodate both the objective eye and the sentimental 'I' at once" (328). Indeed, poetry and prose constantly alternate in his epic *Paterson*, creating the powerful effect of "antagonistic cooperation"(*P* 7). From the 1930s, Williams attempts to continuously combine his emotional and subjective "I" with his Objectivist vision. Most of all, I think, Williams could find a solution for the combination in his contemporary photographers' works, especially, in Evans's "documentary style" photographs.

3. Evans and Lyrical Documentary Images

Williams wrote his laudatory review "Sermon With a Camera" on Evans's photobook American Photographs in 1938. In this review, he demonstrates that his pursuit for distinctly American poetics is similar to Evans's photographs, claiming "I'm glad that Evans has promenaded his eyes about America rather than France in this case"(310). In particular, Williams notices that Evans's emphasis on "locality" is well suited to his poetic pursuit that "The local is the only universal, upon that all art builds"(*A* 391). Thus, he sharply recognizes the lyrical elements in the photographs of "Sermon With a Camera" by recognizing Evans's photographs as "a record of what was in that place for Mr. Evans to see and what Mr. Evans saw there in that time":

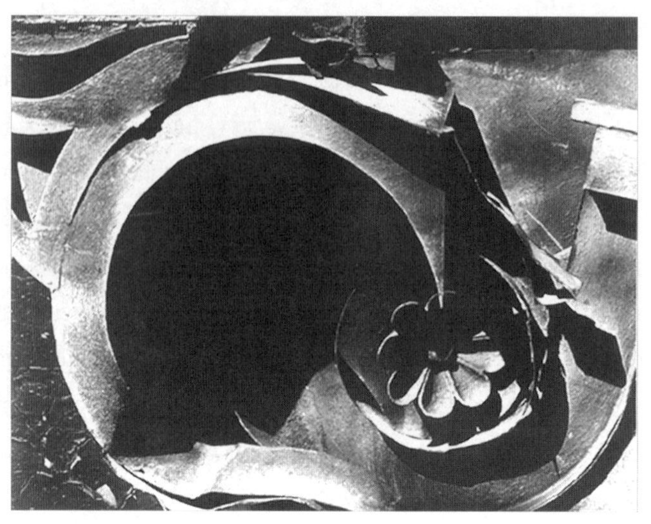

Walker Evans, *Tin Relic*, 1931,
Courtesy of the Metropolitan Museum of Art, New York.

> The book is in two parts, about evenly divided between portraits and architecture, the products and remains of a life that is constantly in process of passing. The range is from *Parked Car, Small Town Main Street, 1932*, to *Tin Relic, 1931*; and from *Alabama Cotton Tenant Farmer's Wife, 1936*, to *Maine Pump, 1933*. They particularize, as Atget did for the Paris of his day. By this the eye and, consequently, the mind are induced to partake of the list that has been prepared—that we may know it. (309~310)

In order to understand Evans and his lyrical photographs called "documentary style," it is important to know the American photography in the 1930s. Caused by the stock market crash of October 1929, the economic upheaval spread quickly over the country's social, political and cultural areas. Farm Security Administration's documentary division was originally created to foster support for President Franklin D. Roosevelt's New Deal relief programs. Headed by Roy Stryker from 1935 to 1943, the FSA photographers such as Dorothea Lange, Berenice Abbott, Ben Shahn as well as Evans were dispatched into the poverty-stricken areas to document the problems of rural America. Among these photographers, Evans who wanted to be a writer as an avid reader of prose and poetry is believed to have the most poetic sensibility. Consequently, Evans could capture the quotidian landscapes of Depression America such as house, storefronts, churches, billboards as well as diverse disadvantaged people.

Walker Evans, *Main Pump*, 1933,
Courtesy of J. Paul Getty Museum, Los Angeles.

In "Sermon With a Camera," Williams reveals that his poetry has a fundamental connection with photography. He has a keen insight into reading Evans's photographs by situating Evans in the tradition of the leading documentary photographers, Mathew Brady(1823~1896) and Eugene Atget(1856~1927). In particular, Williams compares Evans with a French photographer Atget who has been regarded as the precursor of modern documentary photography. His insight into the common ground which Evans and Atget share should be understood as the "lyrical documentary vein" of photography. It is the French surrealist poet Robert Desnos who regards Atget's work as the "visions of a poet, bequeathed to poets"(Hambourg 26). Reading their poetic elements in Evans's photographs, Williams notices the fundamental similarity between Evans's and Atget's photographs, stating "They particularize as Atget did for the Paris of his day"(310). Significantly, Williams defends his own poetic principles for "contact" and "locality" in praising Evans's choice of local imagery in "Sermon With a Camera":

> Evans saw what he saw here, in this place—this was his universal. In this place he saw what is universal. By his photographs he proves it. Atget would like that. One of my pet aversions is the belief that you have to go to special places to find excellence in the arts on the principle that you don't find whales in a mill pond (……) It is the particularization of the universal that is important. It is the unique field of the artist. Evans is an artist. (310~311)

Although Evans often photographs inanimate objects with architecture and signage in the city and the country, he also captures the harsh realities of the working-class people in the Depression. Given that Evans regards photography as "the most literary of all the arts," it is no wonder that Williams shares the similar aesthetic values with Evans among the FSA documentary photographers.

Evans's lyrical images which are reminiscent of strong poetic images in Atget's photographs can be summarized as a term "documentary style." In an interview with Leslie Katz, Evans defines his photography as "documentary style":

> That [Documentary] is a very sophisticated and misleading word. And not really clear. You have to have a sophisticated ear to receive that word. The term should be documentary style. An example of a literal document would be a police photograph of a murder scene. You see, a document has use, whereas art is really useless. Therefore art is never a document, though it certainly can adopt that style. (364)

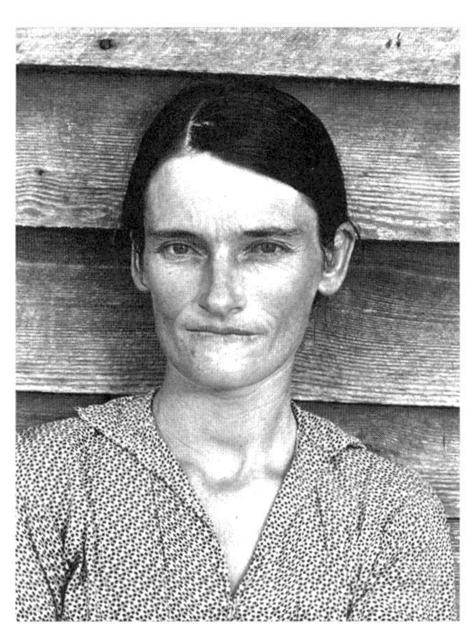

Walker Evans, *Alabama Cotton Tenant Farmer's Wife*, 20.9×14.4cm, 1936, Courtesy of the Metropolitan Museum of Art, New York.

As this passage indicates, both Williams' and Evans's aesthetics are fundamentally based on a "documentary style" rather than a "literal document." The characteristics of "documentary style" photography in Williams' short stories of the Depression are distinguished from a sheer Objectivist perspective. In fact, Williams passionately pursed Objectivism led by Zukofsky in the 1920s and early 1930s. In terms of the importance of Objectivism once Williams was engrossed in, John Beck argues that "As a response to the dilemma of a socially committed poetry Williams faced during the Depression, the Objectivist stance offered a sophistication conspicuously absent from the many American communist or proletarian writers Williams was so skeptical of"(123). Obviously, Williams' Objectivist stance is closely related to his pursuit for new poetry form moving toward "documentary style" poetics.

It is noteworthy that Williams feels strong empathy for Stieglitz's "straight" photography standing against pictorialism which is known as aesthetic photography. The "straight" photography featuring immediacy and realism plays important roles to construct Williams' Objectivist poetics. According to Paul Mariani, Williams wrote the "photographic realism"(430) of the poems during his association with the Objectivists poets. In the early 1900s, a variety of "isms" in art such as Cubism, Futurism, Dadaism, Precisionism, etc. emerged. A machine aesthetics whose themes and images derived from advance of technology dominates virtually almost all Avant-garde movements. Significantly, Objectivism in poetry is closely related to Precisionism which is considered an American Avant-garde movement. Precisionist artists such as Charles Demuth and Charles Sheeler whose emphasis on objectivity and a lack of emotion aspire to create an indigenous American artistic expressions. Objectivist formal concerns have in common with Precisionism to depict objects with clarity and detail and to create objective expression cleansed of emotion. Considering Williams' lifelong poetic motto "no ideas but in things," lots of his visual poems in the 1930s undeniably seem to accord with the characteristics of Objectivism.

However, Objectivism's strict form, lack of emotion and impersonality frustrate Williams who desires to find a form allowing more freedom of expression. Even some of his Objectivist poems cannot be completely explained by the domain of sheer Objectivism despite Zukofsky's assertion that Williams was a "leader of the Objectivist school"(Mariani 306). While overtly objective, Williams has been really emotional from the 1930s, "attempting to solve his own inner conflict by substituting the impersonal for the personal"(Doyle 68). This is manifested by his two representative poems on the working class entitled "Proletarian Portrait" and "The Poor" in the 1930s. The "Proletarian Portrait" in Williams' poetry collection entitled *An Early Martyr and Other Poems* in 1935 definitely shows Williams' attempt to get out of a sheer Objectivist vision:

A big young bareheaded woman
in an apron

Her hair slicked back standing
on the street

One stockinged foot toeing
the sidewalk

Her shoe in her hand. Looking
intently into it

She pulls out the paper insole
to find the nail

That has been hurting her (*CP1* 384~385)

This poem visually and objectively portrays a young woman in the street. By using diverse present participles like "standing," "toeing," "looking," and "hurting," Williams inspires a kinetic effect. The word "bareheaded" suggests that she does not hide her corporeality, showing her head and hair. His depiction of her motion strongly evokes a series of snapshots. Seemingly, this poem devoid of emotion and subjectivity can be considered Objectivist poetry. However, the last stanza with no punctuation which is a device Williams often resorts to in poems of this period distinctly loosens the poem's formal structure. The transformation into looseness and lack of rigidity suggest his desire for finding more freedom of expression in poetry. Noticeably, Henry Sayre points out this change: "the loose, baggy, subjective poems continue to get written throughout the Objectivst period"(327). Therefore, "Proletarian Portrait" manifests Williams' desire to get out of a sheer Objectivist poetics. The change of his poetry is precipitated by the empathy with the working-class and proletarian people faced with harsh realities of the Depression.

In this period, Williams unwittingly feels empathy for the working-class and proletarian people when describing their lives faced with extreme destitution. In reference to the citizens of Paterson, he reveals that those disadvantaged people inspire his imagination:

These folks—they'd smell that rot [of sentiment] in a second. I'm interested in them because they are the people I've known all my life—and they're the kind of people who made this country, worked and worked to build it up, turn its natural wealth into its industrial wealth. They came here from everywhere, and made this place, right here, their somewhere. (Coles 204)

As this passage indicates, for Williams, the working-class and proletarian people act as his eternal muse throughout his life. In addition, He already expressed his sympathy for these people in an early poem "Apology": "Why do I write today? / The beauty of / the terrible faces / of our nonentities / stirs me to it: / colored women / day workers—" (*CP1* 70). Most of all, "The Poor" written in 1938 provides Williams' distinguishing emotional and subjective aspects which could not be found in his previous Objectivist poetry:

It's the anarchy of poverty
delights me, the old
yellow wooden house indented
among the new brick tenements

Or a cast iron balcony
with panels showing oak branches
in full leaf. It fits
the dress of the children

reflecting every stage and
custom of necessity—
Chimneys, roofs, fences of
wood and metal in an unfenced

> age and enclosing next to
> nothing at all (*CP1* 452~453)

The "anarchy of poverty" which "delights" the poet is mixed with diverse architectural styles of "wooden house," "brick tenements," "cast iron balcony," etc. Interestingly enough, these images strongly evoke the ramshackle houses, store fronts and random architectural elements in Evans's photographs. It is hard to deny the obvious connection between Williams' images of "anarchy of poverty" and Evans's photographs such as *Sidewalk Scene in Selma, Alabama, 1935* and *Bud Fields and His Family, Hale County, Alabama, 1936*.

Walker Evans, *Sidewalk Scene in Selma, Alabama*, 18.4×23.5cm, 1935, Courtesy of J. Paul Getty Museum, Los Angeles.

Like these photographs, when portraying the urban poor, rural tenant farmers and unemployed African Americans, many lines of Williams' poetry "bear uncanny resemblance to both the subject and tenor of Evans's photographs" (Maier 102). Most importantly, contrasting with the first stanza beginning with "anarchy of poverty," "The Poor" ends with an old street sweeper's invincible willpower against extreme hardship:

> the old man
> in a sweater and soft black
> hat who sweeps the sidewalk—
>
> his own ten feet of it—
> in a wind that fitfully
> turning his corner has
> overwhelmed the entire city. (*CP1* 453)

The old sweeper who "overwhelmed" the entire city "delights" the poet regardless of the widespread "anarchy of poverty." Due to the sweeper's heroic act faced with the severe misery, we can also feel a kind of "delights." The importance of the sweeper is well understood in Peter Schmidt's statement that "No longer figures of 'anarchy,' the poor hurt most strongly by the Depression are now seen to be the last bastions of frugality, limits, enclosure, and order"(35). Getting out of sheer Objectivism, Williams "attempts not so much to seize authority from the poetic object as to enter into a dialogue with it, thus allowing his reader the same luxury"(Sayre 329).

Walker Evans, *Bud Fields and His Family, Hale County, Alabama*, 19.4×24.4cm, 1936, Courtesy of the Metropolitan Museum of Art, New York.

Significantly, the old sweeper seems to be embodied as the "Beautiful Thing" that Williams desires to quest in *Paterson*. Indeed, the "Beautiful Thing" appears numerous times as a primary motif in a poem "Paterson: Episode 17" and *Paterson*: "Beautiful Thing, your / vulgarity of beauty surpasses all their / perfections!"(*P* 120). Most importantly, considering Williams' statement "the words are lacking"(*P* 121), the "Beautiful Thing" acts as a visual metaphor. By the end of "The Poor," Williams inspires us to capture "vulgarity of beauty" in the sweeper's sweeping the ten feet of sidewalk in front of his property against "fitful" wind. The sweeper's act is derived from his "local pride"(*P* 2) precipitated by the immediate contact with locality. Therefore, it is the old sweeper embodying "vulgarity of beauty," I think, that Williams invariably desires to quest in his works. This is manifested in his emphasis on "the local" and "purely American" in preparation of *Paterson*: "I always wanted to write a poem celebrating the local material, (……) to use only the material that concerned the locale that I occupied, that I occupied, that I do occupy still, to have no connection with the European world, but to be purely American, to celebrate it as an American"(*Interviews* 71). The "Beautiful Thing" should not be solely "embodied as a black woman" in a way that Paul Mariani and other critics maintain(Hawes 175). Given that the indivisible relationship between "Beautiful Thing" and "the local," the "Beautiful Thing" can be interpreted as something or someone more diverse. This is well explained in Lisa Hawes' statement that "'Beautiful Thing' comes across in *Paterson* as more of an idea than as one particular woman"(175).

As seen in "The Poor," Williams' poetry from the 1930s continues to avoid a sheer Objectivist perspective and to keep the poet's quest for "Beautiful Thing." Of all the contemporary writers and artists, only in Evans's photographs does Williams find "Beautiful Thing." This is best epitomized in Williams' statement that "We go about blind and deaf (……) The artist must save us. He's the only one who can"(310). Obviously, Williams realizes that Evans's "documentary style" photographs connote the "Beautiful Thing." The poet ultimately concludes his review on "Sermon With a Camera":

> It's not the first, perhaps not even the best books of pictures of us, but it's an eloquent one, one of the most fluent I have come across and enjoyed

(……) There's nothing oppressively 'photographic here,' it isn't a long nose poking into dirty corners for propaganda and for scandal, there are no trick shots, the composition isn't a particular feature—but the pictures talk to us. And they say plenty. (311)

As the phrase "There's nothing oppressively 'photographic here'" suggests, Williams discovers the fundamentally poetic characters of Evans's photography. It is in Evans's photographs such as *Main Pump, 1933* and *Alabama Cotton Tenant Farmer's Wife, 1936* that the poet captures the "eloquent" and "fluent" images strongly evoking the "Beautiful Thing." The "eloquent" and "fluent" images of Depression America distinguished from ordinary documentary photography inspire him to construct a new poetics getting out of sheer Objectivism. Consequently, Williams' quest for "Beautiful Thing" corresponds with inspiring the "eloquent" and "fluent" images in his poetry.

Conclusion

Through the thirties, Williams was most productive in producing prose and poetry including many short stories. Heavily influenced by the visual arts including paintings and photography, he continuously tried to visualize his works. From the 1910s to the 1930s, Williams could develop his poetry based on the aesthetics acquired from his close relationship with many painters and photographers. In these periods, photography is most well suited to his poetic pursuit because of its immediacy and objectivity. It is not difficult to find the intimate relationship between his Objectivist vision and photography.

Williams relates photography to "the local" that he deals with most importantly. This is best epitomized in his proclamation that photography is "particularly well suited to a place where the immediate and the actual were under official neglect." Significantly, most of his works during the Depression offer predominant characteristics of documentary photography. Williams' use of the terms "documentary evidence," "documentary notations" and "verisimilitude" manifests the indivisible connection between his works and documentary photography. The short stories such as "Life Along the Passaic River," "The Use of Force" and "Jean Beicke" reveal the photographic features of his medical documents which could not be easily found in his contemporary writers. In these stories, Williams feels empathy for the working-class or proletarian people represented as his fascinating subjects. This is also found in his poems such as "Proletarian Portrait" and "The Poor." However, these works filled with gritty realism should not be considered mere Objectivism or medical documentary due to Williams' non-Objectivist stance suggesting the "Beautiful Thing."

Williams' non-Objectivist vision since the 1930s can be best explained in relation to Evans's "documentary style" photographs. In "Sermon With a Camera," Williams penetrates Evans's photographs reflecting both the "social upheaval" and lyrical elements at the same time. He realizes that the distinction of these unique photographs is based on "contact" and "locality." Moreover, Williams stresses that Evans's photographs "talk to us" and "say plenty" because of their fundamental lyrical elements. For the poet, the working-class and proletarian people in the photographs appear as the "vulgarity of beauty" transcending the absolute misery of gritty realism. Mentioning that "The beauty of / the terrible faces" stirs him to write, Williams has constantly tried to capture the "Beautiful

Thing." It becomes evident that the "Beautiful Thing" is overwhelmingly perceived as a visual metaphor which cannot be properly explained in words. Like Evans's photography, the poet wants his poetry to be read as the "eloquent" and "fluent" images in which we could find the "vulgarity of beauty." For Williams, capturing the "Beautiful Thing" is quite the same as pursuing the "eloquent" and "fluent" images in poetry, which is the essence of "documentary style" poetics. Accordingly, I believe, his non-Objectivist poetry since the 1930s should be understood as an extension of "documentary style" poetics.

참고문헌

김은중, 「옥타비오 파스: 그늘이 무성한 나무」, 서성철·김창민 편, 『라틴 아메리카의 문학과 사회』, 까치, 2001, 13~30쪽.

신채기, 「1910년에서 1930년대까지 미국 미술에 나타난 국가 정체성에 관한 연구」, 이화여자대학교 박사논문, 2004.

심진호. 『월트 휘트먼과 융합적 상상력』, 글로벌콘텐츠, 2015.

이지현, 「후안 그리의 입체주의 이론과 작품 연구: 후안 그리의 연역적 입체주의와 관련하여」, 홍익대학교 석사논문, 1991.

최용미, 「윌리엄 카를로스 윌리엄스의 불일치의 시학과 미국의 문화 정체성」, 이화여자대학교 박사논문, 2004.

홍은택, 『윌리엄 칼로스 윌리엄즈의 시세계』, 동인, 1998.

Ades, Dawn, Neil Cox, and David Hopkins, *Marcel Duchamp*, London: Thames & Hudson, 1999.

Ahearn, Barry, *William Carlos Williams and Alterity*, Cambridge UP, 1994.

Aiken, Edward, "'I Saw the Figure 5 in Gold': Charles Demuth's Emblematic Portrait of William Carlos Williams", *Art Journal* 46: 3, Fall 1987, pp. 178~184.

Bhabha, H. K., *The Location of Culture*, London: Routledge, 1994.

Beck, John, *Writing the Radical Center: William Carlos Williams, John Dewey, and American Cultural Politics*, Albany: SUNY P, 2001.

Benjamin, Walter, "The Work of Art in the Age of Mechanical Reproduction", *The Photography Reader*, Ed. Liz Wells, New York: Routledge, 2002, pp. 42~58.

Berger, John, *The Success and Failure of Picasso*, Harmondsworth: Penguin, 1965.

Blasco, Lawrence D., "The Image of City in the Works of William Carlos Williams, Kenneth Fearing, and Clalude Mackay", Dissertation, U of New York at Buffalo, 2001.

Bloom, Harold, *Genius: A Mosaic of 100 Exemplary Creative Minds*, New York: Grand Central Publishing, 2003.

Bremen, Brian A., *William Carlos Williams and the Diagnostics of Culture*, New York: Oxford UP, 1993.

Breslin, James E., *William Carlos Williams: An American Artist*, New York: Oxford UP, 1970.

________________, "Williams Carlos Williams and Charles Demuth: Cross-Fertilization in the Arts", *Journal of Modern Literature* 6: 2, April 1977, pp. 248~263.

Brown, Milton, *The Modernist Spirit: American Painting, 1908-1935*, London Arts Council of Great Britain, 1977.

Bryson, J. Scott Ed., *Ecopoetry: A Critical Introduction*, Salt Lake City: U of Utah P, 2002.

Cabanne, Pierre, *Dialogue with Marcel Duchamp*, New York: The Viking P, 1971.

Campbell, Neil and Alasdair Kean, *American Cultural Studies: An Introduction to American Culture*, New York & London: Routledge, 1997.

Cardozo, Karen M., "Essaying Democracy: The Poet/Modern Intertexts of Kingston, Rodriguez, and Williams", *William Carlos Williams Review* 27: 2, Spring 2007, pp. 1~23.

Coles, Robert, *Doing Documentary Work*, New York: Oxford UP, 1997.

Conrad, Bryce, "The Sources of America: A Study of *In the American Grain*", Dissertation, U of Iowa, 1988.

Corn, Wanda M., *The Great American Thing: Modern Art and National Identity,*

1915-1935, Berkely: U of California P, 1999.

Corwin, Sharon Lynn, *Selling "America": Precisionism and the Rhetoric of Industry, 1916-1939*, Dissertation, U of California, 2001.

Cox, Neil, *Cubism A&I*, London: Phaidon P, 2000.

Cushman, Stephen, *William Carlos Williams and the Meaning of Measure*, New Haven: Yale UP, 1985.

Danto, Arthur C., "In Bed with R. Mutt", *Times Literary Supplement* 31, 1992, p. 18.

Dijkstra, Bram, *Cubism, Stieglitz, and the Early Poetry of William Carlos Williams*, Princeton: Princeton UP, 1969.

Diamond, I. and Orenstein, G. F. Eds., *Reweaving the World: The Emergence of Ecofeminism*, San Francisco: Sierra Club Books, 1990.

Doyle, Charles, *William Carlos Williams and the American Poem*, London: Macmillan, 1982.

Driscoll, Kerry, *William Carlos Williams and the Maternal Muse*, Ann Arbor: UMI Research P, 1987.

Duchamp, Marcel, *The Writings of Marcel Duchamp*, Eds. Michel Sanouillet and Elmer Peterson, New York: Oxford UP, 1973.

Eisler, Riane, "The Gaia Tradition and the Partnership Future: An Ecofeminist Manifesto", *Reweaving the World: The Emergence of Ecofeminism*, Eds. Diamond, I. and Orenstein, G. F., pp. 23~34.

Entin, Joseph, "Sensational Modernism: Disfigured Bodies and Aesthetic Astonishment in Modern American Literature and Photography", Dissertation, Yale U, 2001.

Evans, Walker, *American Photographs*, New York: Museum of Modern Art, 1938. Reprint, New York: East River P, 1975.

Farnham, Emily, *Charles Demuth: Behind a Laughing Mask*, Norman: U of Oklahoma P, 1971.

Friedman, Martin, *Charles Sheeler*, New York: Watson-Guptill, 1975.

Friedman, Martin, Bartlett Hayes, and Charles Millard. *Charles Sheeler*. Washington D.C.: Smithsonian Institution P, 1968.

Gale, Mattew, *Dada and Surrealism*, London: Phaidon, 1997.

Gish, Robert F., *William Carlos Williams: A Study of the Short Fiction*, Boston: G. K. Hall & Co., 1989.

Graham, Theodora, "Women as Character and Symbol in the Work of William Carlos Williams", Dissertation, U of Pennsylvania, 1974.

Greenberg, Clement, "The Camera Glass Eye", *The Nation*, March 9, 1946, pp. 294~296.

Guimond, James, *The Art of William Carlos Williams: A Discovery and Possession of America*, Chicago: U of Illinois P, 1968.

Halter, Peter, *The Revolution in the Visual Arts and the Poetry of William Carlos Williams*, New York: Cambridge UP, 1994.

Hambourg, Maria, "Atget, Precursor of Modern Documentary Photography", *Observations: Essays on Documentary Photography*, Ed. David Featherstone. Carmel, CA: Friends of Photography, 1984, pp. 24~39.

Handy, Ellen, "The Idea and the Fact: Painting, Photography, Film, Precisionists, and the Real World", *Precisionism in America 1915-1941: Reordering Reality*, Ed. Gail Stavitsky et al., New York: Harry N Abrams, 1994, pp. 40~51.

Hashimi, Ghazala F., "William Carlos Williams and the American Ground of *In the American Grain* and *Paterson*", Dissertation, Emory U, 1992.

Hawes, Lisa M., "A Poetics of the Local: Enactments of Place in the Writing of Masaoka Shiki, William Carlos Williams and Robert Desnos", Dissertation, U of California, 2006.

Henderson, Joseph L., "Ancient Myths and Modern Man", *Man and His Symbols*, Ed. Carl Jung, New York: Dell Publishing Company, 1968.

Huelsenbeck, Richard, *Dada Almanach*, New York: Something Else P, 1966.
Hughes, Thomas P., *Human-Built World: How to Think about Technology and Culture*, Chicago: U of Chicago P, 2004.
Humphreys, Richard. *Futurism*, New York: Cambridge UP, 1999.
Hyam, Ronald, *Empire and Sexuality: The British Experience*, Manchester: Manchester UP, 1992.
Jaffé, Aniela, "Symbolism in the Visual Arts", *Man and His Symbols*, Ed. Carl Jung, New York: Dell Publishing Company, 1968.
Jay, Paul L., "American Modernism and the Uses of History: The Case of William Carlos Williams", *New Orleans Review* 9, Winter 1982, pp. 16~25.
Joris, Pierre and Rothenberg, Jerome Eds., *Poems for the Millennium: The University of California Book of Modern and Postmodern Poetry* Vol. 2, *From Postwar to Millennium*, Berkely: U of California P, 1998.
Judovitz, Dalia, *Unpacking Duchamp: Art in Transit*, Berkeley: U of California P, 1998.
Jung, C. G., *Psychology and Alchemy*, Second Edition, Trans, F. F. C. Hull, London: Routledge, 1980.
Kahnweiler, Daniel-Henry, *Juan Gris: His Life and Work*, New York: Curt Valentin, 1947.
Katz, Leslie, "An Interview with Walker Evans", *Photography in Print*, Ed. Goldberg, Vicki, Albuquerque: U of New Mexico P, 1981, pp. 358~369.
Kazin, Alfred, *Starting Out in the Thirties*, New York: Vintage Books, 1980.
Kelly, Petra, "Foreword", *Healing the Wounds: The Promise of Ecofeminism*, Ed. Judith Plant, Toronto: Between the Lines, 1989, ix~xi.
Kern, Stephen, *The Culture of Time and Space: 1880-1918*, Cambridge: Harvard UP, 2003.
King, Ynestra, "Healing the Wounds: Feminism, Ecology, and the Nature/Culture Dualism", *Reweaving the World: The Emergence of Ecofeminism*, Eds.

Diamond, I. and Orenstein, G. F., pp. 106~121.

Kinnahan, Linda, *Poetics of the Feminine: Authority and Literary Tradition in William Carlos Williams, Mina Loy, Denise Levertov, and Kathleen Fraser*, New York: Cambridge UP, 1994.

Kuh, Katherine, "Interview with Marcel Duchamp", *The Artist's Voice: Talks with Seventeen Artists*, New York: Harper & Row, 1962, pp. 81~93.

Kutzinski, Vera M., *Against the American Grain: Myth and History in William Carlos Williams, Jay Wright, and Nicolás Guillién*, Baltimore: Johns Hopkins UP, 1987.

Lawrence, D. H., *Studies in Classic American Literature*, New York: Penguin Books, 1977.

Lippard, Lucy R. Ed., *Dadas on Art*, New York: Dover Publications, 2007.

Long, Mark, "William Carlos Williams, Ecocriticism, and Contemporary American Poetry", *Ecopoetry: A Critical Introduction*, Ed. Bryson, J. Scott, pp. 58~74.

Loomba, Ania, *Colonialism/Postcolonialism*, London and New York: Routledge, 1998.

Lowney, John, *The American Avant-Garde Tradition: William Carlos Williams, Postmodern Poetry, and the Politics of Cultural Memory*, Lewisburg: Bucknell UP, 1997.

Lucic, Karen, *Charles Sheeler and the Cult of the Machine*, Cambridge: Harvard UP, 1991.

MacGowan, Christopher, "William Carlos Williams and the Visual Arts, 1909–25", Dissertation, Princeton University, 1983.

Maier, Jennifer S., "Fixing the Image: The Alliance Between Photography and Poetry in America, 1900–1940", Dissertation, Tulane U, 1998.

McClintock, Anne, *Imperial Leather: Race, Gender and Sexuality in the Colonial Context*, New York: Routledge, 1995.

Mariani, Paul, *William Carlos Williams: A New World Naked*. New York: McGraw

Hill, 1981.

Marinetti, Filippo, "The Founding Manifesto of Futurism", *Le Figaro*, February 20, 1909, in Marinetti: Selected Writings, Ed. R. W. Flint, New York 1971, p. 41.

Markos, Donald W., *Ideas in Things: The Poems of William Carlos Williams*, New Jersey: Fairleigh Dickinson UP, 1994.

Marling, William, *William Carlos Williams and the Painters, 1909-1923*, Athens: Ohio UP, 1982.

Marzán, Julio, *The Spanish American Roots of William Carlos Williams*, Austin: U of Texas P, 1994.

Mazzaro, Jerome, *William Carlos Williams: The Later Poems*, Ithaca and London: Cornell UP, 1973.

Miller, J. Hillis, *Poet of Reality: Six Twentieth-Century Writers*, Cambridge: Harvard UP, 1965.

Monroe, Harriet, *A Poet's Life: Seventy Years in a Changing World*, New York: Macmillan, 1938.

Neumann, Erich, *The Great Mother*, (2nd ed.), trans, Ralph Manheim, New York: Pantheon Books, 1963.

Orvell, Miles, *After the Machine: Visual Arts and the Erasings of Cultural Boundaries*, Jackson: UP of Mississippi, 1995.

Paz, Octavio, *The Bow and the Lyre*, Trans, Ruth L. C. Simms, Austin: U of Texas P, 1987.

__________, *The Collected Poems of Octavio Paz: 1957-1987*, Ed. Eliot Weinberger, New York: New Directions, 1991.

__________, Conjunctions and Disjunctions, Trans, Helen Lane, New York: Arcade Publishing, 1991.

__________, *In Search of the Present: 1990 Nobel Lecture*, Trans, Anthony Stanton, Orlando: Harvest Books, 1991.

__________, *The Labyrinth of Solitude*, (2nd ed.), Trans, Lysander Kemp, Yara Milos, and Rachel Phillips Belash, New York: Grove P, 1985.

__________, *On Poets and Others*, Trans, Michael Schmidt, New York: Arcade Publishing, 1991.

__________, "The Ready-Made", *Marcel Duchamp in Perspective*, Ed. Joseph Masheck, New Jersey: Prentice-Hall, Inc., 1975, pp. 84~89.

Plumwood, Val, *Feminism and the Mastery of Nature*, London and New York: Routledge, 1993.

Quiroga, José, *Understanding Octavio Paz*, Columbia: U of South Carolina P, 1999.

Rawlinson, Mark, *Charles Sheeler: Modernism, Precisionism and the Borders of Abstraction*, New York: I. B. Tauris, 2008.

Richter, Hans, *Dada: Art and Anti-Art*, London: Thames and Hudson, 1978.

Riddell, Joseph N., "The Wanderer and the Dance: William Carlos Williams' Early Poetics", *The Shaken Realist*, Eds., Melvin J. Friedman and John B. Vickery Baton Rough: Louisiana State UP, 1970.

Ridge, Lola, "American Sagas", *New Republic* 46, 1926, pp. 148~149.

Rodgers, Audrey T., *Virgin and Whore: The Image of Women in the Poetry of Williams Carlos Williams*, Jefferson, NC: McFarland, 1987.

Rozaitis, William Anthony, "Desire Reduced to a Petal's Span: William Carlos Williams, Charles Demuth, and Floral Representation in Late Nineteenth and Early Twentieth-Century America", Dissertation, U of Minnesota, 1997.

Ruddick, Sara, *Maternal Thinking: Toward a Politics of Peace*, Boston: Beacon P, 1989.

Rourke, Constance, *Charles Sheeler: Artist of the American Tradition*, New York: Harcourt Brace, 1938.

Rozelle, Lee, "Ecosublime: Green Readings in American Literature From Poe to Lopez", Dissertation, U of Southern Mississippi, 2001.

Said, Edward, *Culture and Imperialism*, New York: Vintage, 1994.

Sayre, Henry M., "American Vernacular: Objectivism, Precisionism, and the Aesthetics of the Machine", *Twentieth Century Literature* 35.3, 1989. pp. 310~342.

____________, "Ready-mades and Other Measures: The Poetics of Marcel Duchamp and William Carlos Williams", *Journal of Modern Literature* 8:1, 1980, pp. 3~22.

____________, *The Visual Text of William Carlos Williams*, Urbana: U of Illinoise P, 1983.

Schmidt, Peter, *William Carlos Williams, the Arts, and Literary Tradition*, Baton Rouge: Louisiana State UP, 1988.

Semmler, Iliana Alexandra, "How Deep is the Water? Sexuality in the Work of William Carlos Williams", Dissertation, State U of New York at Albany, 1979.

Shattuck, Roger, "The Mode of Juxtaposition", in *About French Poetry From Dada to 'Tel Quel': Text and Theory*, Ed. Mary Ann Caws, Wayne State UP, 1974.

Shiner, Larry, *The Invention of Art*, Chicago: U of Chicago P, 2001.

Shiva, Vandana, "Development as a new project of Western Patriarchy", *Reweaving the World: The Emergence of Ecofeminism*, Eds. Diamond, I. and Orenstein, G. F., pp. 189~200.

Simpson, Louis, *Three on the Tower: The Lives and Works of Ezra Pound, T. S. Eliot, and William Carlos Williams*, New York: William Morrow, 1975.

Siraganian, Lisa Michele, "Breathing Freely: The Object of Art and the Subject of Politics in American Modernism", Dissertation, The Johns Hopkins University, 2003.

Stavitsky, Gail, "Reordering Reality: Precisionist Directions in American Art,

1915–1941", *Precisionism in America 1915-1941: Reordering Reality*, Ed. Gail Stavitsky et al., New York: Harry N Abrams, 1994, pp. 12~39.

Stebbins, Theodore E., and Norman Keyes, *Charles Sheeler: The Photographs*, Boston: Museum of Fine Arts, 1987.

Stewart, Patrick Leonard, "Charless Sheeler, William Carlos Williams and the Development of the Precisionist Aesthetic, 1917–1931", Dissertation, U of Delaware, 1981.

Stott, William, *Documentary Expression and Thirties America*, Chicago: U of Chicago P, 1986.

Stremmel, Kerstin, *Realism*, Köln: Taschen, 2004.

Tashjian, Dickran, *A Boatload of Madmen. Surrealism and the American Avant-Garde 1920-1950*, New York: Thames and Hudson, 1995.

______________, "Engineering a New Art", *The Machine Age in America: 1918-1941*, Eds. Richard Guy Wilson, Dianne H. Pilgrim, and Dickran Tashjian, New York: Abrams, 1986, pp. 205~269.

______________, *William Carlos Williams and the American Scene, 1920-1940*, New York: Whitney Museum of American Art, 1978.

Tomkins, Calvin, *Duchamp: A Biography*, New York: Holt Paperbacks, 1998.

Townley, Rod, *The Early Poetry of William Carlos Williams*, Ithaca: Cornell UP, 1975.

Tzara, Tristan, *Seven Dada Manifestos and Lampisteries*, Trans, Barbara Wright, London: Calder Publications, 1992.

Vescia, Monique, "Depression Glass: Documentary Photography and the Medium of the Camera–Eye in Charles Reznikoff, George Oppen, and William Carlos Williams", Dissertation, New York U, 2003.

Wagner, Linda Ed., *The Poems of William Carlos Williams*, Middletown: Wesleyan UP, 1967.

Walton, Eda Lou, "X–Ray Realism", *Critical Essays on William Carlos Williams*,

Eds. Axelrod, Steven Gould, and Helen Deese, New York: G. K. Hall & Co., 1995, pp. 72~73.

Webster, Mirriam. Webster's New Collegiate Dictionary. Springfield, Mass.: C.C. Merriam Co., 1956.

Weaver, Mike, *William Carlos Williams: The American Background*, New York: Cambridge UP, 1971.

Weiland, Steven, "Where Shall We Unearth the Word?: William Carlos Williams and the Aztecs", *Arizona Quarterly* 35, 1979, pp. 42~48.

Weininger, Otto, *Sex and Character*, Trans, from 6th German edition, New York: Putnam, 1906.

Williams, William Carlos, *The Autobiography of William Carlos Williams*, New York: New Directions, 1967.

____________________, "The Baroness Elsa Von Freitag Loringhoven", *Twentieth-Century Literature* 35.3, Fall 1989, pp. 279~284.

____________________, *The Collected Poems of William Carlos Williams*, Eds. A. Walton Litz and Christopher MacGowan, Vol. 1, New York: New Directions, 1986.

____________________, *The Collected Poems of William Carlos Williams*, Eds. A. Walton Litz and Christopher MacGowan, Vol. 2, New York: New Directions, 1988.

____________________, *The Collected Stories of William Carlos Williams*, Introduction by Sherwin B. Nuland, New York: New Directions, 1996.

____________________, "The Great Sex Spiral, A Criticism of Miss [Dora] Marsden's 'Lingual Psychology' Chapter 1", *Egoist* 4, August, 1917, pp. 110~111.

____________________, *Imaginations*, Ed., Webster Schott, New York: New Directions, 1970. (*Imag*)

____________________, *The Embodiment of Knowledge. Ed. Ron Loewinsohn*,

New York: New Directions, 1974.
__________________, *Interviews with William Carlos Williams: "Speaking Straight Ahead"*, Ed. Linda Wagner, New York: New Directions, 1976.
__________________, "An Informal Discussion of Poetic Form", *Revista de la Asociación de Mujeres Graduadas de la Universidad de Puerto Rico*, 1941, pp. 44~45.
__________________, "In Sermon with a Camera", 1938, *Literature and Photography: Interactions 1840-1990*, Ed. Rabb, Jane M. Albuquerque: U of New Mexico P, 1995, pp. 308~312.
__________________, *I Wanted to Write a Poem: The Autobiography of the Works of a Poet*, Ed. Edith Heal, New York: New Directions, 1978.
__________________, "Letter to an Australian Editor", *Briarcliff Quarterly* 3.2, 1946, pp. 205~208.
__________________, *Paterson*, New York: New Directions, 1963.
__________________, *A Recognizable Image: William Carlos Williams on Art and Artists*. Ed. Bram Dijkstra, New York: New Directions, 1978.
__________________, *Selected Essays of William Carlos Williams*, New York: New Directions, 1969.
__________________, *The Selected Letters of William Carlos Williams*, Ed. John C. Thirlwall, Reprint, New York: New Directions, 1984.
__________________, *A Voyage to Pagany*, New York: New Directions Books, 1970.
__________________, "Woman as Operator", *A Recognizable Image: William Carlos Williams on Art and Artists*, Ed. Bram Dijkstra, New York: New Directions Press, 1978, pp. 180~183.
__________________, *Yes, Mrs. Williams*, New York: New Directions, 1982.
Warren, Karen J., *Ecological Feminism*, London and New York: Routledge, 1994.
Weaver, Mike, *William Carlos Williams: The American Background*, New York:

Cambridge UP, 1971.

Wilson, Jason, *Octavio Paz*, Boston: Twayne, 1986.

Young, Robert, *Colonial Desire: Hybridity in Theory, Culture and Race*, London: Routledge, 1995.

Zukofsky, Louis, *Prepositions: The Collected Critical Essays of Louis Zukofsky*, Berkeley: U of California P, 1981.

윌리엄 칼로스 윌리엄즈 연보

1883 9월 17일 뉴저지(New Jersey) 주 러더포드(Rutherford)에서 윌리엄 조지 윌리엄즈(William George Williams)와 라켈 엘렌 윌리엄즈(Raquel Hélène Hoheb Williams) 사이의 2남 중 장남으로 출생. 아버지는 영국인, 어머니는 푸에르토리코(Puerto Rico) 태생으로 한때 화가가 되기를 열망함. 어머니가 집안에서 스페인어와 프랑스어로 가족들과 대화함. 이런 이유로 윌리엄즈는 스페인어와 프랑스어를 유창하게 사용함. 그래서 후일 스페인과 프랑스 작가들의 시와 소설을 탁월하게 영어로 번역함.

1889~1896 러더포드 초등학교에 다님.

1897~1899 동생 에드가(Edgar)와 함께 스위스와 프랑스에서 전통 유럽식 교육을 받음.

1899~1902 뉴욕의 호레이스 만(Horace Mann) 고등학교에 입학. 시에 대한 관심을 가지고 습작을 시작함.

1909 첫 시집 『시들 *Poems*』출판. 7월 플로렌스 허먼(Florence Herman)에게 청혼.

1909~1910 9월부터 이듬해 2월까지 독일 라이프치히(Leipzig)에서 소아과 공부. 영국, 프랑스, 이탈리아, 스페인, 네덜란드 등을 여행. 3월 런던에서 미국 시인 에즈라 파운드(Ezra Pound)와 아일랜드 시인 윌리엄 버틀러 예이츠(William Butler Yeats)를 만남.

1910 9월. 러더포드에서 의사 개업. 러더포드 공립학교의 교의(校醫)로 임명됨.

1912 12월 대개 플로씨(Flossie)라고 호칭된 플로렌스 허먼과 결혼.
1913 파운드의 추천으로 런던에서 시집 『기질 *The Tempers*』 출판. 2월 뉴욕에서 개최된 아모리 쇼(Armory Show)에서 아방가르드(Avant-garde) 미술 작품을 접함. 알프레드 크레임보그(Alfred Kreymborg), 매리앤 무어(Mrianne Moore), 마스던 하틀리(Marsden Hartley), 찰스 디무스(Charles Demuth), 찰스 실러(Charles Sheeler) 등과 교분을 쌓기 시작함. 11월 릿지 가 9번지(9 Ridge Road)로 이사함.
1914 1월 첫 아들 윌리엄 에릭(William Eric Williams) 출생.
1915~1916 매리언 무어, 월러스 스티븐스(Wallace Stevens) 포함된 아더스(Others) 그룹 시인들과 모임을 가짐. 마르셀 뒤샹(Marcel Duchamp), 맥스웰 보덴하임(Maxwell Bodenheim) 등을 만남.
1916 9월. 둘째 아들 폴 허먼(Paul Herman Williams) 출생.
1917 시집 『원하는 사람이게! *Al Que Quiere! A Book of Poems*』 출판.
1918 12월. 부친 사망.
1920 시집 『즉흥시 *Improvisations*』라는 부제가 붙은 『지옥의 코라 *Kora in Hell: Improvisations*』 출판. 로버트 맥알몬(Robert McAlmon)과 1923년까지 『컨택트 *Contact*』지의 편집을 맡음.
1921 시집 『신 포도 *Sour Grapes*』 출판.
1923 시집 『봄과 만물 *Spring and All*』 출판. 산문집 『위대한 미국 소설 *The Great American Novel*』 출판.
1924 아내 플로렌스와 세 번째 유럽 여행. 제임스 조이스(James Joyce), 포드 매독스 포드(Ford Madox Ford), 필립 수포 (Philippe Soupault), 거투르드 스타인(Gertrude Stein), 어니스트 헤밍웨이(Ernest Hemingway) 등을 만남.
1925 새로운 시각으로 미국 역사를 재조명한 『미국적 기질 속에서 *In the American Grain*』 출판. 패세익(Passaic) 종합병원에서 소아과 의사로 근무함.
1926 84행의 단시 「패터슨 Paterson」으로 다이얼 상(Dial Award) 수상.

1927 두 아들, 아내와 함께 네 번째 유럽 여행. 파리에서 거투르드 스타인 만남.

1928 3월 루이 주콥스키(Louis Zukofsky), 찰스 레즈니코프(Charles Reznikoff), 조지 오펜(George Oppen) 등 객관주의(Objectivism) 시인들과 만남. 소설 『이교로의 항해 *Voyage to Pagany*』 출판.

1929 12월. 하트 크레인(Hart Crane)을 만남. 필립 수포의 『파리의 마지막 밤 *Last Nights of Paris*』을 번역.

1931 윌리엄즈를 특집으로 다룬 『시 *Poetry*』지의 객관주의 특별호가 나옴. 8월 개런터 상(Guarantor's Prize) 수상.

1932 『중편 소설과 산문들 *A Novelette and Other Prose*』 출판, 단편소설집 『시대의 칼 *The Knife of the Times and Other Stories*』 출판. 나다니엘 웨스트(Nathaniel West)와 함께 1933년까지 『컨택트 *Contact*』지를 편집함.

1934 1월 월러스 스티븐스(Wallace Stevens)가 서문을 쓴 『시선집 *Collected Poems*』 출판.

1936 시집 『아담과 이브 그리고 도시 *Adam & Eve & the City*』 출판.

1937 3부작으로 된 소설 『흰 노새 *White Mule*』 출판. 뉴 디렉션(New Directions) 출판사와 협력.

1938 단편소설집 『패세익 강변의 삶 *Life Along the Passic River*』 출판. 『완본 시선집 *The Complete Collected Poems 1906-1938*』 출판.

1939 파운드(Ezra Pound)가 미국을 방문하는 동안 다시 만남.

1940 『흰 노새 *White Mule*』 2부 『부자가 되어 *In the Money*』 출판.

1941 4월부터 이듬해까지 푸에르토리코 대학, 하버드 대학, 다트머스(Dartmouth) 대학 등에서 강의.

1942 여류시인 마르시아 나르디(Marcia Nardi)와 데이빗 라일(David Lyle)을 만남. 후일 『사랑하는 사람들 *Many Loves*』로 제목을 붙인 희곡 『제1 연습 상대 *Trial Horse No. 1*』 출판.

1944 시집 『쐐기 *The Wedge*』 출판.

1946 장시 『패터슨 제1권 *Paterson, Book One*』 발표. 버팔로(Buffalo) 대학에서 명예 법학박사 학위 수여.

1947 앨런 테이트(Allen Tate)를 만남. 워싱턴 대학(University of Washington)에서 1950년까지 강의

1948 2월. 심장 발작. 『패터슨 제2권 *Paterson, Book Two*』 발표. 시집 『구름들 *The Clouds*』, 희곡집 『사랑의 꿈 *A Dream of Love*』 출판. 러셀 로인즈 상(Russell Loines Award) 수상.

1949 『시선집 *Selected Poems*』 출판. 『패터슨 제3권 *Paterson, Book Three*』 발표. 시집 『분홍색 교회 *The Pink Church*』 출판. 모친 사망.

1950 『후기 시 전집 *Collected Later Poems*』 출판. 단편소설집 『그것을 밝혀라 *Make Light of It: Collected Short Stories*』 출판. 내셔널 북 상(National Book Award) 수상.

1951 3월 뇌졸중 발병으로 의업을 아들 에릭에게 넘겨 줌. 『패터슨 제4권 *Paterson, Book Four*』, 『자서전 *Autobiography*』, 『초기 시 전집 *Collected Earlier Poems*』 등을 출판.

1952 『흰 노새 *White Mule*』 3부 『축적 *The Build-Up*』 출판, 8월에 심한 발작을 일으킴. 의회도서관 고문에 임명됨.

1953 2월에서 4월까지 심한 우울증으로 입원 치료, 아치볼드 맥리쉬(Archibald MacLeish)와 볼링겐 상(Bollingen Award) 공동 수상.

1954. 『메마른 음악 *The Desert Music and Other Poems*』, 『에세이 선집 *Selected Essays*』 출판.

1955 시집 『사랑으로의 여행 *Journey to Love*』 출판. 전국 대학을 순회하며 시낭송. 멕시코 시인 옥타비오 파스(Octavio Paz)의 시 「폐허 속의 송가 Himno entre ruinas」를 영어로 번역함. 후일 파스는 「윌리엄 칼로스 윌리엄즈: 삭시프라즈 꽃 William Carlos Williams: The Saxifrage Flower」이라는 에세이에서 윌리엄즈의 탁월한 번역에 깊은 감동을 받았다고 말함.

1957 존 썰월(John C. Thirlwall)이 편집한 『서한 선집 *Selected Letters*』 출판.

1958 『패터슨 제5권 *Paterson, Book Five*』 발표. 에디쓰 힐(Edith Heal)이 편집한 문학 전기 『나는 시를 쓰고자 했다 *I Wanted to Write a Poem*』 출판. 10월에 세 번째 발작.

1959 『나의 어머니 엘레나에 대한 개인 기록 *Personal Record of My Mother*』이란 부제가 붙은 『예스, 윌리엄즈 부인 *Yes, Mrs. Williams*』 출판. 희곡 『사랑하는 사람들 *Many Loves and Other Plays*』이 뉴욕의 리빙 극장(Living Theatre)에서 성공적으로 공연됨.

1961. 단편소설집 『농부의 딸들 *The Farmers' Daughters*』 출판. 『사랑하는 사람들』 출판, 11월에 발작 재발.

1962 『브뤼겔의 그림들 *Pictures from Brueghel and Other Poems*』 출판.

1963 3월 4일 러더포드에서 사망, 사후 퓰리처 상(Pulitzer Prize)과 골드 메달 상(Gold Medal of the National Institute of Arts and Letters)을 수상함.

찾아보기

■ 심진호

영남대학교 영어영문학과를 졸업하고 미국 델라웨어대학교(University of Delaware) 대학원에서 석사, 대구가톨릭대학교 대학원에서 박사학위를 받았다. 영남대학교, 대구가톨릭대학교, 대구대학교, 대구한의대학교 등에서 강의했다. 현재 신라대학교 교수로 재직하고 있으며, 한국현대영미시학회 연구이사, 신영어영문학회 대외협력이사 및 편집위원회 위원으로 활동하고 있다.
주요 논저로 「"해방된 현대의 프로메테우스": 월트 휘트먼과 조셉 스텔라의 작품에 나타난 미래주의」, 「월트 휘트먼과 토머스 에이킨스의 사진적 사실주의」, 「Theodore Roethke의 생태학적 상상력」, 「소설과 영화 *Cold Mountain*에 나타난 상호매체성」, 「*Hospital Sketches*에 나타난 Louisa May Alcott의 양성성」, 「"민주적 공간": 월트 휘트먼과 랜드스케이프 건축 미학」, 「"숨겨진 핵심": 윌리엄 칼로스 윌리엄즈의 라틴적 자아」, 「The Machine Avant-garde in the Poetry of William Carlos Williams」, 「"Camera to the World": Walt Whitman's Photobiographic Representation of the Civil War」, 「The Journalism and Urban Spectator of Nineteenth-century America: Edgar Allan Poe's "The Man of the Crowd"」, 「The Use of Dionysus, Demeter and Kore Myths: William Carlos Williams' Mythical Imagination」, 「Designing the "Great City": Walt Whitman's Vision as an Urban Planner」, 『스크린 영어』(대구한의대학교출판부, 2004), 『월트 휘트먼과 융합적 상상력』(글로벌콘텐츠, 2015) 외 다수가 있다.

윌리엄 칼로스 윌리엄즈의 예술적 상상력과 통섭
William Carlos Williams' Artistic Imagination and Consilience

1판 1쇄 인쇄_2015년 06월 05일
1판 1쇄 발행_2015년 06월 15일

지은이_심진호
펴낸이_양정섭
펴낸곳_작가와비평
등록_제2010-000013호
블로그_http://wekorea.tistory.com
이메일_mykorea01@naver.com

공급처_(주)글로벌콘텐츠출판그룹
대표_홍정표
편집_송은주 김현열 **디자인**_김미미 **기획·마케팅**_노경민 **경영지원**_안선영
주소_서울특별시 강동구 천중로 196 정일빌딩 401호
전화_02) 488-3280 **팩스**_02) 488-3281
홈페이지_http://www.gcbook.co.kr

값 21,000원
ISBN 979-11-5592-147-0 93840

※ 이 도서의 국립중앙도서관 출판예정도서목록(CIP)은 서지정보유통지원시스템 홈페이지(http://seoji.nl.go.kr)와 국가자료공동목록시스템(http://www.nl.go.kr/kolisnet)에서 이용하실 수 있습니다. (CIP제어번호: CIP2015015622)